Im April 1999 lernt Juliane in Paris Leander kennen. Zweieinhalb Tage verbringen sie zusammen. Zweieinhalb perfekte und unvorstellbar romantische Tage.
Wieder zurück in Deutschland, im beschaulichen Tübingen, in der Realität, schreibt Juliane ihm E-Mails. Sie will ihn unbedingt wiedersehen, ihn besser kennenlernen, mehr Zeit mit ihm verbringen. Auf ein Leben gesehen sind zweieinhalb Tage einfach zu wenig. Doch nichts, keine Reaktion … Jahrelang. Und das obwohl sie ihm wieder und wieder ihr Herz ausschüttet. Ihre Mails werden zu einer Art Tagebuch.
»Eine letzte Mail« ist ein moderner Briefroman über die Lieben eines Lebens.

MAXIMILIAN DORNER wurde 1973 in München geboren, wo er auch lebt. Er studierte Dramaturgie an der Bayerischen Theaterakademie und ist seitdem als Autor, Regisseur und Performer tätig.

Maximilian Dorner

Eine *letzte* Mail

Roman

btb

Sollte diese Publikation Links auf Webseiten Dritter enthalten, so übernehmen wir für deren Inhalte keine Haftung, da wir uns diese nicht zu eigen machen, sondern lediglich auf deren Stand zum Zeitpunkt der Erstveröffentlichung verweisen.

FSC
www.fsc.org
MIX
Papier aus verantwortungsvollen Quellen
FSC® C014496

Verlagsgruppe Random House FSC® N001967

1. Auflage
Erstveröffentlichung Mai 2018

in der Verlagsgruppe Random House GmbH,
Neumarkter Str. 28, 81673 München
Umschlaggestaltung: semper smile, München
Covergestaltung: semper smile, München
Covermotiv: ©plainpicture/cultura/Tim E White
Satz: Uhl + Massopust, Aalen
Druck und Bindung: GGP Media GmbH, Pößneck
AH · Herstellung: sc
Printed in Germany
ISBN 978-3-442-74909-6

www.btb-verlag.de
www.facebook.com/btbverlag

Şah desen kul desen
Beyhudedir beyhude
Bu dünyanın işleri
Beyhudedir beyhude
Zengin olsan fakir olsan
Aşkın yeri bellidir
Sen sen ol seven ol
Başka alem yoktur

Nenn mich Kaiser nenn mich Diener
Alles ist nichts alles nichtig
Alles auf der Welt
Ist nichts ist nichtig
Ob du reich bist oder arm
Die Liebe bleibt sich gleich
Sei du selbst liebend und geliebt
Nichts andres zählt auf dieser Welt

Mehmet Teoman

1999

Von:	Juliane Bauer <abeee@hotmail.com>
Betreff:	**zweieinhalb Tage Paris**
Datum:	26. April 1999 12:21:01 MESZ
An:	Lysander <lysander_x@addcom.de>

Lieber Leander,
vor meinem Fenster blüht ein Kirschbaum, genau wie vor deinem winzigen Apartment im Marais. Allerdings ist er nur halb so groß, denn Tübingen ist auch nur halb so groß wie Paris… Einen Zweig habe ich abgerissen, der liegt nun auf den beiden Opernkarten.

Dass wir auf dem Brunnenrand im Garten des Palais Royal saßen, ist nicht einmal zwei Tage her. Was ist inzwischen nicht alles passiert! Erinnerst du dich noch? Hinter dir spielten ein paar ältere Männer unter den Bäumen Boules. Genau genommen waren es fünf und einer, der auf einer Parkbank geschlafen hat. Eigentlich haben sie gar nicht gespielt, sondern sich nur gestritten. Einer hat den anderen ununterbrochen mit dem Zeigefinger auf die Brust getippt. Schließlich ist ein kleiner Junge durch das Spielfeld gelaufen und hat die Kugeln mit dem Fuß weggekickt. Weißt du, was die Männer gemacht haben? Sie haben gelacht. Einfach nur gelacht. Am liebsten hätte ich jeden von ihnen umarmt. Du hast währenddessen die *Libération* durchgeblättert, weil die *Le Monde* ausverkauft war. Plötzlich hast du meine Hand genommen und mich gefragt, ob ich schon einmal in der Oper gewesen sei… Ich musste dich einfach küssen in dem Moment, wegen deiner braunen Augen, wegen der Boule-Spieler, wegen Paris, der Oper, wegen allem. Das war ein vollkommener Moment. Das war das Glück. Die zwei und der halbe Tag mit dir. Ich werde das nie, nie, nie im Leben vergessen. Ich schwöre mit der Hand auf den Tickets.

Seit halb sieben am Morgen bin ich wieder zu Hause. Dennoch habe ich das Gefühl, das Wichtigste in Paris zurückgelassen zu haben. Vielleicht steckt es hinter dem gelben Vorhang mit den Mottenlöchern neben deinem Bett. Oder in deinem nach Lavendel duftenden Kleiderschrank. Oder zwischen den neuen Schuhen und dem Klarinettenkoffer. Oder in der Krone des Kirschbaums, die man von deinem Bett aus sehen kann.

Es war tapfer von dir, trotz meiner überstürzten Abreise mit zum Bahnhof zu kommen. Obwohl das den Abschied noch schwerer gemacht hat, mir zumindest. Dass du mir nur die Hand gegeben hast, tat in dem Moment so weh! Und dann bist du gegangen. Aber ich habe dich ja verstanden, schließlich war ich diejenige, die nicht gleich ehrlich zu dir gewesen war. Aber es war einfach zu schön. Aber – aber – aber.

Hast du dich noch einmal umgedreht? Ich weiß es nicht, denn ich war dafür zu feige. Zu feige zu bleiben, zu feige zu gehen. Wahrscheinlich hast du inzwischen das Bett frisch bezogen und die violette Zahnbürste in den Müll geworfen. Wahrscheinlich hast du mich auf dem Weg zur Uni heute Morgen schon vergessen.

Ach ja, eines noch. Drei Minuten nach der Abfahrt hielt der Zug mit einer Vollbremsung. Mehrere Schaffner versammelten sich vor meinem Abteil. Einer machte für den Lokführer eine Ansage, die ich nicht verstanden habe.

Habe ich die Notbremse gezogen? Oder hätte ich sie viel früher ziehen müssen, noch vor der zweiten Nacht? Dieser wunderbaren Nacht zwischen Traum und Wirklichkeit. Hätte ich dir gleich die Wahrheit sagen müssen? Was wäre dann aus dem gemeinsamen Opernbesuch geworden? Was wäre aus dem vollkommenen Moment im Garten des Palais Royal geworden? Hätte ich es dir sagen müssen, bevor du mich gefragt hast, ob ich meine Doktorarbeit an deinem wackligen Küchentisch zu Ende schreiben möchte? Bevor ich gesehen habe, wie du manchmal im Schlaf zusammenzuckst? Bevor du genau die richtige Zeit gezögert hast auf die Frage des Kellners, ob wir ein Paar wären, und dann mit roten Wangen genickt hast, nachdem er sich schon lange den nächsten Gästen zugewandt hatte …

Als der Zug nach einer Viertelstunde wieder anfuhr, wollte ich den Schaffnern zurufen, dass es die falsche Richtung wäre. Stattdessen biss ich mir auf die Lippen. Und schwieg, bis jetzt.

Zweieinhalb Tage Paris. Wir haben exakt 3366 Minuten miteinander verbracht. Vom ersten Blick auf der Brücke über die Seine bis zum Lebewohl am Gare de l'Est. Ich habe es gerade ausgerechnet, wobei ich unser Kennenlernen auf 14.21 Uhr festgelegt habe, weil die 21 meine Glückszahl ist. Also noch nicht einmal zweieinhalb Tage. Das ist nicht viel, auf ein ganzes Leben gesehen. Und viel zu kurz, um mir auch nur ansatzweise vorstellen zu können, was du an einem ganz normalen Montag machst. Recherchierst du wieder in der riesigen Bibliothek an der Seine? Gibt es am Abend wieder etwas von dem Asiaten? Hast du endlich einmal wieder Klarinette geübt?

Im Zug habe ich beschlossen, nie mehr nach Paris zu fahren, um wenigstens die Erinnerung an diese Zeit mit dir nicht zu gefährden. Also nie mehr durch die engen Straßen des Marais laufen, nie mehr im Garten des Palais Royal Boules-Spieler umarmen wollen, nie mehr Hand in Hand auf dem Balkon der Opéra Garnier stehen … Und nie wieder werde ich durch Stuttgart-Degerloch fahren, ohne an den kleinen Leander auf der morschen Schaukel zu denken …

Alles ist so zerbrechlich, ich werde also gut darauf aufpassen müssen, auf diese zweieinhalb Tage. Wenigstens das verspreche ich dir.

Deine Juliane

P.S. Gerade ist eine Nachbarin vor dem Haus stehen geblieben. Sie deutete auf meinen Kirschbaum und sagte zu ihrem Mann: »Der Birnbaum da wird auch bald eingehen, bei dem sauren Regen.« – Du könntest keinesfalls mit einer Frau glücklich werden, die Birnen nicht von Kirschen unterscheiden kann. Damit tröste ich mich jetzt.

Juliane Bauer, M.A.
Rosentalstraße 8
72070 Tübingen

Von: Bianca <biancabachbluete@yahoo.de>
Betreff: **Flamenco por siempre**
Datum: 27. April 1999 11:02:21 MESZ
An: Juliane Bauer <abeee@hotmail.com>

Hola chica,
bist du gut in Tübingen angekommen? Und hat sich dein Knäckebrotfreund wenigstens etwas darüber gefreut, dass du wieder da bist? Ich rate es ihm! Eine Woche kann ganz schön lang sein. Das stelle ich mir als Single-Frau zumindest so vor.

Mensch, waren das wilde Tage in Paris. Auch wenn man dich die letzten kaum gesehen hat. Musstest du dir wirklich jedes Bild im Louvre anschauen? Wo hast du eigentlich dauernd gesteckt? Bitte versprich, in Zukunft nicht wieder ohne Erklärung von der Bildfläche zu verschwinden.

Paris hat mir als Stadt nicht so gefallen. Bisschen arg schnöselig und viel zu teuer. Und erst der Gestank in der Metro – unerträglich!! Nicht gerade der perfekte Ort für einen Flamenco-Workshop. Das nächste Mal geht es besser wieder nach Spanien, olé chica? Nur der Abschlussabend, der war klasse. Besonders, als du auf das französische Gesäusel Karaoke-Flamenco getanzt hast. Der Blick von dem supergockeligen Kellner war unbezahlbar. Wir sind doch eine tolle Gruppe, du, ich, Katti, Flo (na, der weniger) und Erol. Warum bist du eigentlich so schnell aufgebrochen? Das mit den Kopfschmerzen nehme ich dir nicht wirklich ab. Also raus mit der Wahrheit!

Oder hat dich Erol genervt, wie er dir die Zukunft aus seiner Kaffeetasse gelesen hat? Vielleicht sollte er es das nächste

Mal mit Bauchtanz probieren. Die nötige körperliche Ausstattung hat er ja …

Das ganze Brimborium mit Tasse umdrehen und deine Kette drauflegen und die Augen verdrehen. Irgendwie hat er es aber auch ernst gemeint, oder? »Du sollst dein Glück packen wie einen davonfliegenden Teppich.« Obwohl das eigentlich sogar ganz süß war, bisschen arg türkisch, aber süß. »Und pack den Prinzen drauf und flieg mit ihm über die Stadt!« Okay, das war vielleicht ein bisschen zu süßklebrig. Trotzdem, ich würde sofort einsteigen. Ob er mir auch die Zukunft vorhersagt? Aber irgendwie habe ich Angst vor dem, was er vielleicht weiß. Die Türken haben für so etwas mehr Begabung, und er meint ja auch, dass du dein Glück in einer großen Stadt in einem fremden Land mit vielen Türmen finden wirst. Vielleicht sogar Istanbul? Ich stell mir das total schön vor, du in weißem Kleid in so einer Moschee!

Ach, ich bin richtig glücklich, dass ich euch zu dem Workshop überredet habe. Das war Flamenco vom Feinsten. Wenn Mercedes wieder einen in Europa gibt, fahre ich sonst wohin. Und ihr dürft auf keinen Fall mit dem Üben aufhören, nur weil ich das Studium geschmissen habe. Versprich mir das! Nie aufgeben! Immer dranbleiben! Mantener la serenidad!

Vielleicht klappt es, dass ich in einem spanischen Lokal jobben kann. Mitten in der Kölner Altstadt. Das wäre für den Übergang gar nicht schlecht.

Puh, die Mail ist ganz schön lang geworden, fast so wie eine von dir.

Besos Bianca

Von: Juliane Bauer <abeee@hotmail.com>
Betreff: **Re: Flamenco por siempre**
Datum: 28. April 1999 20:34:51 MESZ
An: Bianca <biancabachbluete@yahoo.de>

Liebe Bianca,
hast du wirklich nicht mitbekommen, dass Erol während des kompletten Flamenco-Kurses an mir herumgebaggert hat? (Das Verb passt in diesem Fall perfekt.) Am Ende hat das wirklich genervt. Wie oft hat er eigentlich jemandem unter die Nase gerieben, dass Erol auf Türkisch Sei-tapfer-wie-ein-Held heißt? Das ist wohl das einzige türkische Wort, das ich mein Leben lang nicht vergessen werde! Der Prinz auf seinem fliegenden Teppich, das war ER, der tapfere Krieger höchstpersönlich. Er hat immer nur sich gemeint!!! Und die große Stadt im fremden Land war PARIS. Seine Kaffeesatzleserei sollte mich einfach nur in sein Bett bringen – oder meines, das war bequemer! Hast du das wirklich nicht mitbekommen? Selig sind die Naiven, denn ihnen gehört das Himmelreich! Es war direkt unverschämt, als er prophezeit hat, dass der Vater meines Kindes einen engen Bezug zur Türkei haben wird. Dabei ist er genauso in Düsseldorf-Herne geboren wie du. Er setzt seine großen braunen Kulleraugen sehr geschickt ein. Vielleicht ist er wirklich ein begabter Kaffeesatzleser. Aber nur zu seinen eigenen Gunsten. Und dass das Ganze ausgemachter, ausgedachter Unsinn ist, hättest du schon daran erkennen können, dass er mir ein Kind mit großen braunen Kulleraugen vorausgesagt hat. Noch Fragen? Ich will keine Kinder! Schon beim Gedanken daran wird mir schlecht. Nichts für ungut! Tante gerne, aber keine eigenen.

Und von einem baggernden Türken mit Bauchansatz erst recht nicht.

Hoffentlich reicht das als Erklärung auf deine Fragen.

Deine Juliane

P.S. Außerdem glaube ich, dass Erol und Katti jetzt was miteinander haben … Die lässt bekanntlich nichts anbrennen. Und in der Not frisst der Teufel bekanntermaßen sogar selbstverliebte Türken.

Von:	Juliane Bauer <abeee@hotmail.com>
Betreff:	**Dein Brief**
Datum:	6. Mai 1999 16:23:22 MESZ
An:	Lysander <lysander_x@addcom.de>

Lieber Leander,
an der französischen Briefmarke habe ich sofort erkannt, dass du mir geschrieben haben musst. Leider steht auf dem Umschlag keine Adresse. Und ich habe mir nur gemerkt, wie man von meinem Hotel zu deiner Wohnung findet, aber weder Straßennamen noch -nummer. Deswegen diese Antwort per Mail, was mir gar nicht so unrecht kommt. Ich mochte meine Handschrift nie, und Schreibmaschinen verwendet man nur noch auf Ämtern.

Du bist so anders als die Männer hier. Von denen würde sich keiner trauen, mir so etwas zu schicken. So etwas passiert einem nur in Paris, nicht in Tübingen. Genau deswegen tue ich mich so schwer damit. Du musst zugeben, dass man auf ein Gedicht eigentlich nur mit einem Gedicht antworten dürfte. Und dazu habe ich keinerlei Begabung.

»dein in der teetasse sich spiegelndes gesicht« – ganz ehrlich, ich trinke sonst nur Kaffee, hoffentlich habe ich nicht zu verschlafen in deine Tasse geschaut. Gerade merke ich, dass sich in Kaffee mit Milch gar nichts spiegelt. Ist wahrscheinlich besser so.

Drei Zeilen später bin ich dann das Wasser in den »brunnen meines königlichen palais«. Widerspricht sich die Perspektive nicht ein wenig? Wasser kann sich doch schlecht in Tee spiegeln. Sicher sind das Spitzfindigkeiten, um die es dem Dichter gar nicht ging beim Schreiben …

Eher hättest du aus dem Teesatz lesen sollen, dass ich für dich nicht mehr sein kann als eine seit dem zweiten Semester hinreichend glücklich liierte Deutsche, die ausgerechnet in Paris Flamenco lernen wollte. Was für ein Irrsinn! Und jetzt auch noch mit zerrissenem Herzen. Eine, die – wie schon geschrieben – nicht einmal Birnen und Kirschen voneinander unterscheiden kann. Ich weiß nicht einmal, was besser für mich wäre: Paris oder Tübingen. Kirschen oder Birnen. Warum weiß ich immer noch, dass nur du das verstehen kannst?!

Es ist wohl alles falsch, was ich schreibe. Allein deswegen habe ich mich richtig entschieden. Mit uns, das war falsch, von Anfang an. So etwas passiert einem nur in der Fremde.

Du weißt ja, dass ich nicht anders konnte, als die zweieinhalb Tage zu beenden. Niemand kann einfach aus seinem eigenen Leben verschwinden. Und jeder Betrug wird irgendwann schal.

Mach's gut, Leander! Du wirst bestimmt einmal ein erfolgreicher Diplomat und brauchst deine Unabhängigkeit. Häng dich nicht an jemanden wie mich!

Und danke, dass du den Brief trotzdem abgeschickt hast. Damit hast du zum zweiten Mal mehr Mut bewiesen als ich. Auch wenn trotzdem richtig bleibt, dass sich mein Wassergesicht nicht mehr in deiner Teetasse spiegelt.

Juliane

Von:	Juliane Bauer <abeee@hotmail.com>
Betreff:	**Der nächste Fehler**
Datum:	15. Mai 1999 01:09:53 MESZ
An:	Lysander <lysander_x@addcom.de>

Lieber Leander,
genau so fühlt es sich an, wenn man beim Tanzen aus dem Takt kommt. Sobald man darüber nachdenkt, ist es endgültig vorbei. Man schaut auf die anderen, und das macht es noch schlimmer. So geht es mir gerade. Ich habe erfolglos versucht, nach Paris wieder in den Takt zu kommen. Nun ist es zu spät. Das Stück ist zu Ende. Ich bin draußen.

Beim Abendessen ist mir bei meinem Freund eine verräterische Bemerkung herausgerutscht, ausgerechnet über die Pariser Oper. Darauf folgte eine fürchterliche Szene. Und ich hasse Szenen. Wenn es laut wird, denke ich an die Nachbarn und werde noch leiser. Was meinen Freund noch lauter werden lässt … Das Schlimmste war, dass ich dabei dauernd an deine Hand neben meiner auf dem Geländer der Seine-Brücke denken musste. Und an die beiden Chinesen mit dem eingeschweißten Vorhängeschloss in der Hand. Andere Bilder aus den zweieinhalb Tagen tauchten auf, die in dem Moment nichts in meinem Kopf verloren hatten: ein nackter Männerrücken, ein perfekt sitzendes weißes Hemd vor einem strahlend blauen Himmel (Ich habe übrigens noch nie einen Mann kennengelernt, der aus dem Bügeln eines Hemdes so eine Zeremonie macht wie du. Ich hätte dir stundenlang dabei zusehen können…), das Grab von Edith Piaf… ein verheultes Taschentuch im Zug…

Ich habe versucht, dir zu erklären, dass das nichts mit meinem Leben hier zu tun hätte. Paris ist nicht Tübingen. Ich habe mich doch entschieden. Und die zweieinhalb Tage Glück nicht für mein Leben hier eingetauscht.

Warum schreibe ich das gerade dir? Wahrscheinlich, weil ich nichts mehr zu verlieren habe. Ich bin eine jammernde Frau. Etwas Jämmerlicheres gibt es eigentlich nicht. Und weil zwischen uns vom ersten Augenblick alles so selbstverständlich war. Es gab keine Diskussionen, in welches Lokal man geht oder ob man sich auf eine Parkbank setzt. Wir haben dieselben Dinge gesehen. Dieselben Menschen beobachtet. Dieselben Dinge komisch gefunden, das vor allem. Wir brauchten uns dann nur ansehen, und schon wusste ich, was du meinst.

Irgendwann fragte mein Freund mich, ob ich meinen Betrug wenigstens bereuen würde. Hätte ich in dem Moment wenigstens den Mut gehabt zu lügen! Oder wenigstens zu schweigen. Was nutzt einem Ehrlichkeit? Aber nein, ich habe den Kopf geschüttelt. Daraufhin bekam ich ein Glas Rotwein ins Gesicht. Nicht direkt ins Gesicht, sondern auf Hals und Bluse. Ich dachte in dem Moment: Leander würde so etwas nie machen. Oder doch?

Nun bin ich allein. Es musste ja so enden.

Diese Nacht nehme ich den Laptop mit ins Bett – und stolpere morgen früh garantiert über das Modem-Kabel. Vielleicht beweist du ein drittes Mal Mut und schreibst mir, ich denke an dich, ganz fest,

Juliane

Von:	Juliane Bauer <abeee@hotmail.com>
Betreff:	**Re: Flamenco por siempre**
Datum:	17. Mai 1999 21:26:45 MESZ
An:	Bianca <biancabachbluete@yahoo.de>

Liebe Bianca,
mein Leben bricht gerade wie ein Kartenhaus im Sturm zusammen. Ich habe mal wieder Streit mit meinem Freund. Dieses Mal ist es allerdings besonders schlimm, er hat stundenlang rumgeschrien. Und ich kann es ihm nicht mal verübeln. – Warum bist du nur in Köln und nicht hier? Warum hat mir Erol diese Katastrophe nicht vorausgesagt? Dann hätte ich mich doch irgendwie darauf vorbereiten können. Aber niemand kann so etwas vorhersehen.

Das Einzige, woran ich mich klammere, sind die Tage in Paris. Das war wie ein Traum von Unbeschwertheit und Frühling. Der intensive Kurs, die Gespräche mit den anderen Teilnehmern. Die Abschlussvorführung von Mercedes. Danke, dass du uns mitgeschleift hast.

Ich hatte danach noch ein traumhaftes Wochenende, ein zu schönes. Das zarte Grün in den Tuilerien tat den Augen gut, nach all dem Schneematsch in den letzten Monaten. Im Marais blühten an jeder Ecke leuchtend weiß die Kirschbäume. Du hast völlig Recht, Tübingen ist zu klein … Am Samstag war ich sogar noch in der Oper im Palais Garnier. Was für ein beeindruckendes Gebäude! In der Pause kann man auf den Balkon raus. Man fühlt sich wie eine Prinzessin, wenn man dort steht. All das muss ich jetzt anscheinend büßen. Ich höre dich schon sagen, dass ich einfach mal etwas genießen soll, ohne den Haken zu suchen. Das sagt sich so einfach.

Auf ganz bald, ja? Vielleicht schaffe ich es rund um meinen Geburtstag nach Köln!

Deine dich schwer vermissende Juliane

Von:	Juliane Bauer <abeee@hotmail.com>
Betreff:	**nur kurz**
Datum:	18. Juni 1999 17:23:22 MESZ
An:	Studi3442 <r.bauer@info-bibuni.tuebingen.de

Liebes Brüderchen,
vielen Dank für deine Glückwünsche auf dem AB. Im ersten Augenblick habe ich dich gar nicht erkannt vor lauter Rauschen und Knacken. Das mit diesen Handys scheint noch keine ausgereifte Technik zu sein.

Ich fühle mich nicht nur ein Jahr älter, mein ganzes Leben ist aus dem Takt geraten und das ausgerechnet jetzt, wo ich mich ganz auf die Dissertation konzentrieren sollte. Wohin gehöre ich? Ich weiß es nicht mehr.

Jeden Tag denke ich: Heute passiert was. – Und dann sitz ich doch nur den ganzen Tag in der Unibibliothek und träume von Paris. Nun gut, ich habe noch ein knappes Jahr, aber so langsam muss ich mir Gedanken darüber machen, was danach kommen soll. Langsam verstehe ich, warum unsere Eltern mich immer vor Kunstgeschichte gewarnt haben. So spannend das Studium war, nun bekomme ich die Quittung. Da hast du es mit deiner Informatik, die ich immer belächelt habe (ok, immer noch belächle), viel einfacher.

Bianca hat sich gestern einfach in den Zug gesetzt und ist nach Tübingen gekommen, um meinen Geburtstag mit mir zu verbringen. Auf sie ist eben Verlass. Kaum war sie zur Tür herein, war alles wie immer. Wir sind mit dem Fahrrad und einem vollen Picknickkorb nach Bebenhausen gefahren. Eigentlich wollten wir zu dritt los, doch mein Freund hat in letzter Zeit wenig Interesse an meiner Gegenwart.

Wusstest du, dass der letzte Abt von dem Kloster mit ein paar Getreuen vertrieben wurde? Er streunte einige Jahre mit ihnen durch die Lande, bis er am Ende seines Lebens allein wieder in Bebenhausen landete. Wie die Geschichte mit den zehn kleinen Negerlein. Ganz allein in seinem alten Kloster. Ich bewundere ihn, und gleichzeitig finde ich es unendlich traurig. – Klingt alles ein wenig nach Midlife-Crisis. Dafür bin ich mit 24 zu jung, oder?

Manche Gedanken muss ich einfach aufschreiben. Das

E-Mail-Tippen hilft mir beim Denken. Erst wenn ich eine Mail geschrieben habe, weiß ich, wie es mir geht. Es hat etwas von Meditation. Andere zahlen dafür viel Geld. Und ich liebe es, dass jede Mail einen doppelten Boden hat, den man erst erforschen muss.

Aber nun weiß ich noch gar nicht, wie es dir geht. Schreib mir, wovon du dich ernährst ohne mich! Behandeln sie dich gut in der Firma? Jedenfalls bin ich ganz schön stolz auf dich, dass sie dich direkt im Anschluss an das Praktikum übernehmen wollen. Auch wenn die Wohnung ohne dich und deine Pizzakartons ziemlich leer ist.

Liebe Grüße, auch an die Eltern. Du lässt dich bestimmt wieder von Mutti bekochen … dein gerade sehr hungriges

Schwesterchen

Von:	Studi3442 <r.bauer@info-bibuni.tuebingen.de
Betreff:	**Re: nur kurz**
Datum:	20. Juni 1999 15:01:31 MESZ
An:	Juliane Bauer <abeee@hotmail.com>

Liebe Juliane!
Hier spricht Deine Mutter.

Diesen elektronischen Brief schreibe ich Dir schon zum zweiten Mal. Hoffentlich klappt es diesmal.

Ich muss achtgeben, dass ich nicht wieder auf einen falschen Knopf drücke. Gerade war auf einmal alles Geschriebene wieder weg. Ich glaube nicht, dass ich das alleine hinbekommen würde. Robert zeigt mir gerade, wie das geht. Er hat angeboten, mir eine Adresse für E-Mails (schreibt man das so?) zu erstellen, aber das ist nichts für mich.

Hast Du denn unser Päckchen mit dem Geburtstagsgeschenk bekommen? Wenn Dir die Bettwäsche nicht gefällt, kann ich sie umtauschen. Die Farbe hast du früher immer gemocht.

Wann kommst Du uns besuchen? Die Magnolie im Garten ist eine Augenweide. Sie blüht wie im Urwald. Das musst Du Dir einmal ansehen.

Robert freut sich, nicht mehr in Tübingen zu wohnen. Vater und mir hat es dort immer sehr gut gefallen. Kommst du denn mit Deiner Doktorarbeit gut voran? Hoffentlich ist das Essen in der Mensa besser geworden.

Jetzt muss ich Robert noch bitten, diesen Brief an dich zu versenden.

Ruf doch mal wieder an, das ist sicherer,

Deine Mama

Hey! Premiere.

Die erste Mail unserer Mom. Gut aufheben! Bob

Von: Juliane Bauer <abeee@hotmail.com>
Betreff: **Bebenhausen**
Datum: 18. Juli 1999 19:57:54 MESZ
An: Bianca <biancabachbluete@yahoo.de>

Liebe Bianca,
ich vermisse deine sensationelle Paella mit Meeresfrüchten und die Video-Abende und das Nacktbaden im Neckar. Apropos: Unser Macho-Türke Erol hat immer zufällig keine Zeit, wenn es darum geht, sich einmal auszuziehen ... Und natürlich vermissen wir alle hier den Flamenco. Ohne dich wird das irgendwie nichts mehr mit dem Training, leider. Wir haben uns zwar letzte Woche getroffen, sind dann aber in einer Kneipe gelandet. Ohne eine einzige Minute geübt zu haben.

Seitdem du weggegangen bist, kommt mir Tübingen noch kleiner vor. Und noch freudloser. Ich vermisse meine beste Freundin. Komm zurück!

Mein Bruder, den du immer verteidigst – obwohl sein Chaos nicht zu rechtfertigen ist –, hat Anfang des Monats seinen Job in Bochum begonnen. Schon komisch, wenn der kleine Bruder eher Geld verdient als man selbst. Nun habe ich also die Wohnung für mich allein und komme hoffentlich zum Arbeiten. Das wäre auch dringend nötig, denn mit der Diss komme ich nicht voran. Ehrlich gesagt bin ich kurz davor, alles hinzuschmeißen. Das Thema überfordert und langweilt mich gleichermaßen. Ich kapiere schon lange nicht mehr, was mich an Heiligen auf Barockgemälden einmal interessiert hat. Ihr ununterbrochenes Leiden nervt. Können sie nicht einfach ihre Arbeit tun und zufrieden sein? Aber nein, sie müssen sich quälen und umbringen lassen.

Auch das Unileben finde ich immer skurriler. Ich verstehe mittlerweile vollkommen, dass du das Weite gesucht hast. Wie läuft denn die Kellnerei? Findest du den Wirt immer noch so attraktiv? In einem spanischen Lokal zu arbeiten, ist garantiert aufregender, als diesen vertrockneten Kunstgeschichtsprofessoren sonst wohin kriechen zu müssen.

Und von meinem Hilfskraftgehalt kann ich gerade meine Kosmetikartikel bezahlen. Auch das spricht dafür, die Promotion abzubrechen und eine richtige Stelle zu suchen. Ich hasse es, mit 24 immer noch am Rockzipfel der Eltern zu hängen. Aber die finden die Vorstellung einer »Frau Doktor«-Tochter weiterhin unterstützenswert.

Heute Morgen strahlte der Himmel so blau, dass mich plötzlich eine riesige Welle Sehnsucht überspült hat. Aber ich wusste nicht wonach. Schließlich habe ich die neuen Wanderschuhe angezogen und bin los.

Leider war diesmal in Bebenhausen (dankedankedanke für deinen Besuch an meinem Geburtstag!) alles abgesperrt, selbst die Kirche. Auf der Bank vor dem Portal lungerte eine Gruppe Jugendlicher herum. Man sah ihnen an, dass sie auch fortwollten. Alle wollen weg, und keiner weiß wohin. Ist das nicht merkwürdig? Ich bin dann einfach in den Wald gelaufen, wie der letzte Abt: einfach los.

Dabei habe ich viel über Paris nachgedacht und an deine Mahnung, nichts aufzugeben, sondern dranzubleiben. Das sage ich mir immer mit der Stimme unserer Flamenco-Göttin vor. Du hast ja so recht, es ist nicht einfach, aber es lohnt sich.

Obwohl ich es nicht wollte, habe ich nach einer halben Stunde auf einen Wegweiser geachtet, und dann auf den nächsten. Schon hatte ich ein Ziel: Stuttgart. Das ist zwar nicht Rom, aber immerhin. Und auf einmal hatte ich das Gefühl, dass mir nichts passieren kann. Was muss man tun, damit einen das nie mehr verlässt? – Es hat genau fünf Stunden angehalten. Bis ich in der U-Bahn vom SI-Zentrum Richtung Hauptbahnhof beim Schwarzfahren erwischt wurde. Anscheinend sieht man mir so etwas an.

Schreib mir bitte bald oder, noch besser, ruf an! Ich bin die nächsten Abende gut zu erreichen und muss einfach noch mal mit dir über meine vor sich hin bröckelnde Beziehung sprechen.

Deine Juliane

Von:	Bianca <biancabachbluete@yahoo.de>
Betreff:	**Rufe morgen an!**
Datum:	19. Juli 1999 22:16:43 MESZ
An:	Juliane Bauer <abeee@hotmail.com>

Schätzelein,
komm doch einfach mal zum Punkt: Du bist unglücklich. Hab mir schon gedacht, dass es irgendeinen Grund gibt, warum ich keine Mails mehr bekomme. Das kennt man gar nicht von dir. Du würdest doch sogar der Feuerwehr eine schreiben, wenn es brennt.

Und ich weiß auch, an wem das liegt. Und du weißt, dass ich es weiß und so fort … Also tu endlich was, schick den Langweiler in die Wüste oder sonst wohin. Nur weil ihr jetzt seit dem ersten Semester zusammen seid, musst du doch nicht bis zum letzten warten, um Tschö zu sagen. Mein Ratschlag dranzubleiben, bezog sich auf das Flamenco-Tanzen und NICHT auf deine verkorkste Beziehung! Du brauchst einen, der auf deiner Wellenlänge funkt und nicht so einen Miesepeter! Im Ernst: Ich hoffe wirklich, dass du diesen Beziehungssaustall bald ausmistest, du kannst doch nicht dein ganzes Leben im Wartesaal verbringen und hoffen, dass es sich irgendwann von alleine regelt. Tu was!

Natürlich erinnere ich mich an den alten Knaben aus Bebenhausen, der mit seinen Männeken los ist. Das war bestimmt auch so eine Drama-Queen wie du. An dem brauchst du dir echt kein Beispiel nehmen.

Deine Bianca, die immer zu dir halten wird, egal was kommt. Oder wer. Vielleicht doch noch der mit den braunen Kulleraugen wie vorausgesagt?

Von:	Juliane Bauer <abeee@hotmail.com>
Betreff:	**Paris im Frühjahr**
Datum:	12. September 1999 22:56:13 MESZ
An:	Lysander <lysander_x@addcom.de>

Lieber Leander,
wahrscheinlich wolltest du nichts mehr mit mir zu tun haben nach meiner grauenhaften Gedichtinterpretation. Es tut mir unendlich und ewig leid, dass ich nur an mich und meine Zerrissenheit denken konnte. Völlig zu Recht hast du eine

andere Antwort erwartet. Aber ich konnte nicht anders. Ich war schlicht überfordert. Es hat sich alles falsch angefühlt. Mittlerweile sehe ich klarer.

Ein halbes Jahr ist seitdem vergangen. Ein Sommer ist ins Land gegangen seit unserem Opernabend in Paris. Selbst der Kirschbaum vor meinem Fenster verfärbt sich schon. Und es hängen wirklich Birnen dran. Ich summe den ganzen Tag mein Lieblingslied aus Kinderzeiten: *Herbst ist da, der Sommer ging hin, leiser die Winde wehn …* Kennst du das? – Und ich bin fast schon schweigsam geworden in den letzten Wochen. Du würdest es mögen, glaube ich. Ach Leander, ob du wohl irgendetwas an mir magst? Oder mögen könntest?

Ich habe in Erinnerung, dass du ab Mitte September wieder in Berlin sein wirst. Können wir uns sehen? Bitte! Ich fahre Ende September dorthin, wieder einmal wegen meiner Doktorarbeit. Man glaubt es nicht, aber sogar dort hängen Heilige in den Museen. Seit Paris habe ich mich ins Schreiben gestürzt, trotzdem ist mir nichts geglückt. Immerhin muss ich mir keine Sorgen mehr machen, dass meine Untersuchung zu kurz wird. Momentan sind es 636 Seiten. Maximal 400 dürfen es werden.

Für mich wäre es sehr wichtig, über das zu reden, was zwischen uns geschehen ist, von dem Kennenlernen auf der Seine-Brücke bis zu der Verabschiedung auf dem Bahngleis des Gare de l'Est. Und vielleicht auch darüber hinaus. Es würde mir sehr viel bedeuten.

Bitte melde dich, deine

Juliane – die orientierungslose Flamenco-Dilettantin

aus Tübingen

P.S. Seit Anfang August bin ich Single – das hat aber weder mit dir zu tun noch damit, dass ich mich wieder melde. Nur damit du es weißt.

Von:	Juliane Bauer <abeee@hotmail.com>
Betreff:	**noch mal ich**
Datum:	27. September 1999 21:34:54 MESZ
An:	Lysander <lysander_x@addcom.de>

Leander,
bin jetzt in Berlin, in einem Internetcafé. Der Türke an der Kasse starrt mich merkwürdig an, weil ich das mit dem Einwahl-Code dreimal nicht kapiert habe und er das System neu starten musste. Wahrscheinlich steinigen mich die anderen gleich. Hilfe, jetzt zwinkert er auch noch! Anscheinend stehen Türken auf mich, nur ich nicht auf sie!

Ich muss dich wirklich, wirklich sehen. Unbedingt. Ich übernachte in einem Hotel am Wittenbergplatz, komme aber gerne egal wohin. Berlin soll ja nicht so groß sein wie Paris, oder war es genau andersherum? Bitte melde dich, ich bin noch bis Samstag, 2. Oktober (vier Uhr) hier. Sonst verbringe ich den Rest meines Lebens hinter der Theke dieses Internetcafés und verbreite als Gattin des Besitzers schlechte Laune. Das kannst du nicht wollen. Vor allem, weil ich Berlin nicht ausstehen kann, hier ist mir alles zu unpersönlich.

Ich werde jeden Abend um zehn nachschauen, ob du geschrieben hast. Juliane

Von: Studi3442 <r.bauer@info-bibuni.tuebingen.de
Betreff: **nur kurz**
Datum: 28. September 1999 17:23:22 MESZ
An: Juliane Bauer <abeee@hotmail.com>

Was ist los? Keine E-Mail mit Anweisungen? Bin bis morgen in der Wohnung in Tü. Blumen gießen 1 oder 0? Sonst hast du mir doch sogar Mails geschrieben, wenn ich im Zimmer nebenan war. Also, was ist los? Was geht ab in Berlin?

Greetzs Rob

Von: Lysander <lysander_x@addcom.de>
Betreff: **Re: noch mal ich**
Datum: 29. September 1999 21:07:12 MESZ
An: Juliane Bauer <abeee@hotmail.com>

hallo juliane,
pass auf, sonst schreibt dir der türke auch noch ein schlechtes gedicht...

ich weiß nicht, was es noch zu reden gibt. dein schlechtes gewissen ist ein bisschen wenig. und ehrlich gesagt interessiert mich deine trennungsgeschichte nicht, sorry. aber wenn du darauf bestehst meinetwegen.

am donnerstagabend bin ich im »da lorenzo«, senefelder 37. sitze immer am hintersten tisch rechts, neben der unvermeidlichen david-statue. ab sieben.

lass mich nicht warten. du bist eine frau, die nicht so recht weiß, was sie eigentlich will, aber das mit leidenschaft! den eindruck hast du mit deinen mails jedenfalls hinterlassen. oder täusche ich mich?

beste grüße

leander

Von:	Juliane Bauer <abeee@hotmail.com>
Betreff:	**Unser Treffen in Berlin**
Datum:	7. Oktober 1999 20:41:52 MESZ
An:	Lysander <lysander_x@addcom.de>

Lieber Leander,
wie beginnt man eine Mail, wenn man ein so unglaublich schlechtes Gefühl im Magen hat wie ich seit dem 1. Oktober? Meine Heiligen interessieren mich nicht mehr, die Intrigen meines Professors interessieren mich nicht mehr, nicht einmal meine Freunde interessieren mich zur Zeit. Eigentlich kann ich an nichts anderes mehr denken als daran, wie ich mich entschuldigen kann. Irgendwer hat mal gesagt, dass man aus Fehlern lernen würde. – Dieser Satz selbst ist ein Fehler.

War der verfluchte David an allem schuld? Sein gelangweilter Blick hat mich schon immer geärgert. Oder lag es an Berlin? Ich weiß es nicht. Ich weiß nur, dass unser Treffen komplett gescheitert ist. Warum bist du einfach aufgestanden und gegangen? Und das, bevor wir richtig miteinander sprechen konnten. Ich gebe zu, meine Bemerkung war unbedacht. Sie war nicht nur unbedacht, sondern sogar beleidigend. Aber sie war nicht so gemeint, und das hättest du eigentlich wissen müssen. Insofern war sie vor allen Dingen wohl doch unbedacht. Und noch einmal: Es war nur EIN Satz, da muss man nicht aufstehen und weglaufen!

Als ich reinkam, hast du mit verschränkten Armen dagesessen wie ein Richter, für den das Urteil schon vor der Verhandlung feststeht. Das hat mich völlig verunsichert. Dein Blick war so hart, nicht mehr so warm wie in Paris.

Ich hätte das einfach übergehen sollen und dich zu deinem Geschmack beglückwünschen. Das Lokal war perfekt (bis auf die erwähnte Statue) – für einen *erfreulichen* Abend!

Schließlich hat mich völlig überfordert, dass du jeden Smalltalk übersprungen hast. Kein »Wie geht es dir?«, kein »Schönes Wetter heute«, nichts!

Stattdessen hast du direkt gefragt: »Worüber willst du reden?«

Worüber wohl? Diese eigentlich total naheliegende Frage hat mich vollends aus dem Konzept gebracht. Ich habe vor dem Treffen über sehr viel nachgedacht, über dich und mich und uns und Paris, aber nicht darüber, welche Überschrift das bekommen soll. Vielleicht deswegen dieser eine blöde Satz.

Worüber willst du reden? Ich gebe zu, »Das ist doch wohl klar« war auch nicht gerade herzlich. Aber warum hast du dann geschwiegen? Warum hast du mir, warum hast du uns nicht aus dieser Situation befreit? Dieses Schweigen war unerträglich.

Dann mein verdammter Satz, den ich bereue wie nichts in meinem Leben!

Ich wusste einfach nicht mehr, was ich sagen sollte. Da ist es doch nicht verwunderlich, wenn man einen absoluten Müllsatz redet. Vielleicht wollte ich meine Unsicherheit mit einem Witz überspielen. Ich weiß es nicht.

Inzwischen frage ich mich, ob es überhaupt irgendeinen Satz gegeben hätte, nach dem du nicht gegangen wärst? Wahrscheinlich nicht.

Dieser verdammte Satz.

Nachdem du weg warst, hat der Kellner dein Mineralwasser vor mich auf den Tisch geknallt. Anscheinend hat er uns beobachtet, und das war sein Kommentar zu uns. Nie zuvor wurde ein Glas so vorwurfsvoll auf einen Tisch gestellt. Ich habe es natürlich nicht angerührt. Noch nie hat mich ein Gegenstand so beleidigt angesehen …

Gibst du mir noch eine Gelegenheit, mich persönlich zu entschuldigen? Wenn es sein muss, telefonisch. Ich kann auch wieder nach Berlin kommen.

Bitte! – Vielleicht gelingt es uns irgendwann, wenigstens drei Tage vollzubekommen. Mehr möchte ich gar nicht. Nur drei Tage.

Bitte melde dich,

Juliane

Von: Juliane Bauer <abeee@hotmail.com>
Betreff: **WEIHNACHTEN**
Datum: 25. Dezember 1999 15:46:22 MEZ
An: Lysander <lysander_x@addcom.de>

Fröhliche Weihnachten, Leander!
Die perfekte Gelegenheit, um Menschen, die aus Unsicherheit blöde Sätze sagen, zu verzeihen! Und auch endlich Zeit, liegengebliebene Mails zu beantworten… Oder zumindest mitzuteilen, ob man sie erhalten hat… Es lebt sich für den Absender sehr unangenehm im Unwissen, ob man wenigstens gelesen wird…

Stoff für eine Mail gäbe es genug: Ich möchte alles wissen. Beispielsweise, ob du über Weihnachten bei deinen Eltern in Stuttgart bist. Gehört ihr zur Kartoffelsalat-Würstchen- oder zur Braten-Fisch-Fraktion? Baum oder Nicht-Baum? Kerzen oder elektrisch? Hast du dir etwas Bestimmtes gewünscht, oder gerade nicht? Vielleicht sogar, dass ich keine weiteren Mails schreibe? Diesen Wunsch kann ich dir zumindest für dieses Jahr nicht erfüllen.

Bei uns läuft alles wie gehabt. Meine Mutter lässt sich von der Gans nicht mehr abbringen, obwohl sowohl mein Bruder als auch ich schon seit Jahren kein Geflügel mehr zu uns genommen haben. Sie ignoriert das einfach. Auch so eine Möglichkeit, mit Schwierigkeiten umzugehen. Inzwischen essen wir die Gans wieder, weil das einfacher ist als die ewigen Diskussionen.

Was ich mir wünsche, kannst du dir selbst denken, s.o.

Noch mal fröhliche Weihnachten, lieber Leander. Doppelt hält besser, deine Juliane

2000

Von: Juliane Bauer <abeee@hotmail.com>
Betreff: **Aschermittwoch**
Datum: 8. März 2000 15:52:25 MEZ
An: Bianca <biancabachbluete@yahoo.de>

Liebe Bianca,
da du nicht hier bist, möchte ich per Mail darauf anstoßen, dass ich heute meine Doktorarbeit zum Buchbinder gebracht habe. Es ist vollbracht. Der Aschermittwoch bietet sich dafür an. Nun steht nur noch das Rigorosum an, und dann beginnt ein neues Leben. – Das sagt zumindest meine Mutter. Dabei beginnt das neue auch nur im alten. Was mir entgegenkommt, da ich lieber aufhebe als wegwerfe.

Gestern war mein letzter Uni-Faschingsball. Ich habe mich aus Nostalgie genauso verkleidet wie bei meinem ersten. Mit dem schrill geblümten Kleid meiner Mutter aus den Siebzigern und ihrem lila Flokati-Mantel.

Eigentlich war es unter diesen Voraussetzungen kein Wunder, dass ich meinen Exfreund getroffen habe, mit seiner neuen Flamme (BWL im Grundstudium, Nebenfach Rhetorik – das sagt eigentlich alles! Langweiliger geht nicht. Na, das passt immerhin zu ihm.). Schließlich haben wir uns '94 kurz nach dem Ball kennengelernt, als er mich in der Mensa auf das Kleid angesprochen hat. Gestern hat er nicht einmal bemerkt, dass ich es wieder anhatte. Zunächst haben wir uns nett unterhalten. Bis auf einmal eine Sicherung bei ihm durchbrannte und er die Gelegenheit für eine Generalabrechnung nutzte.

Er warf mir vor, »immer« alle Positionen aufzugeben, sobald ich merke, dass jemand anderer Meinung sei. Er findet das »unglaublich egoistisch«. Ich sei wie meine Mutter: Beide wären wir zu etepetete fürs Streiten. Mein Vater würde an ihr genauso »abperlen«. Hauptsache, auf der Oberfläche sehe alles aufgeräumt aus. Ich würde mich nicht aus Schwäche unterordnen, sondern aus Hochmut. Weil wir uns zu vornehm für eine Auseinandersetzung wären, also ich und meine Mutter. Beim Streiten sollen sich die anderen die Hände schmutzig machen. Bla bla bla – Geht's noch? Du hattest ja so Recht, er ist ein Trottel. Schade, dass man sechs Jahre braucht, um das zu bemerken.

Es klang so, als wäre er mit meiner Mutter zusammen gewesen. Dazu passt, dass sie sich bei jedem Telefonat erkundigt, wie es ihm geht. Seine BWL-Flamme stand staunend daneben. Anscheinend wurde ihr gerade klar, auf was für einen Typen sie sich eingelassen hat.

Angeblich hat er mich verlassen, als er gemerkt hätte, dass ich alles tun würde, nur um nicht verlassen zu werden. Das hätte seine Liebe kaputt gemacht. Das ist doch völlig unlogisch! Aber es bringt nichts, mit ihm über Logik zu streiten. Einmal nicht Recht zu haben, kommt in seinem Denken gar nicht vor. Deswegen habe ich geschwiegen, was ihn wie immer noch wütender machte. Aber soll ich nur deswegen rumschreien?

Wahrscheinlich hat er einmal in seinem Leben das Richtige gesagt: Ich bin die ewigen Streitereien mit ihm satt. Es hat mich zermürbt.

Nach dir hat er sich auch erkundigt. Keine Ahnung, was er damit wieder bezweckte. Egal. – Wann sehen wir uns wieder?

Deine Juliane

Von: Bianca <biancabachbluete@yahoo.de>
Betreff: **Re: Aschermittwoch**
Datum: 14. März 2000 21:16:43 MEZ
An: Juliane Bauer <abeee@hotmail.com>

Schätzchen,
atme tief ein und sprich mir nach: Er ist ein Trottel, und ich vergesse ihn! Das Ganze wiederholst du jeden Abend und jeden Morgen zehn Mal.

Der war nicht mal das Papier für dein Butterbrot wert, der Rumschreier. Du brauchst jemand Kultiviertes. Jemand, der mit dir mal ins Konzert geht. Irgendeinen Maler oder Galeristen.

Oder du spannst Katti den Türken aus. Angeblich sind die beiden immer noch zusammen.

Halt die Ohren steif,
Bianca

Von: Juliane Bauer <abeee@hotmail.com>
Betreff: **Re: Re: Aschermittwoch**
Datum: 14. März 2000 23:52:25 MEZ
An: Bianca <biancabachbluete@yahoo.de>

Er ist ein Trottel, und ich vergesse ihn!
Er ist ein Trottel, und ich vergesse ihn!
Er ist ein Trottel, und ich vergesse ihn!
Er ist ein Trottel, und ich vergesse ihn!

Er ist ein Trottel, und ich vergesse ihn!
Er ist ein Trottel, und ich vergesse ihn!
Er ist ein Trottel, und ich vergesse ihn!
Er ist ein Trottel, und ich vergesse ihn!
Er ist ein Trottel, und ich vergesse ihn!
Er ist ein Trottel, und ich vergesse ihn!

Von:	Juliane Bauer <abeee@hotmail.com>
Betreff:	**Zweieinhalb Tage Paris**
Datum:	23. April 2000 21:03:43 MESZ
An:	Lysander <lysander_x@addcom.de>

Lieber Leander,
erinnerst du dich? Heute vor einem Jahr in Paris … Damals konnten wir beide nicht ahnen, dass unsere Bekanntschaft im Nichts enden würde. Ein Nichts, in das ich immer mal wieder hineinrufe. Das möchte und kann ich nicht akzeptieren.

Also schreibe ich dir an »unserem« Jahrestag, wie ich die zweieinhalb Tage erlebt habe, um etwas gegen dein Schweigen zu setzen. Wenn ich meinem Schwur treu bleibe, ist das meine einzige Möglichkeit, jemals wieder nach Paris zu reisen. Und ich werde diesem Schwur treu bleiben.

Vielleicht lese ich die Mails an dich wieder, wenn ich in Rente gehe, und freue mich dann über meine Jugendsünden. Hier also meine Version unseres Kennenlernens:

––– Eines noch vorweg: Diese Mail entsteht unter Alkoholeinfluss, nur falls ich mich bei der Lektüre als alte Frau wundere!!! ---

Es war einmal eine junge Frau, die mit ein paar Freunden für ein Workshop-Seminar bei einer weltberühmten Flamenco-Tänzerin nach Paris kam. Dort wurde ihr prophezeit, dass sie ihr Glück genau dort finden würde. Und siehe da: Als sie nach dem Kurs gerade die Seine überqueren wollte, lief vor ihr ein amerikanischer Rentner mit seiner Frau. Beide trugen gigantische Sonnenbrillen und »I love Paris«-T-Shirts. Der heftig schnaufende ältere Herr blieb plötzlich abrupt stehen, daraufhin die Gattin und daraufhin die junge Frau hinter ihnen. Mit großem Pathos rief er: »Never forget, what has begun here.«

Im selben Augenblick bemerkte sie einen Kaugummi an ihrem Turnschuh und quiekte: »Shit!«

Vielleicht bist du inzwischen verheiratet und kannst aus eigener Erfahrung bestätigen, dass einen in einer Ehe vor allem der Shit vereint. Bei meinen Eltern ist es jedenfalls so.

Nichtsdestotrotz war es sehr rührend mit anzusehen, wie der alte Mann seine Frau stützte, während sie auf einem Bein herumhüpfend versuchte, den Kaugummi mit einem zusammengerollten Prospekt abzukratzen.

Wahrscheinlich wäre ich ohne diesen Zwischenfall für unsere Begegnung gar nicht bereit gewesen. Ehrlich gesagt bin ich wegen der beiden stehen geblieben, nicht deinetwegen. Wenn überhaupt habe ich mir höchstens gedacht: noch einer von diesen hübschen Franzosen. Du hattest die Ärmel deines Pullovers so cool und lässig über dem Poloshirt verknotet, wie es ein Deutscher nie hinbekommen hätte.

In dem Moment erschien das chinesische Brautpaar, sie in Weiß und er im Smoking. Trotz des blauen Himmels muss sie erbärmlich gefroren haben. Ihnen voraus der Fotograf, drei Kameras baumelten ihm um den Hals, oder waren es sogar mehr? Auf jeden Fall hat er ununterbrochen gebrabbelt, entweder mit sich oder dem eingeschüchterten Paar. Er postierte die beiden an dem Geländer und drückte ihnen ein eingeschweißtes Vorhängeschloss in die Hand. Sie sollten es für das Hochzeitsbild an dem Gitter festschließen und sich dabei verliebt in die Augen schauen. Wir, also du und ich, stellten uns nebeneinander an das Geländer auf der anderen Seite, um aus dem Bild zu kommen.

Hat der Bräutigam als Erster probiert, die Verpackung mit den Zähnen aufzureißen? Wahrscheinlich er. Und dann sie. Und schlussendlich der unablässig brabbelnde Fotograf. Keiner hat es geschafft. Irgendwann riss ihm der Geduldsfaden. Und die beiden mussten das eingepackte Schloss in die Kamera halten. Und dabei lächeln.

Da habe ich dich zum ersten Mal bewusst wahrgenommen. Deine funkelnden Augen, den Seidenschimmer deiner Haare, das Grinsen in den Mundwinkeln. – Ja, auch die Ringlosigkeit deiner Finger. Meine Freundin Bianca hat mir beigebracht, bei Männern erst auf die Hände und dann auf den Hintern zu sehen.

Auf dem nächsten Bild sehe ich uns einem Touristenschiff nachschauen, das sich gegen die Strömung kämpft. Es war so hoch, dass es unmöglich unter der Brücke hätte hindurch fahren dürfen. Aber auf einmal war es halb durch. Vom Deck aus wurde uns zugewunken. Nicht irgendwem, sondern uns. Doch wir ließen unsere Hände auf der von der Sonne warmen Brüstung liegen. Sie lagen einfach da. Ich war mir nicht sicher, ob sie sich wirklich berührten oder ob ich mir das nur einbildete. Aber hinzuschauen traute ich mich auch nicht. Irgendwann wurde mein kleiner Finger so heiß, dass es keinen Zweifel mehr gab.

Bis wir aufbrachen, immer noch schweigend. Wir liefen Richtung Quartier Latin, als ob man über nichts reden müsste. Nebeneinander, selbst die enge Straße nach oben. Noch nie habe ich jemanden getroffen, mit dem ich mich so umfassend verstanden habe wie mit dir. Man muss nicht immer alles zerreden, vor allem, wenn es um Gefühle geht. Ich habe eine Andeutung lieber, lese lieber zwischen den Zeilen. Und mache mir dann meine Gedanken. Das Direkte liegt mir nicht so. Genau wie dir, glaube ich.

Unsere erste Unterhaltung kann man sich leicht merken. Du hast mich plötzlich am Arm gepackt und an dich gezogen, bevor mir der Laster der Müllabfuhr seinen Seitenspiegel in die Schulter rammen konnte. Sie lautet:

Leander: »Attention!«

Juliane: »Merci.«

Gar nicht einfach, nach so einem bedeutsamen Gespräch mit dem üblichen Magst-du-Paris-ja-ich-liebe-es weiterzumachen … Dabei hatte ich zu dem Zeitpunkt bis auf die Flamenco-Schule und meinem Hotel nichts von der Stadt gesehen.

Also schwiegen wir, bis wir vor dem Les Deux Magots standen. Das kannte ich aus dem Reiseführer. Eine Gruppe betrunkener Amerikaner fotografierte sich kreischend gegenseitig. Wir sahen uns kurz an. Du hast gelächelt, schon war alles klar. Also bogen wir nach links ab auf den Boulevard. In einem der Bistros war draußen ein Tisch frei. Ganz am Rand, wo es schon wieder in den Bürgersteig übergeht.

Bis dahin dachte ich, du wärst Franzose. Ich hatte mir ein paar Phrasen zurechtgelegt. Du hast mich nach meinem ersten dahingestöpselten Satz erlöst, indem du auf Deutsch fragtest, ob ich Rheinländerin sei.

Wahrscheinlich erinnere ich mich deshalb nicht an den Inhalt unseres Gesprächs, weil ich zu beschäftigt war, auf deine Fragen halbwegs sinnvolle Antworten zu geben und gleichzeitig aufzupassen, dies nicht allzu sichtbar werden zu lassen: Der Kerl ist so toll … Und warum interessiert er sich sogar dafür, wie man Kastagnetten hält? … Warum kann er jeder noch so banalen Bemerkung etwas abgewinnen? … Und immer wieder: diese sanften, braunen Augen …

Wahrscheinlich ist es besser, dass ich mich nicht genau an unser Gespräch erinnere, denn ich gebe viel Unsinn von mir, wenn ich aufgeregt bin. Halt, eine Sache fällt mir gerade ein: Du hast mir von dem Tempel in Japan erzählt, der alle zwanzig Jahre abgerissen und danach genauso wieder aufgebaut wird. Du hast gesagt, dass du zweimal im Leben dabei sein möchtest. Mit demselben Menschen. Hast du mich wenigstens in diesem Moment in Betracht gezogen? Wenigstens für ein paar Sekunden?

Zu meinem Hotel fuhr ich mit der Métro, allerdings nur, um mich umzuziehen. Wir trafen uns unweit deiner Wohnung im Marais zum Abendessen wieder. Du hattest auch etwas anderes an, kein Poloshirt mehr, sondern ein himmelblaues Hemd. Für dich ist es eine Sache der Ehre, anständig rumzulaufen. Natürlich siehst du auch unangezogen sehr gut aus, aber das meine ich nicht. Du weißt schon, worum es geht.

Egal wie, dass du mal ein guter Botschafter wirst, merkte man daran, dass du bereits einen Tisch reserviert hattest. Und an der Zuvorkommenheit, mit der die Kellner und der Wirt dich begrüßten. Ich denke, dein Gedicht hat mich deswegen so überfordert, weil das gar nicht zu dir passt. Gedichte schreiben doch sonst nur Angeber oder Mädchen wie ich!

Bei dem Abendessen hätte ich viel darauf verwettet

Von:	Juliane Bauer <abeee@hotmail.com>
Betreff:	**Zweieinhalb Tage Paris, 2. Teil**
Datum:	24. April 2000 03:37:43 MESZ
An:	Lysander <lysander_x@addcom.de>

– nie eines von dir zu bekommen. (Vorhin hat das Telefon geklingelt und mich so erschreckt, dass ich aus Versehen auf Senden gedrückt habe!)

Frauen, die behaupten, sie würden niemals am ersten Abend mit einem Mann mitgehen, sind oft die schlimmsten. Deswegen lasse ich das lieber. Vielleicht glaubst du mir trotzdem, dass ich das zum ersten Mal gemacht habe. Gestern vor einem Jahr. (Und seitdem nicht wieder, falls es dich interessiert.)

Bestimmt gibt es ein paar nachvollziehbare Gründe, warum ich bei dir übernachtet habe: vielleicht wegen der

Flasche Wein, vielleicht lag es an einer nicht zu Ende geführten Diskussion über Augenfarben oder an dem kaum nachvollziehbaren Unterschied zwischen UNO und Unicef – bei einer von beiden hast du ein Praktikum gemacht, nur bei welcher? Irgendwann waren wir jedenfalls bei dir.

Immerhin waren wir so mit uns beschäftigt, dass keiner an Sex dachte. Ich zumindest nicht. Und wenn dann nur ein bisschen. Du kannst dich so für etwas begeistern, dass du alles andere nicht bemerkst. Selbst die Nervosität einer Frau, die zufällig ihre leicht durchsichtige Flamenco-Bluse angezogen hat … Oder du bist ein ausgezeichneter Schauspieler.

Von deiner kleinen Wohnung ist mir am besten der Bücherstapel neben dem Bett in Erinnerung geblieben. Den habe ich mehrfach umgeworfen und trotz deiner Proteste wieder errichtet. Du hast ihn dann jedes Mal um ein paar Bücher erhöht. Französische Taschenbücher waren das, die alle wahnsinnig intellektuell aussahen. Die meisten über Politik oder Geschichte. Daran erinnere ich mich. Ja, und daran, dass ich gar nicht genug vom Geruch in deinem Nacken bekommen habe. Und von deinen Augen.

Nun ein Geständnis. Während du am nächsten Morgen Croissants geholt hast, dachte ich: An dem Mann muss ein Haken sein. Deswegen habe ich überprüft: a) den Kühlschrank, b) die Schmutzwäsche und c) das Waschbecken. Ohne irgendwelche Beanstandungen. Natürlich habe ich auch deine CDs durchgesehen, was man halt so macht … Du kamst zurück, als ich gerade eine CD von Leonard Cohen in der Hand hielt. Und es war nicht irgendeine, sondern *meine*. Die ich in allen schweren Tübinger Stunden gehört habe. Du hast erzählt, wie du eine ganze Nacht mit Cohen in einer New Yorker Hotelbar Whisky getrunken hast. Anderthalb Whiskys, auf die er dich Achtzehnjährigen eingeladen hat. Hast du wirklich erst Monate später erfahren, dass er es war?

Dann haben wir die CD zusammen gehört, auf dem Bett sitzend. Hand in Hand.

--- Jetzt habe ich meine eine halbe Stunde vergeblich gesucht! Ist das ein Wink des Schicksals, endlich aufzuhören, dir nachzulaufen? Nein. Nein. Nein … *Dance me to the end of love* ---

Samstag also. Es war meine Idee, dass wir den Tag so verbringen sollten, als ob ich gar nicht da wäre. Also erst zur Reinigung und dann doch die sündteuren braunen Lederschuhe kaufen, um die du seit Wochen einen Bogen geschlagen hattest. Danach in einem Café den *Figaro* von vorgestern lesen, hin und wieder den Kopf schütteln. (Du hast gelesen und simultan übersetzt.) Sich hin und wieder nach links beugen für einen Kuss. Danach die Schuhe nach Hause bringen, feststellen, dass sie unterschiedlich groß sind, zurück zu dem Laden. Zwei Verkäuferinnen und einen Geschäftsführer beobachten, wie sie vor lauter Schuldbewusstsein beinahe auf die Knie gehen. Mit den gleich großen Schuhen zu einem Asiaten und trotz eines riesigen Angebots an verschiedenen Gerichten auf großen Platten das essen, was einem in Plastikschüsseln hingestellt wird. Sich an den mikrowelleheißen Nudeln die Zunge verbrennen, dabei mit zwei Stäbchen essend und milde grinsend, wenn der gegenübersitzenden Frau die Hälfte auf das Tablett fällt.

––– Erinnerungslücke. Was ist wohl nach dem Mittagessen passiert? –––

Am späten Nachmittag haben wir jedenfalls einen ausgedehnten Spaziergang gemacht, erst an der Seine entlang, schließlich nach rechts zum Palais Royal.

Es war schon bis dahin ein wundervoll entspannter Tag, ab da war es wie verzaubert. Ab dem Augenblick, als du eine auf dem Brunnenrand liegende Zeitung bis zum Veranstaltungskalender geblättert hast. Du nahmst meine Hand und fragtest: »Warst du auch noch nie in der Oper?«

Erst wollte ich dich anschwindeln, aber das brauchte ich bei dir nicht. Also sagte ich die Wahrheit: »Sehr oft sogar, aber noch nie in der Pariser.«

Du sprangst auf und zogst mich hoch. »Dann besteht jetzt die einmalige Chance, dass ich gemeinsam mit dir etwas zum ersten Mal tue. Wir haben noch 23 Minuten.«

Hand in Hand rannten wir zur Oper. Erst durch enge Straßen und dann einen breiten Boulevard entlang. Buchstäblich in allerletzter Sekunde bekamen wir zwei Karten. Die Dame am Einlass wollte die Tür zu der Loge gerade schließen, als wir die riesige Treppe zum ersten Rang hochstolperten. Sie drückte einen Zeigefinger auf die Lippen und ließ uns hinein. Die ganze erste Hälfte hielt ich die beiden Tickets umklammert. Ich war in meinem Leben noch nie so glücklich – und so außer Atem.

Von der Oper habe ich nicht viel mitbekommen, so sehr war ich damit beschäftigt, mich zu beruhigen und aus den Augenwinkeln immer wieder auf deinen sich hebenden Brustkorb zu schauen.

In der Pause hast du mir die Handlung vorgelesen. Wir

standen auf dem Balkon, unter uns der Platz, voller Touristen und Musiker und Gewusle. Ich weiß noch, dass ich plötzlich traurig wurde. Als hätte ich in diesem Augenblick vorausgeahnt, wie alles enden würde.

Die arme Butterfly wartet das ganze Leben auf ihren Amerikaner. Und als er endlich kommt, ist es zu spät. Er ist verheiratet und möchte nur das gemeinsame Kind abholen. Willst du, dass ich ihre Rolle – ohne Kind! – übernehme?

Völlig übermüdet sind wir eng umschlungen eingeschlafen. Der Bücherstapel lag am Morgen umgeschmissen neben dem Bett. Ich versuchte, ihn wieder aufzubauen, was gar nicht so einfach war, denn du hast im Schlaf mit beiden Armen meinen linken festgehalten. Dennoch gelang mir der Turmbau. Zufrieden wartete ich, bis du aufwachen würdest. Ich wollte wissen, was du zuerst tätest. Wenn ich es mit halb geschlossenen Augen richtig mitbekommen habe, hast du dir mit der flachen Hand auf den Bauch geklopft, ungefähr vier-, fünfmal. Dann bist du aufgesprungen und hast an der Klimmzugstange in der Tür zum Bad herumgeturnt. Ich folgerte das aus deinen Atemgeräuschen und der Tatsache, dass du auf einmal kein T-Shirt mehr anhattest.

Nach dem Duschen kam das mit dem Tee. Deine Rückenmuskeln haben jeden Handgriff verraten. Nachdem das Wasser eigentlich schon längst hätte kalt sein müssen, kamst du mit dampfenden Tassen auf dem kleinen Tablett zum Bett. Und dann …

Warum lernt man auf der Uni, den Faltenwurf einer Marienfigur auf hundert Arten zu beschreiben und ist trotzdem völlig überfordert, wenn es um den eigenen Körper geht? Der Sex mit dir war wie – zum ersten Mal. Es hat sich vollkommen richtig angefühlt. Hoffentlich sage ich das bis zu meinem Lebensende nicht jedes Mal danach. Denn jedes Mal würde es etwas wegnehmen von dem, was am Morgen des 25. April 1999 in Paris passiert ist. Hätte ich eine Wiederholung überlebt, oder wäre ich explodiert?

Ich weiß nicht, warum ich dir das alles schreibe.

Ich weiß es wirklich nicht.

Vielleicht, um mir zu beweisen, dass es wirklich so war.

Kann man das Geschehene durch E-Mails wieder heraufbeschwören? Für einen kurzen Moment gelingt es. Eine Sekunde später sind es nur eine Menge Buchstaben. Seit ich welche schreibe, war ich noch nie so unzufrieden mit dem Ergebnis. Mir macht daran eigentlich Spaß, dass jede eine zweite oder dritte Ebene hat, die man beim Schreiben chiffrieren und beim Lesen wieder dechiffrieren muss wie Geheimbotschaften im Zweiten Weltkrieg. Nur dieses Mal gelingt es mir nicht. Obwohl ich die letzten Absätze zwanzig Mal umformuliert habe, bleibt es doch lau.

Oft finde ich E-Mails über mein Leben unterhaltsamer als mein Leben selbst. Sie sind das Gemälde und das Leben nur die Skizzen dazu. Aber dieses Mal wirkt alles wie die bemühte Bildbeschreibung einer Kunstgeschichtlerin. Du bist der einzige Mensch, der weiß, wie es wirklich war.

Danach standen wir lange mit einem umgeschlungenen Bettlaken am offenen Fenster. Neben dem blühenden Kirschbaum saß ein Obdachloser auf dem Bürgersteig. Eigentlich nicht direkt auf dem Bürgersteig, sondern auf zerlegten Kartons mit den Ausmaßen deines Zimmers. Auch er war nicht allein. Er umklammerte eine Rotweinflasche. Zwischen den Schlucken rief er den vorbeigehenden Frauen anzügliche Bemerkungen nach. Je leerer die Flasche, desto lauter. Du hast mir am Anfang noch alles übersetzt, später aber das Schlimmste weggelassen. Das habe ich durchaus bemerkt! Einiges konnte ich mir aus dem Spanischen erschließen, aber richtig fit bin ich in frauenfeindlichen Äußerungen nicht.

In diesen Minuten fiel meine Entscheidung abzureisen. Das schlechte Gewissen wurde nicht mehr vom Glück des Augenblicks verdeckt, sondern sogar noch verstärkt. Nur fand ich den Mut nicht, es dir zu sagen. Und deswegen habe ich mich doppelt schlecht gefühlt. Allen gegenüber. Wahrscheinlich tat ich mir am meisten selbst leid. Seitdem denke ich: Wenn ich dich nach dem Tee gebeten hätte, etwas auf der Klarinette zu spielen, statt mit mir zu schlafen, wäre alles anders gelaufen.

Stattdessen zogen wir uns an und liefen der Sonne entgegen, bis zum Friedhof Père Lachaise. Erst die Rue de Rivoli hoch, die auf einmal Rue Saint-Antoine heißt, vorbei an meinem Hotel in der Nähe der Bastille. (Ich weiß das nur, weil gerade ein Stadtplan von Paris vor mir liegt, den ich heute Vormittag in der Unibibliothek besorgt habe.)

In einem Bestattungsunternehmen am Boulevard de Charonne war in einem Schaufenster ein reduzierter Jesus ausgestellt. Am Handgelenk baumelte ihm ein Schildchen: »– 30%« stand darauf. Du sagtest, dass du erst bereit wärst zu sterben, wenn er umsonst zu haben sei.

Beim Friedhofstor kam eine uniformierte Frau aus ihrem Kabuff und öffnete für uns mit einem Lächeln die Autoschranke. Wir gingen als ganz normales Paar durch, das war das Schlimmste. Ich musste schlucken. Das war erst vorbei, als ich dir sagte, dass ich am Abend fahren würde. Von einer Sekunde auf die andere war alles anders. Als wäre ein Schalter umgelegt worden. Nur ein langgezogenes »Ok« kam aus deinem Mund, keine einzige Nachfrage. Nichts. Stattdessen ist in Sekundenbruchteilen die Luft zwischen uns gefroren, zu einer durchsichtigen, aber völlig undurchdringlichen Mauer. – Wahrscheinlich habe ich dir jetzt erst gesagt, dass ich einen festen Freund in Tübingen hatte. Zu spät und zu früh gleichzeitig.

Wenn ich ehrlich bin, wirklich ehrlich, war ich enttäuscht, dass du mich nicht umstimmen wolltest. Andererseits, hätte ich mich umstimmen lassen? Ich weiß es nicht. Vielleicht. Für einen Tag. Aber dann hätten wir das Gleiche eben 24 Stunden später gehabt. – Warum hast du nicht versucht, mich umzustimmen?

Wie gut, dass du dich hinter einem zerfledderten Lonely Planet verstecken konntest. Es sah so aus, als wärest du froh, alle fünf Meter nachschauen zu können, welchen Weg wir nehmen mussten. Schließlich standen wir schweigend vor dem Grab von Edith Piaf. Dutzende Blumen lagen rund um den schwarzen Steinsarkophag.

Dass du dich wie ein gekreuzigter Gentleman benommen hast, machte mich traurig und wütend. Das Schlimmste war dein Angebot, mich am späten Nachmittag zum Bahnhof zu bringen. Jede Sekunde hast du mich spüren lassen, wer von uns beiden schuld an unserem Unglück war. Ohne ein einziges Wort darüber zu verlieren. Schuld war ich: an dem Sonnenschein, an dem blauen Himmel, an den anderen Paaren, die uns umarmt entgegenkamen. Du hast der Frau an der

Friedhofspforte sogar grüßend zugenickt. Obwohl alles vorbei war.

Obwohl ich alles zerstört hatte.

Heute weiß ich, dass ich nicht wegen meines Exfreundes gefahren bin, sondern weil ich das alles nicht ausgehalten habe. Ich bin vor dem Glück weggelaufen. Dass mir so etwas zustößt, habe ich für einen Irrtum gehalten. Deswegen habe ich selbst den größten begangen.

Touch me with your naked hand or touch me with your glove.

Und heute, ein Jahr später?

Seit Paris habe ich kein einziges Mal mehr Flamenco getanzt. Aber immerhin habe ich meine Doktorarbeit abgegeben. Die Heiligen auf irgendwelchen alten Schinken haben mich am Ende nur noch genervt. Meistens schauen sie trauernd in den Himmel und warten auf ein Wunder! Es soll endlich eines geschehen.

Warum schweigst du? Um mich zu bestrafen? – Das erste Mal bin ich gegangen, das stimmt. Aber das zweite Mal in Berlin warst du es, der mich sitzen lassen hat.

Im Frühjahr dann die letzten Prüfungen, jetzt bin ich fast »Frau Doktor«, wie meine Mutter überall herumposaunt. Momentan bewerbe ich mich bei allen Museen, die für Berufsanfänger in Frage kommen. Das bedeutet, dass ich Tübingen spätestens in der zweiten Jahreshälfte verlassen werde.

Ob du wohl noch in Berlin lebst oder schon Botschafter in Washington bist? Das werde ich wohl nie erfahren, außer du hebst den Bann auf. Der Jahrestag bietet dafür einen guten

Anlass … oder dass ich Mitte Juni Geburtstag habe. Am 17. Juni, um genau zu sein. Vielleicht …

Juliane

P.S. Ohne diesen Kaugummi an den Turnschuhen der Amerikanerin hätten wir uns nie kennengelernt. Und nun klebe ich an dir wie ein Kaugummi.

Von:	Bianca <biancabachbluete@yahoo.de>
Betreff:	**Alles Gute!**
Datum:	17. Juni 2000 10:16:43 MESZ
An:	Juliane Bauer <abeee@hotmail.com>

HAPPY BIRTHDAY!
Runterfall'n, Arsch verknall'n, ja so ist das Leben.

Tausend Knutscher und Umarmungen schick ich und wünsch ich dir. Mein Geschenk: lebenslang so viel Wein in der Bodega Castellano, wie du trinken kannst. Und du verträgst schließlich einiges. Und versprich mir, heute nicht zum 300. Mal Titanic zu schauen! Geh raus und amüsier dich, so jung wirst du nie mehr!

Tschökes

Bianca

Übrigens: Daniel hat mir angeboten, Mit-Geschäftsführerin des Lokals zu werden! Es geht endlich voran! Er mag den ganzen Papierkram nicht. Für dich ist immer ein Tisch frei, wenn du endlich mal kommst. Oder es wird einer frei gemacht, da kenn ich nix.

Von: Juliane Bauer <abeee@hotmail.com>
Betreff: **warst du das?**
Datum: 17. Juni 2000 18:08:35 MESZ
An: Lysander <lysander_x@addcom.de>

Kann es sein, dass du gerade angerufen hast? Ich habe eine sonderbare Nachricht auf meinem Anrufbeantworter. Auch nach mehrmaligem Anhören werde ich nicht schlau daraus. Eine halbe Minute hört man ganz leise Musik im Hintergrund. Es könnte eine Klarinette sein. Erst dachte ich, es wäre ein Geburtstagsgruß. Aber dafür ist es zu leise. Es wirkt wie von jemandem, der sich vorgenommen hat, nicht mehr mit einem zu sprechen und trotzdem gratulieren will. Du brauchst auf diese Mail nur mit »Ja« oder »Nein« zu antworten, dann weiß ich Bescheid …

Juliane

Von: Juliane Bauer <abeee@hotmail.com>
Betreff: **Danke**
Datum: 21. Juni 2000 19:18:42 MESZ
An: Bianca <biancabachbluete@yahoo.de>

Liebe Bianca,
danke für deine Glückwünsche. Auf dich kann man sich eben verlassen. Schade, dass du dieses Jahr nicht kommen konntest. Die neue Hilfskraft meines Profs hat eine Überraschungsparty organisiert. Eigentlich hatte ich mich schon auf einen wehmütigen Abend eingestellt (Titanic, woher hast du das gewusst?), bis es klingelte und die Wohnung auf einen Schlag voller Leute war. Um elf sind wir mit einem Leiterwagen voller Alkoholika los. Es war wohl das letzte Mal, dass ich für einen Abend alle Zukunftssorgen über Bord werfen konnte und mich völlig frei fühlte. Mitten in der Nacht sind wir im Neckar geschwommen. Zum ersten Mal bekleidet. Mir war nicht nach Nacktsein, vielleicht das Alter.

Gerade musste ich wieder an meine lange Wanderung nach Stuttgart letztes Jahr denken. Dabei hat sich so viel geklärt: Ich habe mich gegen eine akademische Karriere entschieden, die mir mein Prof auf dem Silbertablett angeboten hatte. Aber das Tablett war von Anfang an zu instabil. Die Entscheidung von damals hat sich als völlig richtig erwiesen. Mit meiner Nachfolgerin – Typ naiv, aber lange Beine – hat er ein Verhältnis angefangen. Wir haben inzwischen einen professionell kühlen Umgangston. Er nennt mich jetzt grundsätzlich »Frau Doktor« – und mit den Rotweingelagen bei ihm zu Hause ist es auch vorbei. Der Gang nach Stuttgart hat mich also vor Schlimmerem bewahrt.

Auch die unglückliche Beziehungssituation hat sich damals von Kilometer zu Kilometer geklärt. Du hattest Recht wie immer in Herzensangelegenheiten: So ging es einfach nicht weiter. Heute frage ich mich, warum ich den Entschluss zu der Trennung monatelang mit mir herumgetragen und darauf gewartet habe, dass er den ersten Schritt macht. Trotzdem hat es wehgetan. Es war ja nicht nur eine Beziehung, sondern auch ein Teil meiner Jugend.

Nun hat das alte zwar aufgehört, das neue Leben aber noch nicht begonnen. Als ob alles zum Stillstand gekommen wäre.

Genug von mir. Meinst du, ich hätte nicht gemerkt, dass du in deinen Chef verliebt bist? Bis jetzt hat doch nie jemand gut genug für dich gekocht. Außer diesem Daniel, auf den ich sehr neugierig bin … Eine bessere Co-Geschäftsführerin als dich kann er jedenfalls nicht bekommen.

Und auf dein Angebot komme ich bald zurück!

Deine Juliane

Von:	Juliane Bauer <abeee@hotmail.com>
Betreff:	**LIEST DU DAS WENIGSTENS?**
Datum:	5. Juli 2000 20:08:35 MESZ
An:	Lysander <lysander_x@addcom.de>

Lieber Leander,
anscheinend warst du doch nicht der unbekannte Gratulant.

Wenn ich an dich denke, dann mit einer Kälte, die von den Füßen hochsteigt. Anscheinend bedeuten die zweieinhalb

Tage Paris für mich etwas ganz anderes als für dich. Wahrscheinlich habe ich die ganze Zeit zu viel hineingedichtet in unsere Begegnung.

Vielleicht sollte ich auch einfach dicke Socken anziehen, um mich nicht andauernd zu verkühlen. (Erinnerst du dich noch, dass du mir am ersten Morgen welche auf einem Tablett ans Bett gebracht hast? Schwarze Anzugsocken, sehr seriös. Größe 42–44, stand auf der Sohle. Das war ein bisschen prätentiös …)

Es bringt ja nichts, immer wieder die zweieinhalb Tage Paris wie eine Videokassette vor- und zurückzuspulen. – Die mit unserem gescheiterten Berliner Treffen habe ich gleich wieder überspielt.

Mein Bruder wechselt jedes Jahr seine E-Mail-Adresse, damit ihn nicht irgendwelche »Verflossenen« mit Mails »terrorisieren«. Er findet, dass man auf seitenlange Mails aus Prinzip nicht antworten sollte. Frauen würden das auch nicht wirklich erwarten. Dafür, dass er mit 23 erst eine feste Freundin hatte, beginnen ganz schön viele Sätze mit »Frauen sind …«. Natürlich habe ich ihm nichts von dir erzählt. Nicht einmal meiner besten Freundin Bianca. Was noch nie vorgekommen ist. – Sie würden beide nicht verstehen, warum ich dir immer noch schreibe. Und was ich mir davon verspreche.

Jetzt weiß ich gar nicht mehr, was ich eigentlich sagen wollte. Die wichtigste Neuigkeit: Ich habe eine Stelle in einem Museum in Leipzig in Aussicht, Presse und Öffentlichkeitsarbeit, hin und wieder eine Führung, was mir Spaß machen würde. Nächste Woche wollen sie sich melden. Los ginge es Anfang Oktober. Genug Zeit also, um von Tübingen

Abschied zu nehmen. Ich frage dich jetzt nicht, ob du zufällig etwas von einer freien (und bezahlbaren!) Wohnung dort weißt. Auf WG habe ich keine Lust mehr, wenn man das Zusammenleben mit einem Bruder, der Informatik und Rhetorik studiert hat, überhaupt als WG bezeichnen kann und nicht eher als Endlager für Pizzakartons.

Merkwürdigerweise bilde ich mir ein, dich jetzt besser zu kennen als in den zweieinhalb Tagen (plus den drei Minuten Berlin). Daran merkt man einmal wieder, wie viel Einbildung dabei ist ... Vielleicht liegt es auch daran, dass ich mich viel freier fühle, seitdem du nicht mehr mit mir sprichst.

Bei dir muss man sich immer im Griff haben. Sich immer korrekt verhalten. Sonst läufst du weg, wie damals in dem Schuhladen im Marais, nur weil die Verkäuferin dich nicht sofort bedient hat. Siehe auch Berlin. Vielleicht musst du noch lernen, dass nicht alle perfekt sind. Und dass dein Rückzug andere verletzt. Wahrscheinlich stört dich das nicht einmal. Das wäre besonders traurig.

Wo wir schon dabei sind. Du hast in Paris eine sehr beleidigende Bemerkung gemacht, sinngemäß sagtest du: Frauen, die bei *Titanic* heulen, wären ein bisschen blöde im Kopf. Das fand ich verletzend. Ich kann den Film auswendig mitsprechen und heule, wann es mir passt.

Juliane

Von: Juliane Bauer <abeee@hotmail.com>
Betreff: **kein Betreff**
Datum: 1. August 2000 15:27:26 MESZ
An: Lysander <lysander_x@addcom.de>

Meine Mutter ist gestorben.

Vorgestern hat sie sich schlecht gefühlt. Ihr war schwindlig.

Von Stunde zu Stunde wurde es schlimmer.

Am Abend hat sie mein Vater gegen ihren Willen ins Krankenhaus gebracht.

Gestern Mittag gab es auf einmal Komplikationen. Ich habe mich sofort in den Zug gesetzt.

Als ich ankam, hatte das Blutgerinnsel sie umgebracht.

Jetzt ist sie tot.

Ich kann es noch immer nicht fassen.

Was jetzt?

Von: Bianca <biancabachbluete@yahoo.de>
Betreff: **Ach Tübingen!**
Datum: 2. August 2000 21:16:43 MESZ
An: Juliane Bauer <abeee@hotmail.com>

Liebelein,

heute vermisse ich Tübingen. Hach, war das gemütlich dort! Alles war so übersichtlich und geordnet. Und der Dialekt meiner Lieblingsbäckerin! Unbezahlbar. Sag mal, was macht Katti jetzt eigentlich? Die müsste doch bald ihr Staatsexamen haben, dann kann sie uns und der Welt zeigen, was für eine geniale Staatsanwältin sie ist. Und jedem ganz offiziell erklären, was richtig ist und was nicht. Ob sie wohl immer noch den pummeligen Türken hat? Hauptsache, sie lässt das mit dem Flamenco. Denn Taktgefühl hat sie definitiv nicht. Ich wollte damals in Paris nichts sagen, aber ehrlicherweise habe ich noch nie jemanden getroffen, der für Flamenco unbegabter ist als sie. Und wo wir schon dabei sind: Diesen Rock, den sie an dem Abschlussabend anhatte, als du sofort wieder gegangen bist, so was geht gar nicht!

Grüße an alle, und meinetwegen auch an Katti (trotz Rock)! Hast du irgendwas von Flo gehört? Ich sauge jedes Gerücht aus Tübingen auf wie ein vertrockneter Küchenschwamm. Gerade die über unseren dicken Türken! Hat er eigentlich dir oder Katti eine blühende Zukunft in der Türkei vorausgesagt? Bin mir jetzt nicht mehr sicher. Vielleicht heiratet er ja euch beide. Witzige Vorstellung: du und Katti in einem Harem!

Tschüssikowski

Bin ein wenig aufgedreht heute. Prosecco ist nichts für alte Leute wie uns, hihi. Wobei man sagen muss, dass die Flaschen immer kleiner werden mit den Jahren.

Prösterchen!

Bianca

Von: Juliane Bauer <abeee@hotmail.com>
Betreff: **Beerdigung**
Datum: 8. August 2000 21:23:17 MEZ
An: Lysander <lysander_x@addcom.de>

Was muss denn noch passieren, damit du antwortest? Muss ich auch sterben?

Das ist geschmacklos. Aber der Tod ist auch geschmacklos. Und dein Schweigen auch!

Gestern fand die Beerdigung meiner Mutter statt. Meine Kehle ist immer noch ausgetrocknet. Es regnete den ganzen Tag, und das im August. Den Trauergottesdienst habe ich nur überstanden, indem ich ununterbrochen etwas gezählt habe: die Stufen, die Putten, die Blumen des Kranzes. Mein Bruder auf der einen, mein Vater auf der anderen Seite: beide mit ausdruckslosem Gesicht und durchgedrücktem Rücken, als würden sie jeden Augenblick weglaufen wollen. Keiner von uns dreien hat mitgesungen, nicht ein einziges Lied. Nur meine Mutter hat in der Kirche immer gesungen.

Auf dem Weg zum Grab ging mein Bruder zwischen Vater und mir. Ich habe die ganze Zeit daran gedacht, dass Robert einen Schirm dabeihatte. Das passt gar nicht zu ihm. Meine Mutter musste ihn in Kindertagen immer an das Wetter draußen erinnern: im Winter an die Jacke, im Sommer daran, dass er keine Jacke brauchte. Und nun hatte er als Einziger von uns dreien an den Schirm gedacht. Ist es pietätlos, wenn man sich beim Anblick des vor einem ruckelnden Sarges mit der eigenen Mutter in so eine Nichtigkeit verbeißt?

Das Grab befindet sich im neuen Teil des Friedhofs. Es

gibt noch kaum andere dort. Wir hatten also genug Platz. Dann redete schon wieder der Pfarrer, dabei dachte ich, es wäre bereits alles gesagt. Die Ministranten haben währenddessen den Schirm über ihn gehalten. Dabei waren sie so jung, höchstens zwölf. Deswegen hat der Schirm ihn immer wieder in den Nacken gepikst. Er hat versucht, sich nichts anmerken zu lassen. Vielleicht, weil er meine Mutter kannte. Ich weiß nicht, wie viele Tonnen Kuchen sie zu irgendwelchen Basaren und Pfarrfesten geschleppt hat.

Ich möchte nach Paris zurück. Sofort. Zurück in die Vergangenheit. Meinetwegen auch in die Zukunft, aber weg von hier, wo meine Mutter in jedem Zimmer anders fehlt. Gerade habe ich mir eingebildet, sie rufen zu hören, dass das Essen fertig wäre. Und dass jemand zwei Flaschen Bier beim Kiosk um die Ecke holen müsste. Mein Bruder war genial im Erfinden von Ausreden, also ging meistens ich.

Muss aufhören.

Von:	Juliane Bauer <abeee@hotmail.com>
Betreff:	**nur so**
Datum:	10. August 2000 11:32:57 MESZ
An:	Lysander <lysander_x@addcom.de>

Hast du deine Eltern noch? Wenn ja, halte sie fest! Ganz fest!

Die nächsten Wochen werde ich in Düsseldorf bei meinem Vater verbringen. Er möchte nicht mehr hier wohnen, deswegen müssen wir eine Wohnung finden und das Haus verkaufen. Dabei fühle ich mich so müde. Gleichzeitig bin ich überfordert und voller Tatendrang. Für meinen Umzug nach Leipzig werden nur ein, zwei Tage bleiben. Eine Maklerin hat mir eine Wohnung besorgt, am Rand der Innenstadt. Das Museum ist gar nicht weit weg, und außerdem übernehme ich das Auto meiner Mutter.

Wie geht es dir? Und dem japanischen Teegeschirr? Machst du noch jeden Morgen die ganze Prozedur, inkl. Klimmzüge – oder nur wenn du Damenbesuch hast? (Ja, das würde mich ein klein wenig eifersüchtig machen! Aber nur ein bisschen.)

An dem Morgen des zweiten Tages in Paris habe ich nicht geschlafen, nur so getan und dich beobachtet. Du warst nackt bis auf die Boxershorts, was wahrscheinlich nicht original japanisch ist, aber es sah schön aus. Man konnte an deinen Rückenmuskeln erkennen, was die Hände tun. Die Verbeugungen haben mir am besten gefallen. Wir sollten uns alle mehr verbeugen. Ach Leander, ja, ich vermisse dich wirklich.

Vielleicht auch nur das Bild von dir.

Anscheinend brauche ich eine lange Zeit und viele Mails, um das zu bemerken. Zu lange, das ist mir inzwischen klar geworden.

Juliane

Von: Juliane Bauer <abeee@hotmail.com>
Betreff: **tut mir leid**
Datum: 11. August 2000 14:21:02 MESZ
An: Lysander <lysander_x@addcom.de>

Es tut mir leid, dass ich dich mit meinen familiären Angelegenheiten belästigt habe. Verzweiflung lässt einen an jedem Tor rütteln, auch an den verschlossenen.

Wir haben uns ja nicht einmal richtig kennengelernt. Das macht man nicht, einen Fremden so zu überrollen. – Aber irgendetwas wehrt sich in mir, dich als Fremden zu bezeichnen. Vielleicht wegen der Art, wie du in der Metro zum Gare de l'Est meine Hand genommen hast, kein gekreuzigter Gentleman mehr, sondern ein Mensch in Trauer. Ich verstehe jetzt endlich, was Verlassenwerden bedeutet.

Und in dieser Schleife zwischen Seine-Brücke und Gare de l'Est hänge ich nun fest. Weil ich nicht den Mut habe, mein Leben in der Gegenwart zu leben. Wofür ich mich schäme, weil es albern ist. Niemand würde mich mehr verstehen. Meine beste Freundin würde sich wahrscheinlich Sorgen um mich machen. Dabei sollte sie sich eher Gedanken über sich selbst machen. Besser meine Sehnsucht nach Paris als ihre verdruckste Beziehung zu ihrem Chef.

Das lasse ich einfach so stehen und kümmere mich wieder um meinen Vater. Er musste noch nie irgendetwas im Haushalt machen. Seine Hilflosigkeit ist unendlich rührend. – Aber ich wollte dich ja damit nicht mehr behelligen.

J

Von: Juliane Bauer <abeee@hotmail.com>
Betreff: **Paris**
Datum: 13. August 2000 18:27:17 MESZ
An: Lysander <lysander_x@addcom.de>

Eben habe ich beim Aufräumen und Ausmisten Fotos von meinen Eltern in Paris gefunden! Ich wusste gar nicht, dass sie jemals dort gewesen waren. Die letzten Jahre taten sie so, als hätten sie Deutschland noch nie verlassen. Bis auf die Familiensommerurlaube in Holland, aber das zählt im Rheinland nicht zum Ausland. Nun traue ich mich nicht, meinen Vater darauf anzusprechen. Ich habe Angst, die Wunde damit wieder aufzureißen.

Es gibt ein Bild, auf dem meine Eltern ebenfalls auf einer Seine-Brücke stehen, wahrscheinlich ist es der Pont Neuf. Sie sehen glücklich aus. Besonders berührend finde ich, dass meine Mutter ihn umarmt, nicht andersherum. Er lächelt in den Boden und sie in die Kamera. Es scheint Herbst gewesen zu sein, denn die Bäume am Ufer leuchten … Ihre Beziehung hat über dreißig Jahre gehalten. Wenn man das so hinschreibt, klingt es genauso schön wie schrecklich.

Hast du inzwischen eine Freundin? Die Französinnen oder die Touristinnen wären ja blöde, sich einen so gut aussehenden Mann nicht zu schnappen. – Ok, Komplimente waren noch nie meine Stärke.

Da lebt man so dahin, als hätte man kein Herz. Und auf einmal spürt man, wie schwer es ist. Und spürt nichts anderes. Es zerbricht alles so leicht. Ich werde wenigstens in Zukunft auf die Scherben achtgeben. Deswegen:

Ich schwöre.

Ich werde nichts aufgeben, nichts wegwerfen, was in meinem Leben wichtig ist. Weder meine Mutter noch dich. Ich schwöre. Ich lasse mir nichts mehr wegnehmen. Von niemandem. Und ich werde kein Jahr mehr brauchen, um zu merken, wer mir etwas bedeutet.

Das schwöre ich dir.

Und ob du mir jemals schreibst, ist egal. Über dein Schweigen bin ich weg.

Es bleibt Paris.

Von:	Juliane Bauer <abeee@hotmail.com>
Betreff:	**letzte Mail löschen**
Datum:	21. August 2000 8:03:11 MESZ
An:	Lysander <lysander_x@addcom.de>

Falls du das nicht eh schon getan hast: Bitte lösche möglichst ungelesen meine letzte Mail. – Peinlich ist sie mir nicht, aber du bist dafür der falsche Adressat. Das geht nur mich etwas an.

Danke.

Von: Juliane Bauer <abeee@hotmail.com>
Betreff: **Danke**
Datum: 18. September 2000 23:13:43 MESZ
An: Bianca <biancabachbluete@yahoo.de>

Hallo Bianca,
vielen Dank für deine Umzugshilfe. Bist du gut wieder daheim angekommen? Angeblich gab es hinter Leipzig eine Baustelle auf der Autobahn mit einem langen Stau. Hoffentlich hast du keine Kreuzschmerzen oder andere bleibende Schäden. Im nächsten Leben studiere ich etwas, das keine schweren Kisten voller Bildbände verursacht. Fahre gleich wieder zu Vater, er kommt mit dem Alleinsein schwer zurecht.

Nochmals danke, viele Grüße
Juliane

Von: Juliane Bauer <abeee@hotmail.com>
Betreff: **Danke**
Datum: 18. September 2000 23:15:12 MESZ
An: pizzapizza <robert3442@gmx.net

Hallo Brüderchen,
vielen Dank für deine Umzugshilfe. Bist du gut wieder daheim angekommen? Angeblich gab es hinter Leipzig eine Baustelle auf der Autobahn mit einem langen Stau. Hoffentlich hast du keine Kreuzschmerzen oder andere bleibende Schäden. Im nächsten Leben studiere ich etwas, das keine schweren Kisten

voller Bildbände verursacht. Fahre gleich wieder zu Vater, er kommt mit dem Alleinsein schwer zurecht.

Nochmals danke, viele Grüße

Juliane

Vielleicht sehen wir uns am Sonntag. Bin sehr erschöpft.

Von:	pizzapizza <robert3442@gmx.net
Betreff:	**Re: Danke**
Datum:	19. September 2000 08:45:26 MESZ
An:	Juliane Bauer <abeee@hotmail.com>

ok. cu sunday. r

Von:	Juliane Bauer <abeee@hotmail.com>
Betreff:	**kein Betreff**
Datum:	20. Oktober 2000 20:58:14 MESZ
An:	Lysander <lysander_x@addcom.de>

Habe ich mich nach gut drei Wochen in Leipzig eingelebt?

Ehrlich gesagt, nein. Ich kenne hier niemanden. Wenigstens funktioniert das Internet mittlerweile. Überall stehen Kisten herum. Die Waschmaschine ist auch noch nicht angeschlossen.

Mein Bruder hat beim Umzug geholfen. Und Bianca natürlich, die immer hilft, weil sie ein so guter Mensch ist. Abgesehen davon, dass sie nicht zur Beerdigung meiner Mutter erschienen ist. Wo ich sie am meisten gebraucht hätte. Was ich ihr nie verzeihen werde. NIE. Sie hat nicht einmal gemerkt, wie sehr sie mich damit verletzt hat.

Eigentlich hat mein Bruder wenig geholfen, nur den Sprinter von Tübingen nach Leipzig gefahren. Er steht immer noch unter Schock wegen Mutters Tod. So pervers es klingt: Mir hilft, dass ich mich um ihn kümmern kann, und er das furchtbar findet.

Die Kollegen im Museum sind nett, wenn man von dem Sicherheitspersonal absieht. Das wurde komplett von der Stasi übernommen. Nur darf man so etwas in deren Anwesenheit nicht einmal denken. Das merken sie sofort. Leider habe ich es dennoch getan. Seitdem, eigentlich vom ersten Tag an, hassen sie mich.

Mein Büro ist so groß wie eine Gefängniszelle, aber immerhin bin ich in Einzelhaft. Dabei soll ich mich doch um »die Öffnung des Hauses nach außen« kümmern, so stand es jedenfalls in der Stellenanzeige.

Ich sehe ein kleines Quadrat Himmel, jetzt gerade in Yves-Klein-Blau. Aber nur, wenn ich mich so weit zur Seite lehne, dass ich beinahe von dem Bürostuhl rutsche. In der ersten Woche lag ich wirklich einmal am Boden. Ein Kollege hat den Krach gehört und ist in mein Büro gestürzt. Seitdem sieht er mich an, als wäre ich nicht ganz zurechnungsfähig. Und ich könnte schwören, dass er der Stasi brühwarm etwas erzählt hat. Er ist auch von drüben.

Im Kino um die Ecke läuft gerade eine Reihe mit französischen Filmen. Ich habe mir das Programm angesehen. Fast jeder spielt in Paris. Ich kann hier aber nicht mit verlaufener Schminke nach Hause laufen. Am Ende begegne ich noch einem Spitzel. Dann wäre mein Ruf endgültig ruiniert.

Ansonsten mag ich die Stadt. Es tut gut, nicht an jeder Straßenecke auf alte Bekannte oder junges Gemüse zu stoßen wie in Tübingen. Der Himmel wirkt hier manchmal weiter als im Schwäbischen. Ich weiß, dass das naturwissenschaftlich nicht sein kann. Aber trotzdem ist es so. Auch das Blau ist anders: klarer und durchsichtiger.

So, für heute mache ich Schluss, sitze nämlich noch in meinem Büro und werde nun einen der vielen Parks aufsuchen und Kastanien sammeln.

Von: Juliane Bauer <abeee@hotmail.com>
Betreff: **Obdachlose in Leipzig**
Datum: 17. November 2000 22:03:25 MEZ
An: Lysander <lysander_x@addcom.de>

Merkwürdig, was die Trauer aus mir macht. Gleichermaßen bin ich dünn- und dickhäutiger geworden. Einerseits fange ich bei der geringsten Sache an zu heulen, und andererseits bin ich völlig abgestumpft, wenn es um Dinge geht, die mit mir nichts zu tun haben. Auf Bilder kann ich mich nicht mehr einlassen. Das ist das Schlimmste. Zum ersten Mal im Leben finde ich sie völlig nutzlos. Sie geben mir nichts, gehen mich nichts an. Nur Farbe auf Leinwand. Es ist schlimmer als zu den schlimmsten Zeiten der Doktorarbeit. Aber was habe ich sonst im Leben? Besonders heftig ist mein Widerwille gegen zeitgenössische Kunst, ich sehe nur noch das Bemühen. Dabei war doch während des Studiums ich diejenige, die am Wochenende jede Galerie zwischen Tübingen und Heilbronn besucht hat. Ich war doch diejenige, die ihren Doktorvater fast schon mit Gewalt gezwungen hat, dass er ein Seminar über die Malerei nach dem Barock anbietet. Was ist von meiner Begeisterung übrig?

Manchmal kommt es mir so vor, als hätte die Trauer mir nur gezeigt, was ich schon lange wusste: Aus Bildern kommt kein Leben, wir geheimnissen alles selbst hinein. Wir sehen nur, was wir schon kennen.

Auf dem Mitarbeiterparkplatz des Museums kampieren seit ein paar Wochen Obdachlose. Der Direktor unterstützt das durch Nichtbeachtung. Andere hätten den Platz schon lange räumen lassen. Die Männer sind wirklich arm dran, das Unglück ist nicht gespielt. Und ich? Mich nervt jeden Morgen, dass ich an ihnen vorbeimuss. Beinahe hätte ich ihnen einmal zugerufen: Wascht euch, dann findet ihr auch eine Wohnung. Da bin ich über mich selbst erschrocken. So erbärmlich!

In Tübingen habe ich mich eine Zeitlang für Asylanten engagiert. Wahrscheinlich, weil es dort kaum welche gab.

Wie um mich selbst zu bestrafen, habe ich heute einem von den Obdachlosen (sie stinken aus der Nähe noch viel schlimmer) einen Zwanzigmarkschein in einem Kuvert gegeben. Er hat sich nicht einmal darüber gefreut. Vielleicht dachte er auch, es wäre eine Verwarnung. Sofort hätte ich heulen können. – Was habe ich erwartet? Dass er mir um den Hals fällt? Nein, das bestimmt nicht. Ich weiß nicht, ob ich überhaupt etwas erwartet habe. Vielleicht Respekt. Das ist es. Respekt. Und ein bisschen Fantasie, dass es nicht jeder Frau in Kostüm und gebügelter weißer Bluse automatisch gutgeht.

Respekt und Anstand.

Ich klinge wie meine Mutter – was mich wirklich zum Heulen bringt.

Ich höre besser auf.

Von:	Juliane Bauer <abeee@hotmail.com>
Betreff:	**Eine letzte Mail**
Datum:	7.Dezember 2000 23:13:43 MEZ
An:	Lysander <lysander_x@addcom.de>

Gestern Abend war Weihnachtsfeier. Der Museumsdirektor hatte sich als Nikolaus verkleidet, seine Stellvertreterin als Engelchen. Bei ihrem Leibesumfang muss man keine Sorge haben, dass es im Himmel nicht genug zu essen gibt. (Dabei habe ich mir vorgenommen, nicht mehr über meine Mitmenschen zu lästern, und wenn dann nur noch über ihre Macken, nicht über ihr Aussehen!!!)

Im Großen und Ganzen war es ganz nett. Beim anschließenden Essen, nach den Reden und der Geschenkeverteilung, saß ich neben dem Kollegen, der mir vom Boden aufgeholfen hatte. Er heißt Patrick und hat mich reihum allen vorgestellt. Außerdem ist er der stellvertretende Leiter des

Referates Anschaffung und Verkauf. In verschiedenen Zusammenhängen habe ich das schon mehrfach aus seinem Mund gehört. Aber es wirkt nie arrogant, wenn er es sagt. Im Gegenteil, man spürt seine Genugtuung, es so weit gebracht zu haben. Außerdem ist er geborener Dresdner, was er aufgrund seines Dialektes keine Sekunde verbergen kann.

Das Stasi-Sicherheitspersonal hatte sich an zwei Tischen vor den Toiletten zusammengerottet. Von dort hatten sie alles gut im Blick. Das ist ja auch ihr Job. Aufpassen, dass nicht jemand vom Nachbarteller die Erdbeeren klaut. Ob sie sich wohl zum Lachen in irgendeinem Bunker treffen?

Wir hatten es an unserem Tisch recht lustig, da andauernd nachgeschenkt wurde. Die Kollegin vom Archiv saß auch bei uns, eine echte Berlinerin. Komisch, dass das ausreicht, um einen Menschen zu charakterisieren. Zwischen uns hat es sofort gefunkt. Mit ein paar Bemerkungen über die Dresdner während der DDR-Zeit hat sie mich erobert und den Lokalpatriotismus von Patrick so angestachelt, dass er sich bis ins 16. Jahrhundert vorgearbeitet hat, um zu beweisen, dass Dresden schon immer über mehr Kultur verfügt habe als das proletarische Berlin. Die beiden forderten zunächst spaßeshalber, dass alle am Tisch Farbe bekennen: Dresden oder Berlin. Die anderen drei Kollegen und ich versuchten eine Zeit lang, uns darum zu drücken. Irgendwann waren alle so alkoholisiert, dass wir einstimmig gestanden, lieber in der Metropole zu leben als in der Provinz. Patrick wirkte wie ein Kind, dem man sein Lieblingsspielzeug weggenommen hat. Ab da hatte er mich auf seiner Seite. Besorgniserregend nur, dass Männer mit hilflosen Blicken sogar meine Meinung beeinflussen.

Von: Juliane Bauer <abeee@hotmail.com>
Betreff: **Eine letzte Mail 2**
Datum: 13. Dezember 2000 23:09:12 MEZ
An: Lysander <lysander_x@addcom.de>

Nach Feierabend war ich auf dem Weihnachtsmarkt. Genau genommen in einer Bar neben dem Weihnachtsmarkt. Eine Jazzkapelle swingte dort runtergenudelte Weihnachtsklassiker. Und ich habe getanzt. Wie lange habe ich das schon nicht mehr getan? Nicht allein, sondern mit Patrick. Jeder für sich und trotzdem miteinander. Genau das habe ich gebraucht. Zunächst war ich verzagt und habe mich nur völlig gehemmt bewegt. Bis der Saxofonist, ein Schwarzer mit silbergrauem Haar, mir zublinzelte. Ich habe mich seiner Musik hingegeben. Ja, das war es: echte Hingabe.

Nach »New York, New York« haben sie leider Schluss gemacht. Patrick und ich haben erst an der Bar gemerkt, wie fertig wir waren. Er hat sich einen Cocktail bestellt, ich noch einen Glühwein. Dabei hatte ich schon auf dem Weihnachtsmarkt einen.

Kurze Zeit später war er so betrunken, dass er sich am Tresen festhalten musste. Er lallte: »Wenigstens können wir nicht vom Stuhl fallen.« Das war mit Abstand die dämlichste Bemerkung, die er in meiner Gegenwart je gemacht hat. Er hat eine wahnsinnig kluge Dissertation geschrieben, falls ich das noch nicht erwähnt habe. Ich musste so lachen, dass ich meine neue Bluse einmal komplett mit – zum Glück nur noch lauwarmem – Glühwein getränkt habe. Als anständiges Mädchen habe ich mir natürlich sofort seinen Mantel geschnappt und bis oben zugeknöpft.

Patrick wäre eigentlich sehr hübsch, wenn er nicht einen so flachen Hinterkopf hätte. Das ist ein Tick von mir (vielleicht ein bisschen früh, Mitte zwanzig schon mit den Ticks zu beginnen). Egal, ich finde jedenfalls Männer ohne Hinterkopf nicht attraktiv, auch wenn sie siebzigmal die Woche Kampfsport machen und wahnsinnig kluge Dissertationen schreiben.

Immerhin hat er angeboten, mich nach Hause zu fahren, was ich natürlich abgelehnt habe, in seinem Zustand. Schließlich haben wir uns darauf geeinigt, dass er mich mit dem Taxi bis vor die Haustür begleitet.

Natürlich hätte man den Weg auch zu Fuß irgendwie bewältigen können, aber nicht mit einer nassen Bluse. – Vor meiner Wohnung hat Patrick angeboten, das Taxi zu übernehmen. Worauf ich voller Inbrunst lallte: »Eine moderne Frau hält sich selbst aus.«

Das Dumme war nur, dass ich genau drei Mark fünfzig im Geldbeutel hatte.

Um das zu realisieren, habe ich mindestens zwei Minuten gebraucht. Gott sei Dank hatte der Taxifahrer die Uhr schon ausgeschaltet … Patrick hat dann gezahlt, und ich wette, dass er dem Taxifahrer zugeblinzelt hat.

Die Bluse jedenfalls kann ich wegschmeißen. Sie sieht aus, als hätte man mir ein Messer ins Herz gerammt. – Immer diese Doppeldeutigkeiten … Wenigstens bin ich jetzt wieder so halbwegs nüchtern.

Von: Juliane Bauer <abeee@hotmail.com>
Betreff: **Eine letzte Mail 3**
Datum: 18. Dezember 2000 23:13:43 MEZ
An: Lysander <lysander_x@addcom.de>

Nun habe ich mir doch einen Paris-Film angesehen. Ganz ohne Tränen! Um ganz sicherzugehen, habe ich einen Dokumentarfilm ausgesucht. Es ging um den französischen Widerstand während der deutschen Besatzung. Das Ganze wirkte eher selbstzerfleischend. Die Mehrzahl der Franzosen kam nicht gut weg. So ist es wohl, wenn man von der Vergangenheit nicht loskommt. – Ist es verwerflich, wenn man sein eigenes kleines Schicksal mit den Grausamkeiten des Zweiten Weltkriegs vergleicht?

Erschwerend kommt noch hinzu, dass ich in der Weihnachtszeit immer so gefühlvoll werde. Das tut mir nicht gut. Nächstes Jahr um die Zeit fahre ich weit weg. Dieses Jahr muss ich aus familiären Gründen durchhalten – das klingt so förmlich. Ich muss mich um die Familie kümmern. Nein, ich *will* mich kümmern. Ja, das ist es.

Wo du wohl steckst? – Ich weiß im Moment nicht einmal, ob ich das wirklich wissen möchte. Vielleicht wohnst du um die Ecke, und wir sind uns schon hundert Mal auf der Straße begegnet, ohne uns zu erkennen. Das hätte eine tragische Note. Viel schlimmer wäre nur, wir würden uns erkennen und völlig uninteressant finden.

Von: pizzapizza <robert3442@gmx.net
Betreff: **ruf an bevor du losfährst hole dich vom bahnhof ab hier scheisswetter schneit seit ewigkeiten paps freut sich auf dich ich mich auch könnte auf weihnachten dieses jahr verzichten**
Datum: 21. Dezember 2000 11:24:52 MESZ
An: Juliane Bauer <abeee@hotmail.com>

Von: Juliane Bauer <abeee@hotmail.com>
Betreff: **Weihnachten**
Datum: 21. Dezember 2000 13:13:43 MEZ
An: Lysander <lysander_x@addcom.de>

Höchste Zeit für die alljährliche Weihnachts-E-Mail. Meine Weihnachtsgrüße sind komplett frei von jedem Hintergedanken. Es reicht ja schon, eine Mailadresse als Tagebuch zu missbrauchen! – Ich habe dieses *Generation Golf*-Buch gelesen, das momentan auf den Bestsellerlisten steht. So ein Quatsch, ich kenne niemanden mit einem Golf: *Generation E-Mail* wäre ein viel besserer Titel gewesen. Für mich zumindest.

In einer Stunde fahre ich zu meinem Vater und meinem Bruder. Die beiden machen trotz gegenteiliger Behauptung nicht den Eindruck, alleine zurechtzukommen. Darüber reden wollen sie aber auch nicht. Am besten, ich bilde mir ein eigenes Urteil. (Wahrscheinlich bin ich es, die alleine nicht zurechtkommt.) Ich werde vor Silvester zurückkommen, weil ich den Jahreswechsel hier verbringen möchte. Das bin ich meiner neuen Heimat schuldig. Schließlich kann Leipzig nichts dafür, dass die letzten Monate nicht einfach waren.

Höchstwahrscheinlich treffe ich Patrick am zweiten Weihnachtsfeiertag in Köln. Den Kollegen, der seinen Blick nicht von meiner nassen Bluse wegbekommen hat. Den Kollegen, der mir vom Boden aufgeholfen hat. Der mit der sehnig-muskulösen Figur.

Angeblich möchte er sich mit entfernter Verwandtschaft treffen, die »ausgewandert« ist. So weit hat er sich noch nie in den Westen Deutschlands vorgewagt. (Für ihn ist schon Leipzig Ausland.) Trotzdem bilde ich mir ein, er käme meinetwegen. Außerdem hat er mir eine Weihnachtskarte geschickt, obwohl wir uns jeden Tag sehen. Das hat mich gerührt. Deswegen muss ich ihn nicht gleich heiraten, aber besser kennenlernen würde ich ihn schon gerne. Er ist wirklich schlau. Leider spricht nicht viel dafür, dass er meinetwegen kommt, weil er schon davon erzählt hatte, als er noch gar nicht wusste, dass ich über Weihnachten in der Nähe sein werde.

Fröhliche Weihnachten also für uns alle!

Von: Juliane Bauer <abeee@hotmail.com>
Betreff: **Eine letzte Mail 4**
Datum: 24. Dezember 2000 23:25:12 MEZ
An: Lysander <lysander_x@addcom.de>

Eben ist mein Vater ins Bett gegangen. Er hat den ganzen Abend versucht, sich nicht anmerken zu lassen, wie sehr ihm seine Frau fehlt. Mein Bruder und ich haben diese lausige Komödie mitgespielt. Aber die Aufführung »Weihnachten bei den Bauers« hatte dauernd Unterbrechungen, Löcher aus Schweigen, überspieltem Schlucken, aufeinandergebissenen Zähnen.

Nur für ein paar Minuten ist die künstliche Fröhlichkeit in echte umgeschlagen. Das war, als die Gans so extrem scheußlich geschmeckt hat, dass wir alle drei wie auf Kommando das Besteck neben die Teller legten. Mein Bruder fing an zu lachen und prustete: »Ich hasse Gans.« Vater stimmte in das Lachen ein und rief, Geschnatter nachahmend, »Ich auch!«. Beim Abwasch hatte uns die Traurigkeit wieder fest im Griff.

Geschenke gab es keine. Das war die Abmachung. Mein Bruder und ich haben trotzdem unter dem Teller einen Umschlag gefunden. Ich werde mir von dem Geld eine Kamera kaufen. Fotos vermitteln zwar auch nur die Illusion, etwas bewahren zu können, aber es ist eine schöne Illusion.

Morgen werden wir auf den Friedhof gehen, übermorgen fahre ich nach Köln. Ich freue mich jetzt schon, hier rauszukommen.

Von: Juliane Bauer <abeee@hotmail.com>
Betreff: **wirklich die letzte – für dieses jahr zumindest**
Datum: 27. Dezember 2000 21:36:53 MEZ
An: Lysander <lysander_x@addcom.de>

Patrick ist ein Feigling. Ein flachköpfiger Feigling. Warum reichen rehbraune Augen aus, um mich auf so einen Typen einzulassen? Warum lasse ich mich überhaupt noch auf jemanden ein? Im neuen Jahr passiert so etwas nicht mehr, da wird nur noch gearbeitet, 24 Stunden am Tag. 365 Tage lang, heiliges Ehrenwort.

Dabei hatte alles so schön begonnen. Ich habe ihn mit dem Auto meines Bruders zur Eislaufbahn meiner Jugend chauffiert. Dort haben wir Schlittschuhe geliehen und sind zu Hits der Achtziger herumgekurvt, bis uns die Eismaschine von der Bahn geschoben hat. Er war etwas hilflos auf Kufen, was ich natürlich ausgenutzt habe, um ihm immer wieder davonzuflitzen.

Aber dann.

Ich kann mir gar nicht erklären, warum wir auf einmal in seinem Hotelzimmer landeten. – Leider stimmt das nicht. Ich weiß es nur allzu gut. Es ist nämlich meine Idee gewesen. Aber nur weil ich dachte, dass wir sonst bis zur Sperrstunde an der Bar bei zwei Kannen Früchtetee herumhängen würden. Irgendwann habe ich etwas affektiert gesagt, dass ich mich gern frisch machen würde, und ob ich dafür das Bad auf seinem Zimmer benutzen dürfe. Er meinte daraufhin: »Ja, aber nur, wenn ich mitkommen darf.« – Witziger ist er eben nicht!

Als Patrick den Schlüssel verlangte, musterte mich die

Frau an der Rezeption wie eine Nutte. So eine Rheinisch-Blondierte. Soll ihr eines Tages der Föhn in der Hand explodieren!

Schon im Lift wusste ich, dass es ein gigantisch großer Fehler war.

Wenig später lagen wir auf dem Bett, in Socken. Jeder auf seiner Seite, ohne uns zu berühren. Im Wissen, dass zwei Kollegen nicht einfach so am zweiten Weihnachtsfeiertag auf einem Bett liegen sollten. Es war beinahe eine Erlösung, als sein Handy klingelte. Anscheinend war eines seiner Kinder dran, von denen ich bislang nichts wusste. (Zwei hat er, so viel weiß ich nun.) Seine Stimme hat sofort etwas Papa-mäßiges bekommen. Ich wäre am liebsten weggelaufen. Doch ich blieb liegen.

Ihm war das Telefonat sichtlich unangenehm. Anscheinend wurde er gefragt, wann er endlich nach Hause kommen würde. Er log, dass er bei Verwandten in Köln wäre und da noch ein paar Tage bleiben würde. Selten habe ich mich im Leben so schmutzig und überflüssig gefühlt wie während dieses Telefonats.

Danach murmelte ich, mit einem demonstrativen Blick auf den Wecker, dass ich nun gehen müsste. Die größte Demütigung stand allerdings erst bevor. Während ich mir die Schuhe anzog, meinte er gespielt beiläufig, dass ich mich bestimmt nicht auf die Stelle des stellvertretenden Museumsdirektors bewerben würde. Ich wusste bis zu diesem Zeitpunkt noch nicht einmal, dass die Kollegin nächstes Jahr in Rente gehen wird. Daraufhin erklärte er mir, warum niemand anders als er die Stelle bekommen müsste.

Dass er mich damit erst auf die Idee gebracht hat, mich zu

bewerben, bemerkte er jetzt erst. Seine Versuche, es mir auszureden, waren erbärmlich. Eigentlich würde die Stelle nämlich gar nicht zu mir passen, meinte er. Außerdem wäre ich ja erst ein paar Monate dabei und überhaupt. Wenn er an dieser Stelle wenigstens aufgehört hätte. Aber nein! Mein Ruf sei ja schon nicht der beste, gerade in bestimmten Abteilungen. – Übersetzt sollte das heißen: Er wird auch weiterhin alles dafür tun, dass mein Ruf bei den Stasi-Schließern nicht besser wird. Manchmal fasse ich nicht, dass Menschen sich im wirklichen Leben tatsächlich verhalten wie in einer billigen Vorabendserie.

Nach dieser Unterhaltung hätte ich sofort gehen sollen. Stattdessen haben wir noch einen scheußlichen Sekt aus der Minibar getrunken, nebeneinander auf der Bettkante sitzend. Da es keine Gläser gab, mussten wir die Plastikbecher aus dem Bad benutzen. Erst nach einer halben Stunde Geschwätz über berufliche Nichtigkeiten ging ich wirklich. Endlich!

Am schlimmsten war, dass ich noch einmal an der Rezeption vorbei musste. Der Drache ließ es sich nicht nehmen, mir »Fröhliche Weihnachten!« nachzurufen. Ich habe mich nicht einmal umgedreht. Schlimmere Weihnachten habe ich noch nie gehabt.

Seitdem überlege ich, ob ich mich nicht doch auf die Stelle bewerben soll, einfach so. Um das zwischen Patrick und mir wieder geradezurücken.

Von: boesewicht34 <boesewicht34@aol.com>
Betreff: **TU ES!**
Datum: 30.12.2000 22:37:12 MEZ
An: Juliane Bauer <abeee@hotmail.com>

SCHAU NIEMALS ZURÜCK. MANCHMAL SIND VERLUSTE DIE GRUNDLAGE FÜR DEN HAUPTGEWINN!

UND NATÜRLICH BEWIRBST DU DICH AUF DIESE VERDAMMTE STELLE! SOFORT!!!

2001

Von: Juliane Bauer <abeee@hotmail.com>
Betreff: **Vorsätze und andere Dinge**
Datum: 1. Januar 2001 12:02:34 MEZ
An: pizzapizza <robert3442@gmx.net

Liebes Brüderchen,
in der Glotze läuft das Neujahrskonzert aus Wien. Allerdings dieses Jahr ohne Ton. Die Musiker sehen aus, als hätten sie mindestens zehn Stunden durchgeschlafen. Draußen fallen vereinzelte Flocken. Die Heizung gluckst, als wäre sie high. Wer hatte eigentlich die Schnapsidee, Silvester in den Winter zu legen? Nun ist es wohl zu spät, das zu ändern. Oder ist es nie zu spät für irgendwas?

Mutter würde jetzt mit einem Glas Sekt und durchgedrücktem Rücken dasitzen und jeden mit bösen Blicken strafen, der einen Laut von sich gäbe. Danach würde sie wieder behaupten, dass es ihr größter Wunsch wäre, einmal live dabei zu sein. War das wirklich ihr größter Wunsch oder reichte es ihr, das jedes Jahr wieder zu sagen?

Nun ist auch das Jahr vorbei, in dem sie gestorben ist. Und was wird aus uns? Ich habe mir nach ihrem Tod geschworen, auf euch beiden Sturköpfe aufzupassen.

Du hast die Weihnachtstage zum ersten Mal wieder fröhlich ausgesehen, als du mit Vater vor dessen Laptop gesessen hast. Er lernt immer noch schnell. Ich traue ihm zu, dass er dich in ein paar Monaten darum bittet, ihm eine Homepage zu programmieren. Bitte verstehe das mit der Fröhlichkeit nicht als Vorwurf! Ich habe mich darüber gefreut.

Im kommenden Jahr möchte ich unbeschwerter sein, loslassen können. Das klingt, wie wenn Kinder Astronauten werden wollen. Alle wissen, dass daraus nichts wird. Trotzdem nicken alle und freuen sich.

Noch heute werde ich die Bewerbungsunterlagen für eine interne Ausschreibung fertig machen. Nicht, dass ich die geringste Chance auf den Posten des stellvertretenden Direktors hätte – aber egal.

Was hast du gestern Abend eigentlich gemacht? Wenn ich es richtig im Kopf habe, wolltest du dich mit ein paar Hackern treffen. Habt ihr die Deutsche Bank lahmgelegt? Dabei war ja der letzte Jahreswechsel für euch der spannendste. Bis zum Jahr 3000 dauert es noch. Aber ihr werdet euch sicher bis dahin beschäftigen können.

Ich war mit einer Kollegin, die ich gleich ins Herz geschlossen habe, unterwegs. Auf welchen Partys wir überall waren, muss sie mir nächste Woche erklären. Irgendwann habe ich den Überblick über meinen aktuellen Standort verloren. Immerhin war der Rückweg sehr kurz. Jedenfalls bin ich mir sehr sicher, dass es in ganz Leipzig nun keine volle Flasche Prosecco mehr gibt. Das ist der eigentliche Grund dafür, dass ich gerade keine Walzer vertrage. Zumindest der einleuchtendste.

Wechselst du deine E-Mail-Adresse eigentlich kalenderjährlich? Vielleicht schlüpft diese hier noch durch.

Dein
Schwesterchen

Von:	Bob <robert3442@yahoo.com
Betreff:	**neue mailadresse**
Datum:	2. Januar 2001 21:26:37 MESZ
An:	Juliane Bauer <abeee@hotmail.com>

Hi Sista,
das ist die Mailadresse für 2001. Deine von gestern hab ich noch gekriegt. Die alte Adresse lösche ich erst Beginn Quartal II.

Cool, dass du dir in der Glotze dieses Konzert angeschaut hast. Das hätte Mom gefallen. Ich hab's mal wieder verbockt. Wollte noch den Wecker stellen, aber irgendwas war dann.

Wir waren vorgestern im Musical in Köln und sind dann bald nach Hause. Zur Zeit ist mir nicht so nach Party.

Bob

Von:	boesewicht34 <boesewicht34@aol.com>
Betreff:	**DAS IST KEINE SPAM!**
Datum:	3. Januar 2001 14:53:42 MEZ
An:	Juliane Bauer <abeee@hotmail.com>

Hallo Juliane Bauer,
mein Name ist Milan. Natürlich habe ich auch einen Nachnamen, aber den verrate ich nicht. Falls Sie mich anzeigen, soll den die Polizei gefälligst selbst herausfinden.

Ich habe ein paar von den Mails an diesen Leander gelesen. Die kurz vor Silvester habe ich geschrieben. Aber jetzt nicht enttäuscht sein! Er und ich kennen uns seit der Bundeswehr. Damals hatten wir auch keine Geheimnisse voreinander. Nach seiner Pariser Zeit hat er vorübergehend bei mir gewohnt, weil er Ärger mit seinen Eltern hatte. Jetzt ist er irgendwo in Afrika. Seine erste Station als Diplomat. Man erreicht ihn deshalb zur Zeit nicht, falls Sie das weiter vorhaben. Wovon ich dringend abrate.

Seinen alten Laptop hat er mir hinterlassen. Unter der Bedingung, dass ich seine Daten lösche. Das habe ich getan. Nur dass sein E-Mail-Programm noch auf seine uralte Addcom-Adresse eingestellt war. Als ich ihn ans Modem angeschlossen habe, ratterten lauter Mails rein. Bis auf ein paar Spams waren alle von Ihnen. Die mit dem Betreff: »Eine letzte Mail« habe ich geöffnet. – Ich dachte, da bringt sich vielleicht wer um. Dann habe ich weitergelesen, was so passiert ist mit dem Kollegen in Leipzig. Keine Sorge! Nur die paar hab ich gelesen, nicht den ganzen Berg!

Dieser Patrick ist ein Arschloch. So geht man nicht mit einer Frau um. Lassen Sie die Finger von dem – und er von Ihnen! Es gibt auch noch andere Männer. Also ich meine, interessante Männer.

Bin gespannt, ob Sie antworten.

Mit freundlichen Grüßen

Milan X.

Von: boesewicht34 <boesewicht34@aol.com>
Betreff: **DAS IST AUCH KEINE SPAM!**
Datum: 9. Januar 2001 19:53:43 MEZ
An: Juliane Bauer <abeee@hotmail.com>

Hallo Juliane Bauer!
Wenn Sie wollen, kann ich alle E-Mails ausdrucken und Leander schicken. Über Umwege habe ich seine Postadresse in Tansania herausgefunden. Die Post läuft über Berlin. Würde aber verstehen, wenn Sie das nicht möchten. – Wahrscheinlich sind Ihnen die Mails peinlich, man weiß nie bei so was… Oder es ist Ihnen peinlich, dass ich sie gelesen habe. Aber das lässt sich jetzt nicht mehr ändern.

Mit besten Grüßen nach Leipzig – in welchem Museum arbeiten Sie eigentlich? Vielleicht läuft man sich ja mal über den Weg. Bin zur Zeit öfter im Osten unterwegs.

Milan X.

Von: boesewicht34 <boesewicht34@aol.com>
Betreff: **DAS AUCH NICHT**
Datum: 4. Februar 2001 22:52:34 MEZ
An: Juliane Bauer <abeee@hotmail.com>

Zum dritten Mal hallo.
Da ich letzte Woche in Leipzig zu tun hatte und der Flieger nach Stuttgart erst drei Stunden später ging, habe ich beschlossen, die Kunst dort anzuschauen. Es gibt auch nur ein

Museum, wo eine Frau Dr. Bauer arbeitet. Also habe ich eine Führung gebucht: »Dürers graphisches Spätwerk«. Das hat mich schon immer rasend interessiert.

Sie haben ausgerechnet die kommende stellvertretende Direktorin geschickt. Die neue Brille steht ihr. Auf dem Foto in der Museumsbroschüre hat sie die noch nicht. Unbedingt empfehlenswert.

Mit freundlichen Grüßen
Ein Dürer-Fan

Ganz ungebildet bin ich nicht. Ich habe schon mal ein Buch gelesen. Kann mich allerdings nur an das Bild vorne drauf erinnern. – Nun antworten Sie halt mal! Sonst lese ich alle Leander-Mails. Das ist eine Drohung. Und zwar eine ausgesprochene.

Von: Juliane Bauer <abeee@hotmail.com>
Betreff: **Re: DAS AUCH NICHT**
Datum: 5. Februar 2001 17:47:01 MEZ
An: boesewicht34 <boesewicht34@aol.com>

Sehr geehrter Herr Milan X.,
halten Sie mich für so kurzsichtig, dass ich nicht merke, wenn in einer Gruppe von zwölf Besuchern einer dabei ist, der nicht wissend mitnickt, der über keinen kunstgeschichtlichen Scherz lacht und der sich keinen Deut für das grafische Spätwerk eines Dürer interessiert? Einer, der statt-

dessen den Tourguide anstrahlt wie ein Japaner die Venus von Milo. Wenn Sie sich künftig als Kunstfreund ausgeben, dann üben Sie wenigstens vorher, dass man bei jedem Bild auch einen Blick auf die Tafel daneben wirft, um Maler, Titel und Entstehungszeit des Werkes in Erfahrung bringen, bevor man sich ein Urteil bildet.

Um auch die von Ihnen nicht einmal gestellte Frage zu beantworten: Ja, mir war die Situation unangenehm, sehr sogar. Ich versuche sonst eigentlich recht erfolgreich, Berufliches und Privates zu trennen. Und verkneifen Sie sich jetzt bitte jede, JEDE Anspielung. – Vielleicht wäre es gar keine schlechte Idee, Sie anzuzeigen. Wenn Sie das nicht wollen, löschen Sie sofort alle sich unrechtmäßig in Ihrem Besitz befindlichen Mails, Herr Milan. Wahrscheinlich werden Sie meiner Bitte eh nicht nachkommen. Trotzdem, ich meine es sehr ernst: Sollten Sie es wagen, noch eine weitere Mail zu öffnen, soll Ihnen sofort die rechte Hand abfallen.

Und wenn Sie wieder in Leipzig sind, gehen Sie besser in das Naturkundliche Museum, die zeigen ausgestopfte Löwenmännchen. Ich könnte mir vorstellen, dass Ihnen das besser gefällt als Dürers graphisches Werk.

Hochachtungsvoll

Dr. Juliane Bauer

Von: boesewicht34 <boesewicht34@aol.com>
Betreff: **stimmt**
Datum: 6. Februar 2001 21:42:34 MEZ
An: Juliane Bauer <abeee@hotmail.com>

Hallo Frau Bauer,
Sie haben völlig Recht: Ich werde die Mails nicht löschen, sonst habe ich überhaupt kein Druckmittel! Um Ihnen entgegenzukommen, schwöre ich bei allen Heiligen meiner Mutter, dass ich keine mehr lesen werde. Und sie hat viele, mehr als jeder Priester. Es interessiert mich nämlich nicht, was Sie Leander geschrieben haben, sondern was Sie mir schreiben!!!

Mein Vorname ist übrigens kroatisch, nicht türkisch oder sowas. Auch wir müssen zum Bund, wenn unser Vater eine Schwäbin heiratet. (Die Frage kommt immer irgendwann.) In der Schule war ich noch der Jugo, jetzt Kroate, aber daran gewöhnt man sich. Und noch etwas: Im Gegensatz zu anderen Sensibelchen habe ich die Militärzeit genossen. Waren gute Monate. So, jetzt wissen Sie auch etwas von mir, was Sie gegen mich verwenden können. Das mit dem Löwen habe ich mir notiert, spannende Sache. Bei Bedarf komme ich darauf zurück.

Hochachtungslos
M.

Von: boesewicht34 <boesewicht34@aol.com>
Betreff: ☺☺☺☺☺☺☺☺☺☺☺☺☺☺☺
Datum: 7. Februar 2001 11:26:56 MEZ
An: Juliane Bauer <abeee@hotmail.com>

Hallo Frau stellvertretende Direktorin,
habe mir gerade MEINE Mails und Ihre eine noch mal durchgelesen und muss sagen: Es wäre schade, wenn wir mit vertauschten Rollen durchspielen, was der liebe Leander mit Ihnen gemacht hat. Sie wissen doch, wie es ist, wenn einem nicht geantwortet wird. Also! Schreiben Sie mir! ☺☺☺☺☺☺☺☺☺☺☺☺☺☺☺☺☺☺☺☺☺☺☺☺☺ Bestimmt hassen Sie Smileys in Mails! Ist was für Proleten, oder? ☺☺☺☺☺☺☺☺☺☺☺☺☺☺☺☺☺☺

Milan

Von: Juliane Bauer <abeee@hotmail.com>
Betreff: **Einige Hinweise zum Postgeheimnis**
Datum: 9. Februar 2001 17:56:12 MEZ
An: boesewicht34 <boesewicht34@aol.com>

Sehr geehrter Herr Milan X.,
Menschen, die absolut keinen Begriff vom Postgeheimnis haben, sollte man mit dem Kopf in einen Eimer voller glitschiger Smileys tauchen. Gerade lang genug, bis sie vor Scham rot angelaufen sind.

Außerdem möchte ich Ihnen mitteilen, dass den Posten des stellvertretenden Direktors nach der Pensionierung von Frau Dr. K. ab Jahresmitte 2001 der geschätzte Kollege Dr. Patrick L. übernehmen wird. Das geht Sie zwar nichts an, aber das hat Sie bislang auch nicht gestört. Außerdem wurde die Nachricht ja bereits im Kulturteil der meisten Zeitungen nachgedruckt, der sicherlich zu Ihrer täglichen Lektüre gehört.

Zur Sicherheit noch einmal: Löschen Sie jetzt sofort alle Mails, und wenn ich schreibe »sofort«, meine ich: SOFORT! – Sie stehen bestimmt auf Großbuchstaben!

Hochachtungsvoll
Dr. Juliane Bauer

Von:	boesewicht34 <boesewicht34@aol.com>
Betreff:	**Re: Einige Hinweise zum Postgeheimnis**
Datum:	9. Februar 2001 18:13:33 MEZ
An:	Juliane Bauer <abeee@hotmail.com>

Hi Juliane Bauer,
ICH DENKE GAR NICHT DARAN!

Wenn Sie nicht ein bisschen netter zu mir sind, drucke ich alle Mails aus und hänge sie über mein Bett. Und außerdem: Frauen, die sich Glühwein über die Bluse schütten, damit man ihnen auf den Busen starrt, sollten von ihrem hohen Ross runtersteigen.

Ich glaube, dass ich in nächster Zeit fast wöchentlich nach Berlin muss, da könnte ich mal wieder einen Abstecher nach Leipzig machen.

Milan

Von:	Juliane Bauer <abeee@hotmail.com>
Betreff:	**Re: Re: Einige Hinweise zum Postgeheimnis**
Datum:	9. Februar 2001 18:20:46 MEZ
An:	boesewicht34 <boesewicht34@aol.com>

Korrespondenz beendet.

Von:	Juliane Bauer <abeee@hotmail.com>
Betreff:	**Adresse**
Datum:	11. März 2001 22:12:54 MEZ
An:	boesewicht34 <boesewicht34@aol.com>

Könnten Sie mir bitte die aktuelle Postadresse von Leander zukommen lassen? Gerne auch ohne jeden weiteren Kommentar. Danke,

mit freundlichen Grüßen

JB

Von: Juliane Bauer <abeee@hotmail.com>
Betreff: **kein Ort**
Datum: 17. April 2001 16:26:52 MESZ
An: Bob <robert3442@yahoo.com

Hallo Brüderchen,
magst du dich kommendes Wochenende um Vater kümmern? Leider kann ich nicht nach Düsseldorf fahren wie geplant. Mach doch einen Ausflug mit ihm. Vielleicht in die Zeche Zollverein? Da war er, glaube ich, noch nicht. Und vergiss nicht, bei Mutters Grab vorbeizuschauen. Ob der Rosenstock den Winter wohl überstanden hat? Ich würde mich gern selbst darum kümmern, aber aus der Entfernung geht das schlecht. Es ist das einzig Gute an der traurigen Situation, dass du jetzt wieder in der Nähe bist.

Überraschend wurde ich von einem wichtigen Museum in Baden-Württemberg eingeladen, bei der Jahresversammlung des Freundeskreises einen Vortrag zu halten. Sie übernehmen zwar lediglich die Reisekosten, aber es tut gut, hier rauszukommen. Langsam macht sich doch etwas wie Routine breit. Die nächste Ausstellung liegt noch in weiter Ferne, und deswegen dümpelt alles vor sich hin. Ich glaube sogar, dass unser Direktor bei der Einladung ein wenig nachgeholfen hat. Als Entschädigung für die Beförderung eines Kollegen. Eigentlich war die interne Ausschreibung völlig überflüssig, da das Ergebnis schon vorher feststand. – Der ehemalige Kollege, jetzt teilweise sogar Vorgesetzte, versucht, mich besonders zuvorkommend zu behandeln. Er hat sich sogar dafür eingesetzt, dass ich einen festen Parkplatz für Mutters Auto bekomme. Das gilt hier als die größte Auszeichnung.

Trotzdem wäre es ihm wahrscheinlich lieber, wenn die Einladung an ihn gegangen wäre, aber Barock ist nun mal mein Steckenpferd. – Also drück mir die Daumen!

Dein Schwesterchen

Was mir gerade noch einfällt: Hast du etwas von Bianca gehört? Der Kontakt ist seit dem Umzug eingeschlafen, vielleicht sollte ich mich mal wieder bei ihr melden. Sie hält das anscheinend nicht für nötig.

Von:	Juliane Bauer <abeee@hotmail.com>
Betreff:	**Aha**
Datum:	20. April 2001 23:02:26 MESZ
An:	Bob <robert3442@yahoo.com

Hallo Brüderchen,
ach, Bianca ist also schwanger? Oder habe ich das auf dem AB falsch verstanden? Bitte bestätige mir das schriftlich. Kann immer noch nicht glauben, dass ich so etwas nicht offiziell erfahre. Früher wäre ich die Erste gewesen! Die Zeiten ändern sich manchmal schneller als gedacht.

Danke für dein Verständnis. Bin nun doch gehörig nervös. Mein Referat ist als »Festvortrag« angekündigt. Gestern habe ich die offizielle Einladung bekommen: auf Büttenpapier und mit geschwungenen Buchstaben. Hoffentlich kommt mein Professor aus Tübingen nicht. Der merkt sonst sofort, dass ich nur die Doktorarbeit zweitverwerte. So, muss los.

Grüß Papa von mir! Den Kölner Dom kann man im Leben gar nicht oft genug sehen. Viel Spaß euch! Und pass bitte auf, dass er genügend trinkt!

Juliane

Von: Bob <robert3442@yahoo.com

Betreff: **Re: Aha**

Datum: 21. April 2001 12:03:27 MESZ

An: Juliane Bauer <abeee@hotmail.com>

Sorry, wenn ich was ausgeplaudert hab. Vielleicht wollte Bianca dir das mit dem Kind persönlich sagen. Möchte mich da nicht einmischen in eure Streitereien.

Viel Erfolg bei deinem Auftritt. Du machst das bestimmt so perfekt wie alles. Vielleicht fahre ich im Sommer nach BaWü.

Ach ja, Grüße von Paps.

Ciao

R

Von: Juliane Bauer <abeee@hotmail.com>
Betreff: **Stuttgart**
Datum: 22. April 2001 19:45:34 MESZ
An: boesewicht34 <boesewicht34@aol.com>

Lieber Milan,
du hattest recht: Es ist in der Tat unverzeihlich, dich nicht sofort erkannt zu haben. Aber zu meiner Verteidigung sei gesagt, dass deine Mails nicht unbedingt nach einem Freund der Staatsgalerie klangen. Ich brauche dir wohl nicht zu sagen, dass sie unverschämter klangen, als du in Wirklichkeit zu sein scheinst… Schwamm drüber.

Wie oft hast du dich eigentlich bei dem Empfang der pummeligen Kellnerin mit ihrem Tablett voller Schnittchen in den Weg geschmissen? Oder anders gefragt, haben die restlichen Freunde der Staatsgalerie ein einziges abbekommen? Mein Lachsbedürfnis ist für die nächsten zehn Jahre jedenfalls gestillt. Hast du bemerkt, dass sie von deinen Komplimenten rote Flecken am Hals bekommen hat? Die würde alles für dich machen, glaube ich. Das scheint dir zu gefallen.

Die Reden – außer meinem Vortrag natürlich – waren in der Tat allesamt eher nichtssagend. Am besten noch die von dem schwitzenden Politiker, der Monet und Manet verwechselt hat.

Ich bin mittlerweile zurück in Leipzig. Mit Stuttgart konnte ich noch nie viel anfangen. Deswegen bin ich inkognito gereist. Nicht einmal meinem Bruder habe ich verraten, wo ich genau hinfahre. Nach meinem jahrelangen Geschimpfe über die Stadt würden mich alle für eine Verräterin halten. – Schon zwei Nächte drücken mir auf die Stimmung.

Immerhin konnte ich den freien Vormittag noch nutzen, um nach Tübingen zu fahren. Wo sich absolut nichts verändert hat bis auf das Geburtsjahr meiner Nachfolgerin als Hiwi am Kunstgeschichtsinstitut.

Morgen muss ich wahrscheinlich als Erstes Bericht erstatten, welche wichtigen Bekanntschaften ich in Stuttgart gemacht habe. Hast du nicht schon immer damit geliebäugelt, ein Leipziger Museum mit einem sechsstelligen Betrag zu unterstützen? Genau genommen 3,56 Millionen. Dann wäre immerhin die Renovierung gesichert. Du kannst es dir ja mal durch den Kopf gehen lassen. Was du beruflich machst, wolltest du nicht verraten. Aber solange du kein Teppichverkäufer bist, ist eigentlich alles in Ordnung. – Teppichverkäufer wäre auch ok, aber nur wenn es fliegende Teppiche sind. Ich höre besser auf, bevor ich politisch völlig inkorrekt werde.

Beste Grüße,
Juliane

Wenn es doch fliegende Teppiche sind, nimm einen und komm zum Tee vorbei! Aber dann wärst du wahrscheinlich doch Türke!

Von: boesewicht34 <boesewicht34@aol.com>
Betreff: **Re: Stuttgart**
Datum: 25. April 2001 20:35:49 MESZ
An: Juliane Bauer <abeee@hotmail.com>

Hallo Juliane,
wann hat dir eigentlich zuletzt jemand gesagt, dass du in einem Kleid verboten gut aussiehst, und man sich eigentlich überhaupt nicht auf deinen Vortrag konzentrieren kann? Leander garantiert nicht. Komplimente sind unter seinem Niveau. Außerdem hätte ich es ja sonst in den Mails gelesen… Eigentlich siehst du so gut aus, dass ich nicht einmal den Titel deines Vortrags zusammenbringen würde. Ich glaube, es ging um irgendwelche Ölbilder von Malern, die längst tot sind. Eine Frau wie du sollte eher Modell für Bilder stehen, als darüber zu reden.

Milan

Von: boesewicht34 <boesewicht34@aol.com>
Betreff: **Leipzig 2**
Datum: 8. Mai 2001 12:29:38 MESZ
An: Juliane Bauer <abeee@hotmail.com>

Hallo Juliane, hier Stuttgart!
Mir ist gerade so, als ob die Hauptstadt mich wieder ruft. Läuft bei euch wieder irgendwas Spannendes in Sachen Dürer? Käme am kommenden Donnerstag. Wenn ich vom

Bahnhof zum Hintereingang des Museums laufe, bin ich um Viertel nach drei da. Hab auch den Geldkoffer mit den dreieinhalb Millionen dabei.

Noch was. Da du es ja doch irgendwann rausfindest: Ich bin in echt kein Freund der Staatsgalerie. Wie du schon bemerkt hast, finde ich Bilder ohne nackte Frauen drauf nicht so richtig prickelnd. Es sei denn, eine sexy Führerin weist mich auf ihre Schönheiten hin.

Falls ihr wirklich jede Mark braucht, bin ich bereit, bei meinem Besuch den vollen Eintrittspreis zu zahlen. Wir können uns also auch am Haupteingang treffen. Bis übermorgen,

Milan

Von:	Juliane Bauer <abeee@hotmail.com>
Betreff:	**wir bedauern**
Datum:	9. Mai 2001 09:49:12 MESZ
An:	boesewicht34 <boesewicht34@aol.com>

Lieber Milan,
leider muss ich dir mitteilen, dass wegen Vorbereitung einer umfangreichen Ausstellung über einen – unter uns – nicht wirklich wichtigen sächsischen Hofmaler des 18. Jahrhunderts, also auch bereits verstorben, sogar die Dauerausstellung für drei Tage geschlossen ist. Da dein Kunsthunger unersättlich zu sein scheint, empfehle ich abermals das Naturkundliche Museum mit den ausgestopften Löwen.

Alternativ kann ich dir nur die Kantine anbieten. Der

Cappuccino ist legendär scheußlich. Neben der Kasse steht ein Sparschwein, falls du immer noch etwas für das Museum tun willst. Wenn du zufällig morgen um drei in der Nähe des Personaleingangs (bei dem Parkplatz) sein solltest, könnte es sein, dass wir uns dort zufällig wieder begegnen.

Grüße, Juliane

Von:	boesewicht34 <boesewicht34@aol.com>
Betreff:	**Hauptstadt Berlin**
Datum:	14. Mai 2001 16:37:37 MESZ
An:	Juliane Bauer <abeee@hotmail.com>

Juliane.

Bin schon wieder in Berlin. Das Treffen mit dir letzten Donnerstag hat mich inspiriert. – So sagt ihr Akademiker das doch, oder?

Man könnte sich ja auch mal in der Hauptstadt sehen. Dafür müsstest du mir allerdings endlich deine Handynummer geben.

Ich habe extra in dem Aftershave gebadet, das dir so gut gefällt! Das riecht man eigentlich locker bis Leipzig und lockt alle Löwinnen an …

Deinetwegen sitze ich nämlich gerade am Rechner in der Hotellobby. Der Kerl hinter mir schnauft schon. Bekomme ich also die Nummer? Du weißt ja, was passieren kann, wenn man immer nur Mails schreibt …

Milan

Von: Juliane Bauer <abeee@hotmail.com>
Betreff: **Re: Hauptstadt Berlin**
Datum: 14. Mai 2001 16:39:45 MESZ
An: boesewicht34 <boesewicht34@aol.com>

Ist das eine Drohung???

Von: boesewicht34 <boesewicht34@aol.com>
Betreff: **Re: Re: Hauptstadt Berlin**
Datum: 14. Mai 2001 16:42:15 MESZ
An: Juliane Bauer <abeee@hotmail.com>

Nein, eine Einladung. Könnte den Rückflug um einen Tag verschieben, und wir treffen uns morgen. Hier soll es auch Museen geben. Das steht zumindest in der Mappe auf dem Zimmer. Im Notfall hätte ich auch meine Briefmarkensammlung dabei.

Von: Juliane Bauer <abeee@hotmail.com>
Betreff: **Re: Re: Re: Hauptstadt Berlin**
Datum: 14. Mai 2001 16:57:09 MESZ
An: boesewicht34 <boesewicht34@aol.com>

Ok, ich komme.

Von: boesewicht34 <boesewicht34@aol.com>
Betreff: **Re: Re: Re: Re: Hauptstadt Berlin**
Datum: 14. Mai 2001 17:13:36 MESZ
An: Juliane Bauer <abeee@hotmail.com>

Ich mag Frauen, die wissen, was sie wollen. Und selbst solche, die ein Staatsgeheimnis aus ihrer Handynummer machen. Wenn du morgen den Zug um 13.48 Uhr nimmst, bist du um kurz vor drei in Berlin-Südkreuz. Hole dich am Bahnhof ab. In Anzug und Krawatte. Echte Männer können auch einen pinken Schlips tragen, ohne sich verdächtig zu machen. Bei anderen sieht es nur peinlich aus.

Milan

Von: boesewicht34 <boesewicht34@aol.com>
Betreff: **feedback**
Datum: 16. Mai 2001 20:09:37 MESZ
An: Juliane Bauer <abeee@hotmail.com>

Hallo Juliane.
Muss schon sagen, küssen kannst du, wenn du einen lässt … Beinahe hätte ich beim Rückflug nicht gemerkt, wie knackig die Stewardess ist. – Dein Busen fühlt sich übrigens toll an, soweit man das durch die Bluse beurteilen kann. Nicht steinhart, aber auch nicht wie Wackelpudding – genau richtig. Eigentlich sogar so richtig, dass ich es gerade in der Hose spüre. Gut, dass heute Abend noch Badminton-Training ist …

Meld dich schnell wieder, damit wir das sehr bald einmal fortsetzen.

Wenn du mich im nächsten Sommer mal in Stuttgart besuchst, machen wir mit dem Motorrad einen Ausflug zum Bodensee. Abgemacht? Abgemacht.

Milan

Von: Juliane Bauer <abeee@hotmail.com>
Betreff: **Re: feedback**
Datum: 17. Mai 2001 08:52:43 MESZ
An: boesewicht34 <boesewicht34@aol.com>

Milan!
Solche Dinge schreibt man einer Dame nicht! (Nicht das mit dem Motorrad, sondern das mit dem Wackelpudding.) Und erst recht nicht einer, die am Kragen ihrer Bluse ein bestimmtes Aftershave riecht. Außerdem handelte es sich nur um *einen*, wenn auch ziemlich langen Kuss.

Als ich vorhin zum Museum lief, hatte ich dreimal den Eindruck, dich auf der Straße zu erkennen. Wahrscheinlich Landsmänner. Habt ihr Männer aus dem Süden eigentlich alle braune Augen?

Was ich allerdings nicht mit Sicherheit sagen kann, denn ich habe mich nicht getraut, sie zu fragen, ob sie Kroaten sind. Das ist seit den Kriegen da unten auch nicht ratsam, oder? Außerdem sahen einige nicht so vertrauenerweckend aus. Du musst mir mal mehr über das Land erzählen. – Richtig geärgert habe ich mich über eine Bude, die sich »Balkan-Grill« nennt. Irgendwie finde ich das geschmacklos. Auf welcher Seite stehst du denn in dem Konflikt? Oder möchtest du darüber nicht sprechen?

Jetzt aber an die Arbeit.

Dober dan! – Und danke für die Einladung. Ich hätte gar nicht gedacht, dass es in Berlin so hervorragende Restaurants gibt!

Juliane

Von:	boesewicht34 <boesewicht34@aol.com>
Betreff:	**immer diese Jugos**
Datum:	18. Mai 2001 08:24:57 MESZ
An:	Juliane Bauer <abeee@hotmail.com>

Gefallen dir die Jugos?
Gib mir endlich deine Handynummer, damit ich dir zeigen kann, was man für braune Augen alles bei deutschen Frauen bekommt! Ich weiß doch, dass du eins hast. Oder soll ich Leander fragen?

Kannst es dir ein paar Tage überlegen, muss nach Zagreb wegen einer Familiensache.

Mil

Von: Juliane Bauer <abeee@hotmail.com>
Betreff: **Mails bevorzugt**
Datum: 22. Mai 2001 18:59:21 MESZ
An: boesewicht34 <boesewicht34@aol.com>

Lieber Milan,
nicht mal mein Bruder hat meine Handynummer, eigentlich habe ich es nur für den Notfall besorgt. Man muss nicht jede Mode mitmachen. Was hast du auf einmal gegen Mails? Das hat doch bisher gut geklappt. Und ohne Mail hätten wir uns gar nicht kennengelernt. Und bis heute hat sich noch nie jemand beschwert, dass ich nicht schnell und ausführlich genug antworte. (Im Gegenteil!)

Mich erinnern Mails an die Zettelchen, die man damals unter der Schulbank geschrieben und weitergereicht hat. Sie haben für mich etwas Vertrautes und trotzdem Verbotenes. Außerdem liebe ich dieses »Pling« meines Mailprogramms und freue mich jedes Mal darüber wie ein Kind. Manchmal hab ich den Eindruck, mein Leben lässt sich am besten über Mails organisieren. Also, bitte schreib mir wieder! Ich verstehe auch nicht, warum manche Menschen behaupten, Mails würden leichter zu Missverständnissen führen als persönliche Begegnungen.

Hast du denn die »Familiensache« klären können? Darf ich fragen, worum es ging?

Deine

Juliane

Von: boesewicht34 <boesewicht34@aol.com>
Betreff: **Re: Mails bevorzugt**
Datum: 23. Mai 2001 23:56:06 MESZ
An: Juliane Bauer <abeee@hotmail.com>

Hier hast du eine Mail, bin noch in Zagreb und denke an dich: Ich will dich. Ich will mein Gesicht zwischen deinen Brüsten vergraben und nicht mehr auftauchen. Ich will spüren, wie deine Haare über meine Brustwarzen streichen. Ich will dir die Kleider vom Leib reißen, dich auf meinen Schoß ziehen und so lange ficken, bis wir tot umfallen. Und dann als Zombies weitermachen.

Und gib mir endlich deine Handynummer, damit wir was ausmachen können. Nächste Woche bin ich bestimmt wieder in Berlin.

m

Von: boesewicht34 <boesewicht34@aol.com>
Betreff: **und noch eine**
Datum: 26. Mai 2001 11:23:25 MESZ
An: Juliane Bauer <abeee@hotmail.com>

ICH WILL DICH

Von: Juliane Bauer <abeee@hotmail.com>
Betreff: **Re: und noch eine**
Datum: 26. Mai 2001 11:24:55 MESZ
An: boesewicht34 <boesewicht34@aol.com>

0151-8764524

Von: Juliane Bauer <abeee@hotmail.com>
Betreff: **I love Berlin**
Datum: 1. Juni 2001 22:41:57 MESZ
An: boesewicht34 <boesewicht34@aol.com>

Milan.
Du hast mich auseinandergenommen und wieder neu zusammengesetzt. Warum schaffen das andere Männer nicht?

Es mag dir vielleicht sonderbar vorkommen, aber ich hatte das Gefühl, zum ersten Mal richtig Sex zu haben. Nicht nur ein bisschen rein-raus und anschließend schmusen. Was wir getrieben haben, war etwas ganz anderes: auf dem Bett, vor dem Bett, über dem Fernseher, in der Dusche … Du setzt etwas in mir frei, was ich selbst nicht kenne. Das macht mir Angst. Na ja, vielleicht ist Angst schon wieder eine Nummer zu groß. Vielleicht macht mir auch nur das Gefühl Angst, mich nicht mehr unter Kontrolle zu haben. (Du hast mindestens schon dreimal gesagt »Geht's nicht 'ne Nummer kleiner?« – Übertreibe ich wirklich so oft?) Mich hat bisher noch nie ein Mann ausgezogen. Außer vielleicht mein Vater als

Zweijährige. Wenn man mir vor einer Woche gesagt hätte, dass ich allein davon Gänsehaut bekomme, hätte ich es nicht geglaubt. Das Schlimmste an der Sache ist: Ich will mehr davon. Ich will, dass du wieder beide Hände auf meinen Hintern legst, um mich an dich zu ziehen. Ich will wieder das Gefühl haben, dich gleichzeitig um den Verstand zu bringen und in jeder Sekunde sicher zu sein, dass du weißt, was du mit mir tust. Also, wann sehen wir uns wieder?

Ich fand es übrigens nicht schlimm, dass wir von Berlin nur das Hotelzimmer gesehen haben … Die Ausstellung kann ich mir auch alleine anschauen.

Juliane, das Eichhörnchen – immer noch in dem grünen T-Shirt von dir. (Ich mag es, wenn du mich so nennst!)

Juliane

Merkwürdig, ich begreife immer erst, was mir passiert ist, wenn ich eine Mail darüber geschrieben habe … also antworte bitte auch mit einer!

Von:	boesewicht34 <boesewicht34@aol.com>
Betreff:	**Re: I love Berlin**
Datum:	4. Juni 2001 16:21:28 MESZ
An:	Juliane Bauer <abeee@hotmail.com>

Hey Süße, das T-Shirt gehört dir!

Ich habe mir schon gedacht, dass du explodierst wie ein überhitzter Kanister Benzin, wenn man mit dem Feuerzeug zu nahe kommt. Da kann jeder Beamte mit gebügeltem Hemdchen und Krawatte einpacken. Dein Leander hat übrigens bei der Bundeswehr sogar seine Unterhemden gebügelt. Und wahrscheinlich sogar seine Unterhosen, sobald alle Kameraden aus dem Zimmer waren.

Du musst dich allerdings ein paar Tage gedulden, obwohl es mich fast zerreißt. Schaffst du das? Geh mir ja nicht fremd! Am Wochenende müssen wir uns unbedingt sehen, da ich die Woche drauf nach Detroit muss.

Meine innere Landkarte sagt: Würzburg. Ich buche das Hotel. Du brauchst nur sagen, wann du Freitagabend (nach neun, vorher schaffe ich es nicht) ankommst. Ich hole dich vom Bahnhof ab. Dann entweder sofort ins Hotel, oder wir fahren auf einen Parkplatz ... Du entkommst mir nicht.

Schreib eine SMS, komme nicht an Mails heute und morgen! Mil

Von:	boesewicht34 <boesewicht34@aol.com>
Betreff:	**wuerzburg**
Datum:	8. Juni 2001 22:50:10 MESZ
An:	Juliane Bauer <abeee@hotmail.com>

Ich bin's noch mal. Mir ist wieder eingefallen, wie geschockt du in dem Berliner Hotelzimmer über die Picasso-Poster warst. Fand die ganz witzig, aber egal. Jetzt habe ich ein bisschen rumtelefoniert und mich nach den Bildern in den Zimmern erkundigt. In die Endausscheidung kommen:

1. Design-Hotel in der Innenstadt. Die waren total glücklich über die Frage, weil sie die Bilder alle zwei Monate austauschen und jedes Mal Würzburger Jungkünstler ranlassen. Sie wollen dir unbedingt ein paar Kopien, Lebenslauf etc. des aktuellen zuschicken. Angeblich eine ganz große Begabung. Aber das kannst du besser beurteilen. Habe ihnen deine Museumsadresse gegeben. Jetzt hoffen sie natürlich, dass du ihn ganz groß rausbringst.

2. Umgebaute Kelterei in den Weinbergen außerhalb der Stadt. Klingt alles nach Holzwürmern und Stoffservietten. Die haben nur Stiche rumhängen mit »vorwiegend ländlichen Szenen der Umgebung«. Spätes 19. Jahrhundert, Künstler unbekannt, aber geschmackvoll. Behaupten sie jedenfalls.

Was meinst du? Kunst oder Kühe? Du entscheidest. Hab bei beiden reserviert.

Wir sehen uns morgen.

Milan

Von:	Juliane Bauer <abeee@hotmail.com>
Betreff:	**Würzburg-Nachlese**
Datum:	11. Juni 2001 14:08:59 MESZ
An:	boesewicht34 <boesewicht34@aol.com>

Lieber Milan,
du bist wohl schon im Flugzeug nach Amerika, wahrscheinlich bekomme ich deswegen keine schmutzigen SMS mehr. An die habe ich mich nämlich gewöhnt. Wobei gewöhnt eigent-

lich auch falsch ist, denn sie jagen mir weiterhin einen (kleinen) Schauer ein. Positiv wie negativ. Mittlerweile schaue ich mich schon um wie eine alte Oma, bevor ich das Handy herausziehe.

Würzburg – auch das ist jetzt kein unverfängliches Thema mehr. In einer Sitzung wurde vorhin die Balthasar-Neumann-Treppe erwähnt, und ich bin so rot geworden, dass der stellvertretende Direktor meine Gedanken lesen konnte und auch rot wurde. Dabei haben wir es dort nicht einmal getrieben … Eigentlich kann ich Menschen nicht ausstehen, die bedeutungsvolle drei Pünktchen machen, sobald es um … geht. Und jetzt bin ich selbst so eine. Was hast du nur mit mir gemacht? Oder wie meine Mutter gesagt hätte: »Was hat dir der nur in den Wein getan?« – Also, was hast du mir in den Wein getan?

Von Würzburg haben wir ja faktisch nicht viel mitbekommen. Dafür war der Zimmerservice sehr verständnisvoll angesichts unserer Bekleidungssituation … (schon wieder drei Pünktchen!) Wenigstens die Burg hätten wir besichtigen sollen. So glaubt einem niemand, dass man überhaupt dort gewesen ist.

Gut, dass wir nach der ersten Nacht das Hotel gewechselt haben. Zwei Nächte im gleichen Zimmer hätten die Nachbarn den Krach bestimmt nicht ausgehalten. Außerdem waren die Bilder des Künstlers in dem Design-Hotel wirklich spannender. Es lohnt sich auf alle Fälle, den im Blick zu behalten. Er hat eine ganz eigene Art, mit Farben umzugehen. Gerade, wie er Silber einsetzt, hat mich beeindruckt. Würde mir das Bild gegenüber dem Bett gerne noch einmal anschauen, aber du musst ja jetzt erstmal nach Detroit, mit deinem Anzug und deiner Krawatte. Und deinem Aftershave …

Gute Reise! Und vergiss die Stewardessen, die sind eh alle schwul!

Ich kuriere jetzt erst einmal den Muskelkater vom Joggen aus. So etwas habe ich seit Jahren nicht mehr gemacht. Aber es hat sich gut angefühlt. Danke, dass du mich dazu getrieben hast!

Jul

Von:	Juliane Bauer <abeee@hotmail.com>
Betreff:	**die Nervensäge nochmal**
Datum:	13. Juni 2001 23:49:12 MESZ
An:	boesewicht34 <boesewicht34@aol.com>

Milan,
wo bist du? Was machst du? Ich vermisse dich. Habe es sogar schon telefonisch probiert in dem Hotel in Detroit. Vielleicht habe ich es mir auch nicht richtig gemerkt. Oder hast du mir absichtlich das falsche Hotel genannt? Wo liegt Detroit eigentlich genau? Wahrscheinlich irgendwo im Mittleren Westen. Das passt immer.

Ich hatte heute bei einer Führung genau drei Leute. Die haben dafür so viele Fragen gestellt wie eine ganze Busladung Rentner. Das ist auch schon das Spannendste, was man aus Leipzig berichten kann. – Ich hoffe, dass es bei dir aufregender ist! Aber bitte nicht so aufregend, dass du nicht mehr zum Schreiben kommst.

Auf bald, Juliane

Von: Juliane Bauer <abeee@hotmail.com>
Betreff: **Bitte melden**
Datum: 15. Juni 2001 01:04:43 MESZ
An: boesewicht34 <boesewicht34@aol.com>

Lieber Milan,
es gibt bestimmt einen guten Grund, warum du nicht antwortest. Noch besser wäre er allerdings, wenn ich ihn auch kennen würde.

Gestern habe ich in einem plötzlichen Anfall von Aktionismus das Gästezimmer neu gestrichen. Eigentlich nicht einmal neu, sondern zum ersten Mal, seitdem ich hier eingezogen bin. Du hast meine Wohnung ja noch gar nicht gesehen, also hier eine kurze Beschreibung: Altbau, drei Zimmer, eine geräumige Küche und ein winziges Kämmerchen, das ich aber nicht für Eimer und Schrubber nutze, sondern als Gästezimmer. Einer der Hausmeister im Museum, ein gelernter Schreiner, hat mir ein Hochbett gebaut. Mehr als ein Bett passt auch gar nicht hinein. Aber so habe ich die Grundfläche fast verdoppelt. Die obere Hälfte habe ich nun in Himmelblau gestrichen. Unter dem Bett steht der Lieblingssessel meiner Mutter, die leider letztes Jahr gestorben ist (habe ich schon mal gesagt, ich weiß) und eine Leselampe vom Flohmarkt. Am liebsten würde ich mich selbst besuchen, denn es ist nun mit Abstand das gemütlichste Zimmer. Was auch daran liegt, dass ich die meisten Bücherkisten noch nicht ausgepackt habe. Sie sind in einer Ecke des Wohnzimmers bis zur Decke gestapelt. Dieser Turm ist so Furcht einflößend, dass ich nicht wage, ihn abzutragen. Damit du nicht wieder sagst, ich solle endlich »meinen hübschen Hintern hochkriegen« (das hast du genau so schon zwei Mal gesagt!!!), schreibe ich dir noch von meinem Entschluss, ab sofort jeden Tag zu joggen. Heute habe ich damit begonnen. Zuerst musste ich mir natürlich Laufschuhe kaufen. Schicke Laufschuhe. Viel zu teure Laufschuhe. Schließlich hast du in Würzburg gesagt, dass ich mir mit den alten Tretern die Knie kaputt machen würde. Leider musste ich mir in dem Schuhladen auch diese hübschen Sandalen kaufen, die ich seit Wochen jeden Tag auf dem Weg zur Arbeit angestarrt habe.

Die Laufschuhe sehen nur halb so schick aus. Eigentlich sehen Laufschuhe an Frauen immer bescheuert aus. An Männern mag ich sie ganz gerne, besonders, wenn sie dann eine recht enge rote Turnhose bis knapp über das Knie anhaben und ein eng anliegendes T-Shirt …

Mit meinen neuen Schuhen und deinem grünen T-Shirt bin ich vorhin los. Gleich gegenüber der breiten Straße beginnt ein Park. Ich habe im Winter einmal versucht herauszufinden, wo er endet, musste aber irgendwann wegen der Kälte aufgeben.

Ich habe mir deinen Vorschlag zu Herzen genommen, nicht zu schnell zu beginnen. Also trabte ich eher, als dass ich gelaufen wäre. Trotzdem musste ich nach zehn Minuten die erste Pause einlegen. Unter Aufbietung meiner ganzen Willenskraft konnte ich der Versuchung widerstehen, in einem der Biergärten Zwischenstation zu machen. Das hat sich gelohnt, denn nach weiteren zehn Minuten war mir, als ob alles von mir abfallen würde. Für ein paar Hundert Meter hatte ich das Gefühl, ganz leicht zu werden. – Bis ich Seitenstechen bekam und keuchend stehen bleiben musste. Zurück bin ich gegangen. Immerhin verstehe ich jetzt ein bisschen besser, warum du das dauernd machst.

Du musst sagen, dass das für den Beginn gar nicht schlecht war, oder? Bitte lob mich!

Beim Duschen hatte ich auf einmal deinen Geruch in der Nase. Und wie er sich langsam vermischt mit dem der Seife und dem prasselnden Geräusch des Wassers … und den Dampfschwaden … und dem Gefühl der kühleren Fliesen in meinem Rücken, gegen die du mich drückst …

Wann kommst du endlich wieder??? Das nächste Mal übernehme übrigens ich die Hotelrechnung.

Juliane, die gerade nackt unter der Decke liegt – aber leider nur mit einem Laptop neben sich.

Von:	Juliane Bauer <abeee@hotmail.com>
Betreff:	**kein Betreff**
Datum:	16. Juni 2001 21:09:18 MESZ
An:	boesewicht34 <boesewicht34@aol.com>

Tu mir das nicht an! Haben dich irgendwelche Cowboys entführt? Oder Indianerinnen? Wo bist du? Warum meldest du dich nicht? Ich vermisse dich, deine Küsse. Deine dreckigen Kommentare. Oder habe ich irgendetwas falsch gemacht? Gib mir doch irgendein Zeichen, das Handy ist an. Vergiss die Zeitverschiebung!

Du brauchst mir nicht zu sagen, dass es nicht sehr sexy ist, wenn eine Frau einem Mann hinterherläuft. Das weiß ich aus eigener Erfahrung nur zu gut! Und dass es nur dazu führt, dass der Mann noch schneller wegläuft. Aber trotzdem: Würdest du dich bitte bei mir melden, meinetwegen brauchst du nur zu beantworten, wie das Wetter im Mittleren Westen oder wo auch immer ist.

Bitte!

Bitte.

Juliane

Von:	boesewicht34 <boesewicht34@aol.com>
Betreff:	**Re: kein Betreff**
Datum:	19. Juni 2001 09:21:33 MESZ
An:	Juliane Bauer <abeee@hotmail.com>

Baby! Du weißt doch, dass ich im Ausland war! Nur von Männern umgeben. Den ganzen Tag. Wir sind jeden Abend nach den Verhandlungen weggegangen, ein paar Typen von der Konkurrenz waren auch dabei und haben einen auf dicke Hose gemacht. Dabei hätten wir getötet, um zu gewinnen. Es ging nur darum, wer gewinnt. Und das hängt manchmal davon ab, wer mehr verträgt. Und das alles mit Krawatte bei drinnen zehn und draußen vierzig Grad.

Milan

--- Wir haben das Spiel verloren. Nur falls es dich interessiert. Bin entsprechend schlecht gelaunt. So eine Scheiße! ---

Von: Juliane Bauer <abeee@hotmail.com>
Betreff: **tut mir leid**
Datum: 20. Juni 2001 23:13:43 MESZ
An: boesewicht34 <boesewicht34@aol.com>

Lieber Milan,
ich weiß gar nicht, wie ich mich entschuldigen soll für meine Mails. Das hast du sicherlich gar nicht gebrauchen können, eine zickige Frau aus Leipzig… Hoffentlich hat dich das nicht so beeinträchtigt, dass du deswegen nicht ganz auf der Höhe warst.

Lässt sich das noch einmal korrigieren?

Schreib mir doch bitte, ob du noch sauer auf mich bist. Bitte!

Und wenn ja: Was könnte ich tun, damit du mir verzeihst?

Wie du merkst, ertrage ich es fast noch schlechter, dass jemand böse auf mich ist, als wenn er sich nicht meldet. Willst du mich jetzt nicht mehr sehen?

Du fehlst mir! Auch wenn du das wahrscheinlich nicht hören magst.

Deine schwer beschämte
Juliane

Von: boesewicht34 <boesewicht34@aol.com>
Betreff: **kein problem**
Datum: 21. Juni 2001 18:09:43 MESZ
An: Juliane Bauer <abeee@hotmail.com>

Hey Juliane,
es lag nicht an mir. Wir haben zu schlecht geblufft. Mach dir deswegen keinen Kopf. Vielleicht wartest du beim nächsten Mal einfach, bevor du die Eifersuchtsmaschine anwirfst… Hab dir was mitgebracht. Wann ist Übergabe?

Milan

Von: Juliane Bauer <abeee@hotmail.com>
Betreff: **Re: kein problem**
Datum: 21. Juni 2001 21:57:00 MESZ
An: boesewicht34 <boesewicht34@aol.com>

Lieber Milan,
tut mir leid, wenn ich mal wieder zu ungeduldig war. Das ist mein Hauptproblem. Und ich mache mir zu viele Gedanken. Und ich schreibe Mails vom Meeresgrund, selbst wenn das Schiff schon gesunken ist.

Ich bewundere, wie du mit dieser Niederlage umgehst. Würde mir so etwas passieren, würde ich das nächste halbe Jahr darüber nachdenken, warum es so gelaufen ist. Und höchstwahrscheinlich die nächste Gelegenheit verpassen.

Nach unserem Treffen in Würzburg war ich so aufgewühlt,

dass ich mein bisschen Zeitgefühl verloren habe. Habe das gerade auf dem Taschenkalender rekonstruiert. Es waren ja wirklich nur fünf Tage. Es kam mir vor wie eine Ewigkeit. In der Arbeit bin ich immer genervt, wenn jemand erwartet, dass ich am gleichen Tag auf eine Mail antworte. – Jetzt habe ich schon wieder vergessen, dass du ja eigentlich keine Mails magst. – – – Gerade habe ich auf deinem Handy angerufen. Es wollte aber nur diese notorisch gut gelaunte Frauenstimme mit mir reden. Also sende ich dir meine Küsse und Umarmungen doch per Mail.

Hoffentlich auf bald,
deine Juliane

Von:	boesewicht34 <boesewicht34@aol.com>
Betreff:	**Re: Re: kein problem**
Datum:	22. Juni 2001 08:53:11 MESZ
An:	Juliane Bauer <abeee@hotmail.com>

Eichhörnchen,

mach dir mal keinen Kopf. Das hatte ich schon länger nicht mehr, dass eine Frau so ungeduldig wird. Normalerweise lasst ihr einen doch zappeln. – Schwamm drüber. Kannst du dir das kommende Wochenende (also 30.6./1.7.) frei halten?

Milan

Von: Juliane Bauer <abeee@hotmail.com>
Betreff: **Re: Re: Re: kein problem**
Datum: 22. Juni 2001 17:04:36 MESZ
An: boesewicht34 <boesewicht34@aol.com>

Wie gut also, dass ich keine von den anderen zickigen Frauen bin, sondern mich auf dich freue. Wo soll es hingehen? Jul

Von: boesewicht34 <boesewicht34@aol.com>
Betreff: **Re: Re: Re: Re: kein problem**
Datum: 23. Juni 2001 07:59:23 MESZ
An: Juliane Bauer <abeee@hotmail.com>

Das mit dem Zicken war nicht so gemeint!

Glaub mir, man kann gleichzeitig geile Fantasien mit einer Leipzigerin im Kopf durchspielen und sich mit völlig durchgeknallten Amis besaufen. Für dich ist alles, was nicht mit dir zu tun hat, eine Bedrohung. Außerdem bist du diejenige, die nicht kommunizieren kann. Immer diese verdammten E-Mails. Warum antwortest du so ungern auf SMS? Das sind die Mails von heute. Oder glaubst du, in zehn Jahren schreiben sich die Menschen noch?

Habe dir zur Übung gerade etwas gesimst. Überraschung. Antworten nehme ich per Mail nicht entgegen.

See you
milan

Von: boesewicht34 <boesewicht34@aol.com>
Betreff: **Spiel! Satz! Sieg!**
Datum: 26. Juni 2001 14:46:52 MESZ
An: Juliane Bauer <abeee@hotmail.com>

Hallo Juliane,
heute Abend machen wir ein kleines Badminton-Turnier. Es würde mir schon gefallen, wenn du auf der Tribüne sitzen würdest, um mich anzufeuern. Wahrscheinlich fändest du meine Gegner relativ niveaulos, bis auf einen. Der hat es immerhin zum Musiklehrer gebracht, beinahe ein Künstler also. Aber man kann trotzdem viel Spaß mit ihm haben.

Was treibst du am Abend? Bisschen Theater oder 'ne neue Ausstellung? Lass dich nicht ärgern, Eichhörnchen. Übermorgen fliege ich wieder mal für einen Tag weg, crazy business life.

Milan

Gut, dass du dich auf meine Überraschung freust. Wird wirklich toll, 'ne ganz andere Nummer als Würzburg! Du musst am Freitag spätestens um zwei in Stuttgart sein. Allerallerspätestens!

Von: Juliane Bauer <abeee@hotmail.com>
Betreff: **Re: Postkarte**
Datum: 29. Juni 2001 09:18:46 MESZ
An: boesewicht34 <boesewicht34@aol.com>

Lieber Milan,
bin schon so gespannt, wo es am Wochenende hingeht. Nach Madrid in den Prado vielleicht? Oder sogar Zagreb? Für eine Überraschung würde ich sogar ans Ende der Welt fahren …

Komme am Freitag um 13.12 Uhr am Stuttgarter Hauptbahnhof an und habe – wie befohlen – mein kleines Schwarzes und hochhackige Schuhe dabei. (Allein dafür hat sich die Überraschung schon gelohnt. Das Kleid wird dir gefallen: nicht durchsichtig, aber auch nicht undurchsichtig …)

Bis Freitag, deine sehr gespannte Juliane

Magst du mir nicht doch schon vorher etwas verraten?

Von: boesewicht34 <boesewicht34@aol.com>
Betreff: **vergeigte Überraschung**
Datum: 1. Juli 2001 23:31:01 MESZ
An: Juliane Bauer <abeee@hotmail.com>

Wollte dir gleich auf deine SMS aus dem Zug antworten! Dieses Mal ist mir ’ne Mail auch lieber. **Du hast mich nicht enttäuscht, im Gegenteil**. Mir hat es wirklich gefallen. Klar war das nicht einfach für dich. Hätte ich mal besser alle deine

Mails an Leander gelesen, dann wäre das nicht passiert. Konnte schließlich nicht ahnen, dass ihr euch ausgerechnet in Paris kennengelernt habt. Aber das ist ja auch schon mindestens tausend Jahre her. Oder etwa nur zwölf?

Schon beim Hinflug hab ich gespürt, dass du dich innerlich gewehrt hast. Aber da war es zu spät.

Und wir hatten doch trotzdem zwei tolle Tage. Dieses Lokal auf dem Montmartre war richtig schick. Fandest du doch auch, oder etwa nicht? Es hat mir gefallen, mit einer so sexy Frau über die Boulevards zu ziehen. Du solltest nur noch solche Schuhe tragen. Nur dieser Marathon zu dem Friedhof, der war vielleicht ein bisschen lang, um dann Gräber anzuschauen. Ich mag Tote nicht, davon habe ich schon genug gesehen.

Mir hat es sogar auf dem Eiffelturm gefallen, obwohl ich sonst leicht Höhenangst bekomme. Sag jetzt nicht, dass ich das vorher hätte sagen sollen. Ängste sind dafür da, dass man sie überwindet.

Am besten fand ich die Schifffahrt auf der Seine. Da hat man alles gesehen und musste keinen Meter laufen. Du hättest ruhig auch mal den Leuten am Ufer zuwinken können. Ich habe mich gefühlt wie ein König. War eigentlich auf der einen Brücke ein Promi, weil du die wie eine Verrückte fotografiert hast? Immerhin hast du jetzt genug Bilder von Paris für eine ganze Ausstellung.

Und dass wir ein Wochenende keinen Sex hatten, fand ich nicht schlimm. Auch ich komme mal ohne aus. Trotzdem, vergiss beim nächsten Treffen ja nicht die Unterwäsche, die ich dir gekauft habe!

Außerdem gibt es noch genügend Städte, die man besuchen sollte. Zagreb ist ein stinkendes Loch. Wie wäre es stattdessen mit Nürnberg?

Komm gut heim. Milan

Von: Juliane Bauer <abeee@hotmail.com>
Betreff: **Nürnberg**
Datum: 2. Juli 2001 12:09:01 MESZ
An: boesewicht34 <boesewicht34@aol.com>

Lieber Milan,
woher wusstest du, dass ich *definitiv* noch nie in Nürnberg war? Im ersten Moment dachte ich: auf keinen Fall. Aber inzwischen habe ich mich damit sogar angefreundet. Die Mischung aus Mittelalter und Nationalsozialismus hat mich bislang abgeschreckt.

Vorhin habe ich beim Tourismusamt angerufen. Sie schicken mir ein paar Prospekte, auch zu den Hotels. Also von meiner Seite aus steht einem Treffen dort nichts im Wege. Diesmal suche ich das Hotel aus! Ich schreibe dir noch eine SMS, wann ich ankomme.

Vielleicht versuchen wir es irgendwann noch mal mit Paris. Wenn es mir gelingt, mich von der Vergangenheit nicht erdrücken zu lassen, wäre ich in meinem Leben ein großes Stück weiter. Vielleicht Ende August? Da hätte ich eine Woche frei. – Aber erst mal auf nach Nürnberg!

Bis Samstag, Küsse
Juliane

Von: boesewicht34 <boesewicht34@aol.com>
Betreff: **Du und deine Nazis!**
Datum: 4. Juli 2001 09:13:02 MESZ
An: Juliane Bauer <abeee@hotmail.com>

Hallo Eichhörnchen,
super, dass unser Ausflug nach Nürnberg klargeht. Wer hat dir eigentlich das mit den Nazis ins Ohr gesetzt? Wenn es noch welche gibt, dann höchstens vor deiner Haustür! Allerdings schaffe ich nur eine Nacht diesmal. Sprich, ich kann erst am Samstagmorgen losfahren. Für dich ist das auch praktischer. Du nimmst am Morgen einen Zug, und wir treffen uns irgendwann mittags.

Da fällt mir was ein: Soll ich mal bei dem Vorstand der Freunde der Staatsgalerie anklopfen, ob nicht eine Stelle in Stuttgart frei wird? Da muss sich doch irgendwas deichseln lassen. Diese Rumfahrerei ist nichts auf Dauer. Meine Kontaktperson würde alles für mich tun … Nicht, was du jetzt wieder denkst!

Du glaubst gar nicht, wie sehr ich das Wochenende herbeiwünsche. Hoffentlich ohne Vergangenheitskrisen! Die Arbeit nervt!

Milan, der Nazijäger

Von: Juliane Bauer <abeee@hotmail.com>
Betreff: **Bitte nicht!**
Datum: 4. Juli 2001 09:27:14 MESZ
An: boesewicht34 <boesewicht34@aol.com>

Milan,
tu das ja nicht! Ich habe gerade erfolgreich versucht, hier Fuß zu fassen. Wenn meine Vorgesetzten nur gerüchteweise mitbekommen, dass ich mich anderswo umschaue (und dann noch in Stuttgart!), kann ich einpacken. Also bitte: sag nichts! AUF KEINEN FALL! Schreib mir bitte sofort, dass du diese Mail gelesen hast! Sonst bekomme ich ein echtes Problem!

Danke
Juliane

Von: Juliane Bauer <abeee@hotmail.com>
Betreff: **Bitte nicht!!!**
Datum: 4. Juli 2001 11:34:36 MESZ
An: boesewicht34 <boesewicht34@aol.com>

Falls du schon mit deiner »Kontaktperson« gesprochen hast, kannst du ihr bitte sagen, dass das deine Idee war?! Nicht dass sich irgendwas festsetzt! Und dass es total nett von ihr wäre, mir zu helfen. Wenn sie einmal in Leipzig ist, zeige ich ihr gerne unser Museum.

Von:	boesewicht34 <boesewicht34@aol.com>
Betreff:	**Klarstellung**
Datum:	4. Juli 2001 12:42:29 MESZ
An:	Juliane Bauer <abeee@hotmail.com>

Ich mag zwar triebgesteuert sein, aber ganz blöd bin ich auch nicht! Keine Sorge also, ich werde mich nicht weiter in deine Karriereplanung einmischen. Wir sehen uns in Nürnberg. Mir gefällt, wenn du mal klipp und klar sagst, was dir passt und was nicht. Es ist manchmal echt schwer mit deinen Andeutungen.

Beste Grüße m

Von:	Juliane Bauer <abeee@hotmail.com>
Betreff:	**männer**
Datum:	4. Juli 2001 21:26:37 MESZ
An:	Bob <robert3442@yahoo.com

Liebes Brüderchen,
es tut mir leid, dich am Tel angelogen zu haben. Natürlich hat meine schlechte Laune mit einem Mann zu tun. Das hast du völlig richtig vermutet. Inzwischen bin ich mir sogar unsicher, ob er das Richtige ist. Und ja, es ist kompliziert wie alle meine »Männergeschichten«, vielleicht sogar noch schlimmer. Bitte komm mir jetzt nur nicht mit einem altklugen Spruch über Frauen.

Manchmal frage ich mich, ob es besser gelaufen wäre,

wenn ich mich vor zwei Jahren nicht von meinem Tübinger Ex getrennt hätte. Ach, seliges Tübingen. Damals war noch alles einfach.

Wahrscheinlich wäre ich jetzt fest dort an der Uni und würde über irgendetwas sehr Intellektuelles habilitieren. Er und ich würden uns überlegen, vielleicht aus der Stadt (Tübingen!!!) zu ziehen in ein Häuschen mit Garten und biologisch Gras anzubauen für den Eigengebrauch.

Vater hat letztens so Andeutungen gemacht, dass Mutter vor ihrem Kennenlernen anscheinend auch viele tragische Beziehungen gehabt hätte.

Egal wie, ich kann am Wochenende leider nicht kommen. Tut mir leid.

Deine Juliane

Von: Bob <robert3442@yahoo.com
Betreff: **Re: Männer**
Datum: 4. Juli 2001 21:26:37 MESZ
An: Juliane Bauer <abeee@hotmail.com>

Langsam nerven deine Männergeschichten. Hauptsache kompliziert. Einfach wolltest du ja nie.

Weihnachten warst du kaum ansprechbar wegen dieses Typen aus Leipzig. Ich dachte, der war nix. Jetzt also doch?

Bin echt genervt. Immer muss ich deine Scheiße ausbaden. Wollte am Wochenende mit ein paar Kumpels zu einem

Konzert nach Hannover, aber das kann ich jetzt wohl auch knicken. Paps kann man in dem Zustand keine zwei Tage alleine lassen.

R

Von: Juliane Bauer <abeee@hotmail.com>
Betreff: **Nürnberg**
Datum: 11. Juli 2001 23:09:18 MESZ
An: boesewicht34 <boesewicht34@aol.com>

Lieber Milan,
Nürnberg hat meinen gemischten Erwartungen vollauf entsprochen. Wenn schon Franken, dann eher Würzburg. Jede Stadt verliert, wenn es regnet. Aber du hattest ja immerhin den Fitnessraum …

Das Mittelalter hat mich schon im Studium viel weniger interessiert als die Renaissance. Gut, dass wir das Reichsparteitagsgelände vom Programm gestrichen haben, das hätte mir wahrscheinlich die Laune vollkommen verhagelt. Ich finde es schlimm genug, was die Nürnberger im Mittelalter mit den Juden gemacht haben … Geballt fand ich auch den Dialekt nicht mehr sympathisch.

Da du auch immer gleich sagst, wenn dir etwas nicht passt, wollte ich mir ein Beispiel an dir nehmen, bevor sich etwas festsetzt. Eigentlich ist es eine Kleinigkeit, eine eher unappetitliche Kleinigkeit. In Würzburg fand ich es noch aufregend, aber dieses Mal hat es mich ein wenig geekelt, dass du das Kondom »danach« auf dem Nachttischchen in dem Hotelzimmer hast liegenlassen. Irgendwie hatte ich den Eindruck, du erwartest, dass ich mich darum kümmere, während du duschst. Es ist wirklich nur eine Kleinigkeit. Am besten lasse ich es einfach so stehen. Wollte es einfach einmal gesagt haben.

Wirklich genervt hat mich eigentlich nur die Bauchtänzerin mit der Orangenhaut beim Türken. Warum musste die immer vor unserem Tisch rumhüpfen? Oder wolltest du mich eifersüchtig machen und hast ihr heimlich ein paar Scheine in ihr geschmackloses Kostüm gesteckt? Ich habe früher mal Flamenco getanzt. Das ist weniger schwabbelig und aufdringlich als dieser Orient-Kitsch.

Themenwechsel: Wir haben morgen früh Betriebsversammlung, da soll die neue Abteilungsstruktur vorgestellt werden. Alle sind schon sehr aufgeregt. Ich kann mich davon nicht ganz frei machen. Dabei wurde uns schon mehrfach zugesichert, dass es keine betriebsbedingten Kündigungen geben wird. Aber gerade die Mitarbeiter aus DDR-Zeiten glauben so etwas nicht und verbreiten mit immer neuen Gerüchten Unruhe. Gut also, wenn morgen alles geklärt ist. Ich überlege sogar, ob ich mich im Betriebsrat engagieren soll. Zumindest als Ersatzkandidatin.

Bis morgen Abend am Telefon, heute ist wieder Badminton, oder? Treffe noch Freunde, aber so ab zehn wäre ich telefonisch zu erreichen.

Deine Juliane

Von: Juliane Bauer <abeee@hotmail.com>
Betreff: **was ist los?**
Datum: 15. Juli 2001 20:02:11 MESZ
An: boesewicht34 <boesewicht34@aol.com>

Hallo Milan,
anscheinend bist du doch beleidigt, seit ein paar Tagen ist nur die Mailbox zu erreichen. Hoffentlich nicht wegen der nebensächlichen Nürnberg-Sache. Falls du daraus schließt, dass ich dir vorwerfen würde, mit deinen Hygienevorstellungen wäre etwas nicht in Ordnung, ist das komplett falsch. Im Gegenteil, ich habe noch nie einen Mann getroffen, der zu jeder Tages- und Nachtzeit so verführerisch nach Duschgel duftet wie du. Es war blöd von mir, es überhaupt zu erwähnen.

Aber vielleicht ist der Grund deines Schweigens viel einfacher, und du hast einfach gerade viel zu tun. Oder du bist mit der türkischen Bauchtänzerin durchgebrannt. Nicht dass ich mir wieder vorwerfen lassen muss, ich würde alles auf mich beziehen. Von meiner Seite aus: bis ganz bald. Wenn du unbedingt willst, mache ich auch einen Bauchtanzkurs.

Grüße und Küsse,

Juliane

Von: boesewicht34 <boesewicht34@aol.com>
Betreff: **Re: was ist los?**
Datum: 16. Juli 2001 07:34:48 MESZ
An: Juliane Bauer <abeee@hotmail.com>

Aha, das Balkanschwein muss sich also dauernd duschen, um nicht zu stinken? Und lässt überall seine Kondome liegen??? Wie billig. Das hättest du mir gleich sagen sollen. War ja klar, dass der feinen Madame aus Düsseldorf das irgendwann zu viel wird.

m

Von: Juliane Bauer <abeee@hotmail.com>
Betreff: **Re: Re: was ist los?**
Datum: 16. Juli 2001 09:07:53 MESZ
An: boesewicht34 <boesewicht34@aol.com>

Milan,
so etwas habe ich nie gesagt. Du solltest mich mittlerweile gut genug kennen, um zu wissen, dass ich keine Rassistin bin. Was hat ein benutztes Kondom eigentlich damit zu tun, dass du Halbkroate bist? Ich verstehe dich gerade überhaupt nicht. Um das zu klären, müssten wir zumindest einmal miteinander sprechen. Und dafür musst du dein Handy anschalten und vor allem rangehen, wenn ich anrufe.

Jul

Von: boesewicht34 <boesewicht34@aol.com>
Betreff: **zu Befehl**
Datum: 16. Juli 2001 18:36:23 MESZ
An: Juliane Bauer <abeee@hotmail.com>

Mein Handy ist an, Frau Hygienebeauftragte. Weißt du, was mich am meisten ankotzt? Dass du nicht einfach mal sagen kannst, wenn dich was stört, sondern Tage später wieder eine von deinen verkünstelten Scheißmails schreibst. Und es einem so nebenbei reinwürgst. Und immer so, dass du eine weiße Weste behältst. Austeilen tust du nämlich gerne.

Von: Juliane Bauer <abeee@hotmail.com>
Betreff: **Kassel**
Datum: 19. Juli 2001 23:23:26 MESZ
An: boesewicht34 <boesewicht34@aol.com>

Lieber Milan,
es war sehr gut, dass wir die leidige Geschichte ausführlich am Telefon diskutieren konnten. Es wäre vielleicht besser gewesen, wenn wir uns dazu auch gesehen hätten. Von meiner Seite aus ist die Sache damit erledigt. Hoffentlich siehst du das genauso.

Ich habe in der Mittagspause eine Deutschlandkarte studiert. Es liegt zwar nicht genau in der Mitte, aber was hältst du von Kassel? Die haben ein tolles Museum für zeitgenössische

Kunst, auch jenseits der documenta. Am kommenden Freitag (27. Juli) gibt es eine Vernissage für die Ausstellung einer neuseeländischen Performance-Künstlerin. Man müsste bis spätestens acht dort sein. Mit dem Kurator arbeite ich hervorragend zusammen. Bis jetzt nur telefonisch, deswegen würde ich ihn gerne einmal persönlich kennenlernen (keine Sorge, er hat Frau und Kinder!). Vielleicht könnte man unser Treffen damit kombinieren. Wahrscheinlich machen wir in zwei Jahren sogar eine Gemeinschaftsausstellung mit den Kasslern.

Wenn dir das zu weit ist, fahre ich wann anders hin. (Die Ausstellung läuft bis Ende Oktober.) Ich habe gerade keine andere Idee. Zur Not können wir ja noch einmal nach Würzburg in das Art-Hotel.

Liebe Grüße, Juliane

Von:	boesewicht34 <boesewicht34@aol.com>
Betreff:	**Re: Kassel**
Datum:	20. Juli 2001 08:46:23 MESZ
An:	Juliane Bauer <abeee@hotmail.com>

Hallo Juliane,
Kassel ist mir zu weit. Habe eine anstrengende Woche vor mir. Heilbronn ginge, für eine Nacht. Sa auf So. Das ist zwar näher an Stuttgart als an Leipzig, aber trotzdem. Vielleicht gibt es dort ja auch hervorragende Kollegen. Ruf mich an!

Mil

Von:	Juliane Bauer <abeee@hotmail.com>
Betreff:	**tut mir leid**
Datum:	22. Juli 2001 20:04:55 MESZ
An:	Robert Bauer <robert@bauer.de

Hallo Brüderchen,
leider schaffe ich es am kommenden Wochenende nicht wie geplant nach Hause. Erspar dir und mir jeden Kommentar! Und ich gelobe Besserung. So kann es eh nicht weitergehen.

Hier im Museum haben wir turbulente Wochen hinter uns. Und ich war mittendrin im Orkan. Als ich hier begonnen habe, konnte ich mir nicht vorstellen, dass gerade ich für den Erhalt der Stellen des Sicherheitspersonals kämpfen würde. Wir haben sogar einen Betriebsrat gegründet. (Das darfst du Papa auf keinen Fall erzählen, sonst verstößt er mich!) Du kannst dir gar nicht vorstellen, wie viele Sitzungen in so einen Tag passen. Die Abgesandte von der Gewerkschaft war auch keine Hilfe, das wird Paps freuen. Dafür kenne ich nun das deutsche Arbeitsrecht fast auswendig.

Seit Anfang Juli wissen wir, dass sich der Kampf gelohnt hat. Die Sparvorschläge sind vom Tisch und die Stellen gerettet. Wenigstens etwas.

Wir sehen uns dann Ende August, spätestens. Ich habe eine Woche freigenommen. Auf jeden Fall komme ich einige Tage nach Düsseldorf, um alles wiedergutzumachen. Noch mal: Bitte verzeih mir, aber man ist ja nur einmal jung. Gott sei Dank!

Und ich bin dir unendlich dankbar, dass du dich so liebevoll um Vater kümmerst. Das ist wirklich großartig. Du hast was gut bei mir.

Vergiss bitte nicht, drauf zu achten, dass er genug trinkt. – Ich klinge schon wie Mama. Vermisse sie.

Deine Juliane

Von: boesewicht34 <boesewicht34@aol.com>
Betreff: **heilbronn**
Datum: 25. Juli 2001 14:52:40 MESZ
An: Juliane Bauer <abeee@hotmail.com>

Juliane, wir müssen Heilbronn canceln. Bin zu müde und hab zu viel Stress. Keine weiteren Vorwürfe. Davon gab es in letzter Zeit schon genug. Hotelreservierung storniert.

milan

Von: Juliane Bauer <abeee@hotmail.com>
Betreff: **Re: heilbronn**
Datum: 25. Juli 2001 15:58:50 MESZ
An: boesewicht34 <boesewicht34@aol.com>

Ach, »Vorwürfe« hatten wir genug? Ist das eine Anspielung auf unser langes Telefonat? – Ich dachte, wir hätten die Sache geklärt. Vielleicht hätte ich an deiner abweisenden Art merken sollen, dass nichts geklärt ist. Du tust immer so, als wäre dir alles gleichgültig, aber im Grunde bist du sensibler als die meisten Frauen. Auch wenn dein Stolz es dir verbietet. – Der steht dir öfter im Weg, als du denkst. (Und komm mir jetzt nicht wieder mit deiner Abstammung! Darum geht es wirklich nicht.)

Alles Gute jedenfalls bei der Stressbewältigung! Mit wem auch immer.

Juliane

Von:	boesewicht34 <boesewicht34@aol.com>
Betreff:	**Re: Re: heilbronn**
Datum:	25. Juli 2001 16:13:51 MESZ
An:	Juliane Bauer <abeee@hotmail.com>

Juliane.
Ich habe Kopfweh. Mir zerspringt fast der Schädel. Deine Belehrungen packe ich gerade gar nicht. Und jetzt nicht wieder zehn E-Mails. Oder ist da noch ein anderer? Vielleicht unser Diplomaten-Langweiler vom Dienst? Von dem scheinst du nicht wirklich loszukommen Ich habe damit keine Probleme. Zum Thema Stressbewältigung. Vielleicht wäre es sogar besser so … Schreib ihm ruhig weiter Mails, du wirst ja sehen, was am Ende rauskommt: nämlich nichts. Nada. Der reagiert nämlich noch angepisster als ich, wenn man ihn nicht in Frieden lässt.

m

Von: Juliane Bauer <abeee@hotmail.com>
Betreff: **Re: Re: Re: heilbronn**
Datum: 7. August 2001 12:35:54 MESZ
An: boesewicht34 <boesewicht34@aol.com>

Milan,
diesmal habe ich ein paar Tage geschwiegen. Weil ich keine Lust mehr habe, deinen Komplexen ausgeliefert zu sein. Mir reicht es.

Ich weiß nicht, woraus du irgendwelche Rechte auf mich ableitest. Wir waren nie ein Paar. Und das ist gut so, wie sich jetzt zeigt. Es macht wenig Sinn, eine Beziehung auf diese Distanz einzugehen, aber noch viel weniger macht eine Bettgeschichte Sinn.

Heute vor einem Jahr war die Beerdigung meiner Mutter, ich habe also wirklich andere Dinge im Kopf. Stell dir vor: Auch andere Menschen haben manchmal Kopfschmerzen und setzen sich trotzdem in einen Zug und fahren für ein Mal xxxxxx quer durch einen ganzen Kontinent, wenn es sein muss.

Juliane

Ja, das ist alles traurig.

Von: Juliane Bauer <abeee@hotmail.com>
Betreff: **Re: Re: Re: heilbronn**
Datum: 7. August 2001 21:03:02 MESZ
An: boesewicht34 <boesewicht34@aol.com>

Nur noch das eine, damit es mal gesagt wurde, denn ich hasse Unaufrichtigkeiten: Ja, es gibt einen anderen Mann in meinem Leben. Falls dich das wirklich interessiert und nicht nur an deinem Ego kratzt. Und auch wenn es dich nicht interessiert: Der Sex ist nicht so wild, dafür gefühlvoll.

Juliane

Von: boesewicht34 <boesewicht34@aol.com>
Betreff: **Re: Re: Re: Re: heilbronn NOCH WAS**
Datum: 8. August 2001 08:26:43 MESZ
An: Juliane Bauer <abeee@hotmail.com>

Kommst du dir nicht selbst peinlich vor? »Es gibt einen anderen Mann in meinem Leben.« – Wo hast du den Satz gelesen? In irgendeiner von deinen Frauenzeitschriften? Das kratzt mein Ego wirklich nur am Rand.

Du brauchst dich nicht wundern, wenn dich am Ende keiner haben will. Deinem Prinzen würdest du um die halbe Welt nachfliegen. Aber jeder Prinz ist ein Mann! Es nervt, dass du einem bis zum Erbrechen nachläufst.

Du wirst so lange von deinem Märchenprinzen träumen, bis du nur noch aus Orangenhaut bestehst! Meinst du, ich hätte deine Oberschenkel nicht beim ersten Treffen bemerkt und geschwiegen? Kein Wunder, dass du immer schnell das Licht ausgemacht hast, wenn es ans Eingemachte geht! Wie man einen Mann heiß macht, lernt man nicht beim E-Mail-Schreiben.

Du bestehst nur aus Komplexen! Damit solltest du erst mal klarkommen, bevor du dich um die von anderen kümmerst.

m

Von:	Juliane Bauer <abeee@hotmail.com>
Betreff:	**Re: Re: Re: Re: Re: heilbronn NOCH WAS**
Datum:	11. August 2001 10:53:26 MESZ
An:	boesewicht34 <boesewicht34@aol.com>

Hallo Milan,
es gab Tage, da hätte ich mir etwas anderes für uns vorstellen können. Vielleicht brauchen wir einfach eine längere Auszeit voneinander, bis wir wieder normal miteinander sprechen können. Wir haben eben keine Zeit gehabt, uns auch kennenzulernen vor lauter Sex. Das war von Anfang an ein Fehler. Momentan möchte ich jedenfalls keinen Kontakt. – Wenn ich mich richtig erinnere, warst du es, der mich unbedingt treffen wollte. Trotz Orangenhaut. Diesmal bitte ich dich, meinen Willen zu respektieren.

Vielleicht hätte das mit uns etwas werden können, obwohl wir so unterschiedlich sind. Ich weiß es nicht, und momentan interessiert es mich noch nicht einmal. So hart das klingt.

Bin traurig, aber auch froh, dass das nun eindeutig geklärt ist – und für immer. Wahrscheinlich stehe ich mir mal wieder selbst im Weg.

Juliane

Von:	Juliane Bauer <abeee@hotmail.com>
Betreff:	**Glückwunsch**
Datum:	13. August 2001 19:13:37 MESZ
An:	bianca <kontakt@familieschrom.de>

Hallo Bianca,
an deine neue E-Mail-Adresse, die ich von meinem Bruder bekommen habe, muss ich mich erst gewöhnen … Ich schließe aus der Endung, dass ihr auch schon eine Homepage habt, damit jedermann an eurem Familienglück teilhaben kann. Wahrscheinlich hast du dich auch deswegen seit dem Tod meiner Mutter nicht mehr gemeldet, weil man im Internet alle wesentlichen Dinge erfährt. Bis auf die wirklich wichtigen.

Zur Geburt deines Sohnes gratuliere ich. Frederick ist ein netter Name. Wobei mich wundert, dass du, was Kinder angeht, deine Meinung scheinbar komplett geändert hast. Von meinem Bruder habe ich erfahren, dass du deinen Daniel in letzter Sekunde geheiratet hast. Auch wenn er kein echter Spanier ist. Wenn ich mal wieder in Köln bin, leiste ich mir mal ein Menü in eurem Lokal. Das kann aber noch etwas dauern.

Wahrscheinlich hast du meine neue Adresse nicht aufgeschrieben, und deswegen ist die Einladung nicht angekommen. Oder zumindest eine Karte.

Ich selbst sehe mich nicht als Mutter, aber ich respektiere natürlich völlig, dass sich in meinem Umfeld gerade viele selbstbestimmte Frauen in Duzi-Du-Kinderwagenschieberinnen verwandeln. Es scheint also wirklich was Hormonelles zu sein.

Vor ein paar Wochen habe ich mit Aikido begonnen. Das ist ein Kampfsport, aber nicht so hart wie Karate. Das wurde mir zumindest bei der Einschreibung in den Kurs gesagt. Macht auch mehr Spaß als Flamenco.

Der Job im Museum macht wahnsinnig Spaß, und ich habe supernette Kollegen. Dass ich gleich nach der Promotion eine Stelle gefunden habe, war keine Selbstverständlichkeit. Und privat scheint sich auch gerade etwas zu ergeben nach zwei eher wilden Jahren. Ruhigeres Fahrwasser tut mir ganz gut. Nach den Turbulenzen kommt irgendwann die Landung. Ich genieße jedenfalls, gerade auf sanften Händen getragen zu werden.

Was mir unlängst eingefallen ist: Ich glaube, du schuldest mir noch zwanzig Mark, die ich dir für die Rückfahrt nach dem Umzug geliehen habe. Bitte überweise das Geld an: Dresdner Bank, BLZ 600 800 00, Kontonummer 01925839. Danke!

So, jetzt aber wieder an die Arbeit.

Mit besten Grüßen aus Leipzig

Juliane

Von: boesewicht34 <boesewicht34@aol.com>
Betreff: **Re: Re: Re: Re: Re: Re: heilbronn NOCH WAS**
Datum: 18. August 2001 18:28:53 MESZ
An: Juliane Bauer <abeee@hotmail.com>

Dein Leander ist der Richtige, nimm den! Anscheinend ist er wieder im Lande. Bei mir lässt sich der feine Herr nicht blicken. Ich hatte eh die ganze Zeit über den Eindruck, nur Platzhalter zu sein. Kein gutes Gefühl übrigens. Immer nur reden reden reden. Ich habe euch Akademiker gestrichen satt. Ihr passt super zusammen, dann könnt ihr euch jahrelang via E-Mail anschmachten. Davon wirst nicht mal du schwanger. Auf andere Männer wirkt das einschläfernd!

Setzt euch auf den desinfizierten Luxusteppich (so richtig deutsch und hygienisch) und fliegt weit weg ins Märchenland. Sehr weit weg! Dabei könnt ihr ja eine gepflegte Korrespondenz führen. Ich hab die Schnauze voll.

milan.

2012

Von:	Juliane Bauer <abeee@hotmail.com>
Betreff:	**Grüße aus der Vergangenheit**
Datum:	4. November 2012 21:21:25 MEZ
An:	bianca <kontakt@familieschrom.de>

Liebe Bianca,
eigentlich wollte ich nicht ausrechnen, wie viele Jahre wir nicht miteinander gesprochen, geschweige denn gemailt haben. Zuletzt wohl vor der Geburt deines ersten Sohnes. Also wurde er im August elf. Dein letzter Gruß stand auf einem Kontoauszug im Betreff einer Überweisung, warum weiß ich allerdings nicht mehr. Keine Ahnung, warum du mir damals Geld hast zukommen lassen. Ich weiß nur noch, dass ich dachte: Irgendwie schräg, diese Art der Kommunikation. Danke jedenfalls!

Trotz des langen Schweigens bist du nie ganz aus meinem Blickfeld verschwunden. Mein Bruder, der sich dauerhaft in Ratingen niedergelassen hat, hält mich auf dem Laufenden. Er ist mit ein paar ehemaligen Mitschülern befreundet, und die wissen in der Regel besser über alle Entwicklungen Bescheid als die Betroffenen selbst. Über diesen Umweg habe ich erfahren, dass du nebenbei Flamenco-Unterricht gibst. Und dein zweites Kind müsste nun auch schon ein paar Jahre auf der Welt sein.

Um das gleich vorwegzunehmen: Ich habe keines – mehr. Wenn der Buschfunk andersherum genauso gut funktioniert, weißt du das wahrscheinlich. Und eine Scheidung habe ich auch schon hinter mir.

Doch es gibt auch Erfreuliches in meinem Leben: Ich bin diese Tage nach Berlin gezogen. Inmitten der Umzugskisten fühle ich mich sehr wohl. Und damit bin ich bei dem Auslöser für diese Mail. Erinnerst du dich noch an unseren Geschichtslehrer Fray, der so viel Wert auf den Unterschied zwischen »Anlass« und »Auslöser« gelegt hat?

Die erste Post war ein Kuvert mit einer CD von Leonard Cohen – ohne Absender. Nicht einmal der Poststempel ist zu entziffern. Vielleicht erinnerst du dich, dass die in Tübingen fast rund um die Uhr lief. Mir ist so, als hätte ich sie dir ausgeliehen. Andererseits hättest du doch hoffentlich ein paar Grüße dazugeschrieben, oder? Und wenn ja, woher hast du meine neue Adresse?

Auf alle Fälle ist es ein schöner Auslöser und Anlass, dass wir wieder in Kontakt kommen. Meine Handynummer ist die 0151-8764524.

Auf bald, deine Juliane

Von:	Juliane Bauer <abeee@hotmail.com>
Betreff:	**kein Ort**
Datum:	8. November 2012 19:09:17 MEZ
An:	Robert Bauer <robert@bauer.de

Hallo Brüderchen,
habe dich vorhin nicht erreicht. Falls meine SMS zu wirr war, hier noch mal ausführlicher: Kann es sein, dass du mir eine CD mit Songs von Leonard Cohen geschickt hast? Ich rätsle

schon seit ein paar Tagen, von wem sie stammt. Sie steckte in einem grauen Umschlag. Ich glaube, du konntest sie irgendwann nicht mehr hören, zu Tübinger Zeiten. Vielleicht hast du sie verschwinden lassen …

Ich habe übrigens wieder Kontakt zu Bianca. Sie wohnt noch in Köln, wahrscheinlich hast du mir das bereits dreimal erzählt. Erst dachte ich, sie hätte die Cohen-CD geschickt. Aber sie behauptet, dass ihr Mann die schon längst weggeworfen hätte.

Gib mir bitte wegen der CD baldmöglichst Bescheid. Man weiß ja nie.

Dein Schwesterchen

Von:	Robert Bauer <robert@bauer.de
Betreff:	**kein Betreff**
Datum:	8. November 2012 19:09:17 MEZ
An:	Juliane Bauer <abeee@hotmail.com>

Das ist jetzt nicht dein Ernst, oder? Du schreibst immer noch Mails, obwohl ich dir einen Facebook-Account eingerichtet habe? Come on! Das neue Jahrtausend ist schon zwölf Jahre alt!

CD: Klar war ich das. Erinnerst du dich nicht mehr, dass ich sie mal beschlagnahmt habe? Dachtest du, irgendein Terrorist schickt dir ’nen Virus?

Ich ruf dich zur Sicherheit gleich noch an, nicht dass du noch das BKA informierst.

Bob

Von: Juliane Bauer <abeee@hotmail.com>
Betreff: **Entwarnung**
Datum: 12. November 2012 22:30:52 MEZ
An: bianca <kontakt@familieschrom.de>

Liebe Bianca,
manchmal klären sich die Rätsel des Lebens völlig unspektakulär. Das mit der CD ist so ein Fall. Mein Bruder hat sie mitten in seiner Hardrocksammlung gefunden und sich davor so geekelt wie dein Mann. Anscheinend hat er sie versehentlich bei seinem Auszug aus Tübingen mitgenommen. (Dass er das über ein Jahrzehnt später gemerkt hat, spricht für meine These: Er ist einer der größten lebenden Chaoten.) Nun dachte er, mir damit eine Freude zu machen … Ich weiß nicht, ob ich enttäuscht oder erleichtert sein soll. – Dass wir nun dank Leonard Cohen wieder in Kontakt sind, ist jedoch eindeutig ein Grund zur Freude.

Deine Stimme ist genauso wohltuend wie die von Leonard. Du hast wahrscheinlich beim Telefonieren gemerkt, dass ich dem Thema Kinder ausgewichen bin. Offen gestanden hatte ich Angst, sonst sofort zu weinen. Das wäre für ein erstes Telefonat nach so vielen Jahren etwas zu viel geworden.

Gerne beschreibe ich stattdessen meine neue Wohnung, deine Frage ging irgendwie unter: Es ist die Einliegerwohnung einer frei stehenden Villa und liegt im alten Westberlin. Ich habe sogar einen Garten oder zumindest den Zugang zum Garten meiner Vermieter. Für die Blumen ist es eine große Erleichterung, dass ich nicht für sie verantwortlich bin. Das Grundstück gehört einem älteren Ehepaar, das irgendwann eingesehen hat, dass der Sohn nicht wieder zu den Eltern zurückziehen wird.

Nun haben sie mich aufgenommen, mitsamt gefühlten viertauend Bücherkisten. Und so vielen Bildern, dass ich eine Einzelausstellung mit Gegenwartskunst machen könnte. Damit ist auch verraten, was ich vorhabe: die Eröffnung einer eigenen Galerie! Pläne wie diesen hatte ich zwar schon oft im Leben, aber dieses Mal werde ich ihn umsetzen. Komme, was wolle!

Außerdem habe ich mich bei der VHS für einen Flamenco-Kurs angemeldet. Mal schauen, ob noch irgendetwas übriggeblieben ist…

So viel für heute, bestimmt komme ich über Weihnachten nach Düsseldorf, auch um das Haus meines Bruders zu begutachten (und NICHT, um mich über den Geschmack meiner Schwägerin aufzuregen).

Falls du zum X-mas-Shopping in Berlin bist, würde ich mich riesig über einen Besuch sehr freuen. Die Wohnung hat ein hübsches, wenn auch noch kaum möbliertes Gästezimmer.

Deine

Juliane

Von: Juliane Bauer <abeee@hotmail.com>
Betreff: **Facebook kann mich mal!**
Datum: 14. November 2012 17:48:43 MEZ
An: Robert Bauer <robert@bauer.de

Liebes Brüderchen,
danke, dass du mir den Cohen geschickt hast. Ich kann gar nicht sagen, was du mir damit für eine Freude bereitet hast. Ich hänge doch so an der Vergangenheit! Und gerade diese CD hatte ich bereits als vermisst gemeldet.

In letzter Zeit denke ich viel darüber nach, wie man die Widersprüche eines Lebens aushält. Trauer und Freude, oft kommen sie nicht gleichzeitig, aber so dicht aufeinander, dass es rückblickend wie ein Wunder erscheint, wie man beides mehr oder weniger parallel durchlebt hat. Allein schon dieses Kuddelmuddel im Herzen: aus vergangenen Lieben, gegenwärtigen, zukünftigen … Wer soll da den Überblick behalten?

Du merkst, mein 40. Geburtstag kündigt sich an, obwohl es noch ein paar Jahre hin ist. Das sind so die Novembergedanken deiner alternden Schwester.

Die dir so lange E-Mails schreiben wird, bis sie ins Grab sinkt! Wenigstens darauf ist Verlass.

Deine
Juliane

Von: bianca <kontakt@familieschrom.de>
Betreff: **Re: Entwarnung**
Datum: 16. November 2012 16:34:51 MEZ
An: Juliane Bauer <abeee@hotmail.com>

Hola Juliane,
das mit deiner Wohnung klingt wie ein absoluter Luxustraum. So weit kommt man also, wenn man sein Studium zu Ende bringt. Super! Ich freue mich riesig für dich. – Und beim Flamenco hilft ja nur eines: üben, üben, üben … Wem sage ich das!

Dass dir das Thema Kinder schwerfällt, weiß ich doch. Deswegen ist es besser, du erfährst es direkt von mir: Ich bin zum dritten Mal schwanger. Mitten im Winter wird es so weit sein. Daniel und ich wissen nicht, ob wir das Lokal unter diesen Umständen noch stemmen können. Aber bis jetzt ging es ja auch immer irgendwie. Und wir haben diese Finca auf Mallorca gekauft, in der wir alle Sommerurlaube der letzten Jahre verbracht haben. Da können wir hin, wenn hier alles den Bach runtergeht. Jetzt weißt du auch, warum ich es dieses Jahr nicht mehr nach Berlin schaffen werde. Mensch, bin ich froh, dass das jetzt raus ist. Beim Telefonieren hatte ich dauernd das Gefühl, jemand würde mir die Luft abdrücken.

Ich küsse dich,
Bianca

Von: Juliane Bauer <abeee@hotmail.com>
Betreff: **Am Ufer**
Datum: 20. November 2011 21:26:54 MEZ
An: bianca <kontakt@familieschrom.de>

Liebe Bianca,
nie hätte ich mir vorstellen können, dass die Trauer um ein nicht einmal geborenes Kind einen fast ertrinken lässt. Ich habe Tim genau in der Mitte der Schwangerschaft verloren. Es ist wichtig gewesen, dass er trotzdem einen Namen bekommen hat. Wie hätte ich mich sonst verabschieden sollen? Er wäre jetzt fünf und würde im nächsten Herbst in die Schule kommen. Gestern habe ich im Internet die Grundschulen in der Nähe recherchiert. Ich konnte nicht anders. – Es tut gut, über ihn zu schreiben. Nur so kann ich ihn mir ein Stück weit lebendig erhalten. Du bist die Einzige, der ich das anvertrauen kann.

Am Anfang war es hart, andere Mütter mit ihrem Nachwuchs zu sehen. Es war nicht Neid, zumindest nicht auf der Oberfläche, sondern eine tiefe Trauer, die sofort wieder da war. Selbst das ging vorüber, auch wenn die Ehe mit Tims Vater darüber zerbrochen ist.

Inzwischen freue ich mich ohne heimlichen Groll für jedes gesund geborene Baby. Mir tut es immer noch leid, dass sich Freundinnen mir gegenüber geschämt haben für ihr Glück. Danke also für dein »Geständnis«. Wann ist es denn genau so weit?

Mit Patrick, Tims Vater, kam ich zusammen zur Zeit der Geburt deines ersten Kindes. Kennengelernt hatte ich ihn bei meiner ersten Stelle nach dem Studium, in dem Museum in

Leipzig. (Habe ich dir das eigentlich mal gezeigt?) Da fiel ich einmal buchstäblich vom Stuhl, und er half mir ritterlich auf. Wahrscheinlich war ich damals sehr einsam. Mich hat seine Kämpfernatur fasziniert. Erst haben wir gemeinsam im Museum für den Erhalt von Arbeitsplätzen gekämpft, und parallel hat er mich erobert. Das war raffiniert von ihm, denn ich habe es erst gemerkt, als ich schon gegen ihn verloren hatte. Genauso unauffällig hat er zwei Jahre später durchgesetzt, dass wir heiraten. Bis dahin hatten wir unsere Beziehung mit einigen Mühen im Museum geheim gehalten. Die Kollegen werden es auch so gemerkt haben. Trotzdem hat nie jemand eine Andeutung gemacht. Merkwürdig, was man alles unternimmt, um etwas Selbstverständliches zu vertuschen. Vielleicht ahnten wir bereits unbewusst, dass unsere Beziehung kein Fundament aus echten Gefühlen hatte.

Mit Tims Tod kam Patrick nicht zurecht. Ich ja auch nicht, aber ich habe mir keine Mühe gegeben, das zu vertuschen. Er wollte möglichst schnell zum Alltag zurück. Vielleicht, weil er schon Kinder hat aus erster Ehe. Zu meinen Stieftöchtern konnte ich allerdings die ganzen Jahre über kein mütterliches Verhältnis aufbauen. Insgeheim war er wahrscheinlich froh, nicht noch einmal Vater zu werden. Zumindest hatte ich den Eindruck, gesagt hat er das natürlich nie. Sobald sich dieser Gedanke jedoch bei mir festgesetzt hatte, wurde ich ihn nicht mehr los. Ich fühlte mich vollkommen allein mit der Trauer um Tim.

Seit meinem Wegzug aus Leipzig habe ich Patrick nicht mehr gesehen. Auch das fühlt sich merkwürdig an nach all den Jahren. Unser Verhältnis hatte sich nach der Scheidung wieder eingependelt. Die Zusammenarbeit hat darunter nie gelitten, ist das nicht sonderbar? Er wohnt nun in unmittelbarer Nachbarschaft zu seiner ersten Frau und den Kindern. Ich habe den Eindruck, die beiden wissen selbst nicht, ob sie zusammen sind oder nicht. Nun wartet er darauf, dass der Direktor des Museums endlich in Rente geht

Seit Tims Tod komme ich mir manchmal weit weg vor, von mir. Als hätte eine Strömung mich weggetragen. Da tut es gut, wenn man weiß, dass am Ufer jemand mit einem Handtuch steht – auch noch nach so vielen Jahren. Man könnte es auch kürzer formulieren: Danke, dass du wieder da bist.

Deine Juliane

Von: bianca <kontakt@familieschrom.de>
Betreff: **Re: Am Ufer**
Datum: 24. November 2012 16:34:51 MEZ
An: Juliane Bauer <abeee@hotmail.com>

Cara,
da hat sich ja eine Menge aufgestaut. Das mit Tim wusste ich schon. Doppelt traurig, wenn man in so einer Situation niemanden an seiner Seite hat, der einen stützt. Ich verspreche dir, dass ich dich nicht mehr allein lassen werde.

Leider kann ich nicht so gut schreiben wie du. Aber ich weiß, wie weh einem Kinder tun können, schon wenn sie leben. Wie man permanent Angst um sie hat, sich dauernd Sorgen macht. Wie schlimm muss das erst sein, wenn eines tot ist. Ich möchte es mir nicht mal vorstellen.

Wie soll ich das sagen, ohne dass es blöd klingt: Meine Kinder sind auch deine Kinder. Du brauchst auch nicht jeden Abend ihren Saustall beseitigen.

Super also, dass Monsieur Cohen uns wieder zusammengebracht hat. Auch wenn mein Mann droht, mich zu verlassen, wenn ich eine CD von ihm anschleppen würde.

Lass uns bald wieder telefonieren. Und Weihnachten sehen wir uns dann in echt! Vorschlag: Du, dein Bruder und dein Vater kommt am zweiten Weihnachtsfeiertag in unser Lokal. Eigentlich haben wir zu, aber wir würden euch gern bekochen. Paella mit Meeresfrüchten mochtest du doch immer so. Und noch eins verspreche ich dir: Sobald ich mit der Kleinen reisen kann, komme ich dich besuchen. Abgemacht?

Pass auf dich auf, wir sind alle viel zerbrechlicher, als man denkt.

Deine alte Freundin

Bianca

2013

Von: Juliane Bauer <abeee@hotmail.com>
Betreff: **Glückwunsch!**
Datum: 18. Januar 2013 15:53:52 MEZ
An: bianca <kontakt@familieschrom.de>

Liebe Bianca,
danke für deine Karte. Carla sieht wirklich entzückend aus, was für ein süßes Kind! Gut, dass du zu altmodisch bist, um zur Geburt nur etwas auf Facebook zu posten. Ich bleibe, bis ich hundert bin, bei E-Mails. Damit bin ich bislang am besten gefahren. Warum also auf irgendwelche neuen Kommunikationsplattformen wechseln? Wahrscheinlich sind die in ein paar Jahren eh wieder aus der Mode. E-Mails sind etwas für die Ewigkeit. Sie verbinden die Vorzüge von Briefen mit der Schnelligkeit des Internets. Und ich freue mich schon auf die ungläubigen Gesichter deiner Kinder, wenn sie mich eines Tages fragen werden: Tantchen, du schreibst noch Mails? Dann kann ich sagen: In meiner Jugend war ich die Erste, die welche geschrieben hat, und im Alter bin ich die Letzte. Es verleiht einem eine historische Größe.

Deine Handschrift hat mich viel über unsere wilden Tübinger Jahre nachdenken lassen. Mir kommt es so vor, als ob dein Wegzug, meine Trennung und der Tod meiner Mutter innerhalb weniger Wochen stattgefunden haben. Aber das kann nicht sein, oder?

Ihr Tod hat mich mit einem Schlag zu einer Erwachsenen werden lassen. Es hat nur noch ein paar Jahre gebraucht, bis ich es auch bemerkt und mich entsprechend verhalten habe.

Es ist schon merkwürdig. Obwohl ich in diesen letzten Studienjahren ausschließlich um mich selbst kreiste, bekam ich nicht einmal von mir etwas mit. Weder von mir, geschweige denn von den Menschen um mich herum. Meine Mutter habe ich erst kennengelernt, als sie schon tot war. Während sie lebte, habe ich sie nur abgewehrt, weil ich es als übergriffig empfand, dass sie sich in mein Leben einmischte. Bis ich verstand, dass ich ihr Leben war.

Heute verstehe ich auch nicht mehr, wie ich unsere Freundschaft so leichtfertig aufs Spiel setzen konnte. Vielleicht war ich auch nur neidisch auf dich. Du bist deinen Weg gegangen und hast mich in meiner Orientierungslosigkeit zurückgelassen. Stimmt das denn überhaupt? Warst du dir deiner Sache so sicher, wie es wirkte? Du hattest einen Kompass, der dich in eine Richtung führte, auch wenn du nicht wusstest, was dich erwartete. Ich habe jedenfalls danach nie wieder jemanden gefunden, dem ich so bedingungslos vertrauen konnte. Wie ging es dir? Kann Familie eine Freundschaft ersetzen? Ich weiß nicht.

Draußen beginnt es gerade wieder zu schneien. In diesem Winter neige ich zum ersten Mal zur sprichwörtlichen Miesepetrigkeit der Berliner. Es ist fast schon eine Erleichterung, beim Metzger in die Motzereien über das ewige Grau einzutauchen. Um unbeschwert mitplanschen zu können, brauche ich noch ein paar Jahre … Aber ich verspreche dir, dass ich dann eine der Schlimmsten werde.

Deine sich mit dir freuende
Juliane

Von: Juliane Bauer <abeee@hotmail.com>
Betreff: **Euer Besuch**
Datum: 8. April 2013 16:34:51 MESZ
An: bianca <kontakt@familieschrom.de>

Liebe Bianca,
du hast etwas bei mir vergessen! Eigentlich sogar einen ganzen Spielzeugladen.

Es war toll und mutig, dass du es gewagt hast, mit allen drei Kindern nach Berlin zu kommen. Und das so kurz nach Carlas Geburt. Am liebsten hätte ich alle hierbehalten. Die gemeinsamen Stunden und das abendliche Gespräch mit dir auf der Couch habe ich unglaublich genossen. Es macht auch gar nichts, dass du irgendwann eingeschlafen bist. Im Gegenteil, das habe ich als besonderen Vertrauensbeweis genommen.

Gerne hätte ich dir meine kleine Galerie so gezeigt, wie sie in meinem Kopf existiert. Du musst dir statt der Planen weiße Wände vorstellen. Im Grunde ist es nur der große Raum zur Straße raus. Ein, zwei Bilder könnte ich zur Not in den Flur hängen. Das Büro ist für Besucher gesperrt, das brauche ich als Rückzugsraum. Außerdem gibt es noch eine Toilette, die für übergewichtige Menschen nicht geeignet ist.

Selbstverständlich schicke ich dir den Katalog der Ausstellung. Es hat mich ein wenig überrascht, dass dir der Künstler sympathisch war. Die Sympathie wäre wohl verflogen, wenn du seine Arbeiten gesehen hättest… Er spricht darüber so bezaubernd und voller Liebe, dass man leicht vergisst, was eigentlich darauf zu sehen ist. Vielleicht ist es ein wenig gewagt, aber deswegen genau das Richtige für eine Galerieeröffnung. Kleine Skandale liebt die Kunstwelt …

Er stammt vom Balkan oder noch weiter südlich. Aus seiner Staatsangehörigkeit macht er ein Staatsgeheimnis, obwohl mir das einiges erleichtern würde. Und sein Pseudonym »Phantom« ist einfach nur pubertär. Aber was soll's, mit ihm werde ich untergehen oder siegen.

Beim ersten Treffen fand ich ihn ein wenig beängstigend. Diese schwarzen Brauen und der stechende Blick. Habe ihn auch noch nie so gesprächig erlebt wie mit dir. Gestern hat er mir gesagt, dass dieses zufällige Treffen für ihn den Ausschlag gegeben hat, es mit einer neuen Galerie – und einer unerfahrenen Galeristin (das hat er natürlich nicht gesagt) – zu probieren. Dir habe ich also meine erste Ausstellung zu verdanken! Mit Fotografien, auf denen seine sehr jugendlichen Liebhaberinnen geknebelt zu sehen sind. Nun habe ich es doch verraten. Ich habe mir von ihm jedenfalls schriftlich geben lassen, dass sie zum Zeitpunkt der Aufnahme volljährig waren. Hoffentlich kommt mein Vater nicht!

Aber auch wenn man nicht auf Bondage steht, entwickeln die Bilder einen merkwürdigen Sog, weil die Frauen den Betrachter fixieren. Man kann nicht mehr wegschauen. Wahrscheinlich sind es die Augen, die er mit Photoshop kaum wahrnehmbar vergrößert hat. In diesen Blicken liegt so viel Hingabe, Verachtung, Hass, Lust … Merkwürdigerweise sieht man jeden Tag etwas anderes darin.

Er möchte keine Vernissage, überhaupt kein großes Tamtam. Das ist natürlich schwierig. Es bedeutet, dass ich die wichtigen Leute aus der Szene einzeln einladen und bearbeiten muss. Ein großes Eröffnungsfest plane ich erst für den

Herbst. Das wird sozusagen eine Generalprobenausstellung, um die laufenden Kosten bis zur eigentlichen Eröffnung zu decken. Das habe ich ihm natürlich nicht gesagt. – Und du magst ihn, das ist eigentlich der beste Grund, mit ihm zu starten. Dein Urteil zählt für mich mehr als alle Preise.

Dass wir wieder wie früher miteinander reden, ist eines der schönsten Geschenke für mich. Manchmal lohnt es sich eben doch, älter zu werden. Vor ein paar Jahren wäre ich nicht fähig gewesen, den alten Groll zu begraben.

Deswegen war es auch richtig von dir, mir meine letzte Mail an dich mitzubringen. Ich habe gerade zum wiederholten Male durchgelesen, was ich August 2001 geschrieben habe. Um zu verstehen, wie dieser Wust an Boshaftigkeiten und schlechter Laune zustande kam. Ich habe dir ja angedeutet, dass die Anfangszeit mit Patrick sehr turbulent war. Aber das entschuldigt natürlich nicht, dass man die eigene Verwirrtheit an seiner besten Freundin auslässt. Anscheinend ging es mir schlechter, als mir damals bewusst war.

Nun weiß ich also, warum *du* dich nicht mehr gemeldet hast. Jetzt noch der Grund, warum *ich* mich nicht mehr gemeldet habe. Ein wenig klingt es ja in der Mail schon an: Mich hat im Sommer 2000 zutiefst getroffen, dass du nicht zur Beerdigung meiner Mutter gekommen bist. Da hätte ich dich gebraucht. Deshalb darf man seine engste Freundin jedoch nicht in die Wüste schicken. Vor allem nicht, ohne ihr den eigentlichen Grund zu nennen.

Ein Benediktinermönch hat mir einmal erzählt, dass es in seinem Orden die Verpflichtung gibt, jeden Streit vor Sonnenuntergang beizulegen. – Der Sonnenuntergang zwischen uns hat sich etwas hingezogen. Doch nun hat ein neuer Tag begonnen.

Deine

Juliane

Von:	Robert Bauer <robert@bauer.de
Betreff:	**Titanic**
Datum:	15. April 2013 18:35:14 MESZ
An:	Juliane Bauer <abeee@hotmail.com>

Hey Julchen,
heute vor 101 Jahren ist die Titanic untergegangen. Die echte.

Den Film gibt es jetzt auch 3D. Hab ihn aus dem Netz gezogen. Ich schick dir eine DVD. Sag nur niemandem, dass du sie von mir hast.

Das hast du doch in Tübingen täglich angeschaut. Fand ich damals ein bisschen crazy. Aber damals fand ich einiges an dir crazy. Besonders, als du auf einmal Bauchtanz lernen wolltest. Gut, dass das nicht geklappt hat!

Zurück zur Titanic: Der Streifen hat was, muss ich sagen. Besonders die Effects am Ende, wenn alle ersaufen bis auf das feine Fräulein. Ertrinken ist halt kein Spaß. Gut, dass die Ingenieure seitdem dazugelernt haben.

Rob

Von: Juliane Bauer <abeee@hotmail.com>
Betreff: **Re: Titanic**
Datum: 16. April 2013 21:02:19 MESZ
An: Robert Bauer <robert@bauer.de

Lieber Robert,
das ist sehr lieb von dir, aber mit der Titanic bin ich durch. Und das mit dem Bauchtanz hast du falsch in Erinnerung. Ich habe zu Studienzeiten FLAMENCO getanzt, wir haben nur zum Spaß irgendwann Bauchtanz gesagt, obwohl es überhaupt nichts miteinander zu tun hat.

Vielleicht ging es mir damit wie mit der Titanic. Mir passiert es immer wieder, dass ich einen Film oder eine Serie wie eine Süchtige schaue. Irgendwann lässt das Interesse nach, und ein paar Monate später habe ich es vergessen und werde am liebsten nicht mehr daran erinnert. Ich könnte meinen Lebenslauf damit füllen. Irgendwas scheint meine Seele in so einer Phase zu brauchen, irgendein lebenswichtiges Vitamin. Was mich an der Titanic gereizt hat, kann ich mir kaum mehr erklären. Vielleicht benötigte ich damals einfach Unmengen von Kitsch. Unsinn, den brauch ich heute genauso. Nur vielleicht ein bisschen subtiler. Und ich habe meine Bedürfnisse besser im Griff.

Die Galerie beansprucht meine ganze Aufmerksamkeit und Kraft. Als Galeristin ist man Freiwild, ganz anders als im Büro eines Museums, wo man höchstens mal bei einer Führung oder einem Vortrag mit den Besuchern in Kontakt kommt. Viele kommen gar nicht wegen der Bilder zu mir oder nur als Vorwand, sondern weil sie mit irgendwem reden wollen. Du glaubst gar nicht, was für Geschichten mir schon erzählt wurden. Es gibt so viele einsame Menschen, denen man es nicht ansieht. Hoffentlich kauft von denen auch mal einer ein Bild …

Liebe Grüße

Dein Schwesterchen

Von:	Leander R. <leander_r@gmx.de>
Betreff:	**Paris 1999**
Datum:	3. Juni 2013 19:56:00 OESZ
An:	Juliane Bauer <abeee@hotmail.com>

Hallo Juliane,
vielleicht erinnerst du dich noch an mich. Leander aus Paris! Lange her, vergangenes Jahrtausend quasi.

Letzte Woche war ich dort nach Jahren wieder wegen einer Diplomatenkonferenz und habe mir in der Mittagspause einen kleinen Abstecher in die Vergangenheit geleistet, die auch ein kleines bisschen die deine ist. Sprich, ich bin länger spazieren gegangen. Erinnerst du dich noch an das kleine Apartment im Marais? Vor dem Fenster meines Zimmers stand ein Baum. Wenn der blühte, stank die Wohnung so, dass man es kaum ausgehalten hat. Das vermischte sich dann unvorteilhaft mit dem Zigarettengeruch des Vormieters.

Wenn man anfängt, die Bilder hochkommen zu lassen, passiert echt viel. Es ist zwar schon lange her, aber deine E-Mail-Adresse weiß ich immer noch auswendig. Ehrlich gesagt war ich in den letzten Jahren hin und wieder kurz davor, dir zu schreiben.

Warum hast du dich eigentlich damals nicht mehr gemeldet? Ich erinnere mich, dass wir uns noch mal irgendwo in Deutschland gesehen haben, wahrscheinlich in Berlin. Aber das endete eher unerfreulich. Danach ist der Kontakt dann abgerissen. Aber mich würde interessieren, was aus dir so geworden ist. Wolltest du nicht Museumsdirektorin werden?

Tanzt du noch Flamenco, und was machst du sonst?

Mich hat damals beeindruckt, wie sicher du dir warst, dass du in die Kunstwelt gehörst. Ich war mir zu dieser Zeit überhaupt nicht sicher, wohin ich gehöre.

Nun bin ich gespannt, ob du dich aufraffen kannst, mir noch einmal zu schreiben.

Mit besten Grüßen Leander

Von:	Juliane Bauer <abeee@hotmail.com>
Betreff:	**Re: Paris 1999**
Datum:	5. Juni 2013 20:47:26 MESZ
An:	Leander R. <leander_r@gmx.de>

Lieber Leander,
natürlich weiß ich, wer du bist. Die zweieinhalb Tage in Paris habe ich damals rahmen lassen und über das Sofa gehängt. Da hingen sie für einige Jahre …

Weniger gern erinnere ich mich, deine E-Mail-Adresse für meinen Weltschmerz missbraucht zu haben. Wir haben uns in einer für mich nicht einfachen Zeit des Übergangs kennengelernt. Und das hast du mit voller Wucht abbekommen. Wie gut nur, dass du die Mails anscheinend nicht gelesen hast …

Es ist schon merkwürdig, wie schnell sich dieser riesige Berg Vergangenheit angehäuft hat, von dem du herunterwinkst. Dabei sind wir noch nicht wirklich alt. Obwohl: Bei der letzten Vernissage haben mich die Mädels von dem Catering-Service penetrant gesiezt.

Seit ein paar Monaten bin ich stolze Galeristin in Berlin. Was sich weit mehr nach großer Welt anhört, als es ist. Die Stadt hat für mich gleichzeitig ihren Schrecken und ihre Faszination verloren. Mehr noch, ich wohne sogar hier.

Du bist also inzwischen wirklich Diplomat. Für mich warst du das schon immer. Magst du mir verraten, wo du deinen Dienst tust? Oder sagt man so etwas nur beim Militär?

Eine andere Frage: Nimmst du rückwirkend meine Entschuldigung für die missglückte Bemerkung bei unserem Treffen in Berlin an? Irgendwie ist es skurril, sich für etwas zu entschuldigen, an das man sich nicht mal richtig erinnert. Das kann nicht mehr als ein blöder Satz gewesen sein, oder? Trotzdem wäre es schön, wenn wir das Kapitel abschließen könnten. – Ich habe ein gutes Gedächtnis für mein schlechtes Gewissen. Deswegen sag Ja, bitte! Erst dann kann ich mich richtig darüber freuen, dass du wieder geschrieben hast.

Flamenco wollte ich nach jahrelanger Pause im letzten Jahr wieder beginnen, der Kurs fiel aber wegen mangelnder Teilnehmerzahl aus. Und Salsa ist mir zu wenig diszipliniert.

Obwohl ich dich nie gehört habe, fiel mir als Erstes der

Klarinettenkoffer bei deinem Namen im Absender ein. Spielst du denn noch?

Herzliche Grüße

Juliane

Die E-Mail-Adresse ist neu, oder?

Von:	Leander R. <leander_r@gmx.de>
Betreff:	**Re: Re: Paris 1999**
Datum:	9. Juni 19:37:43 OESZ
An:	Juliane Bauer <abeee@hotmail.com>

Liebe Juliane,
in Stuttgart hättest du mich unlängst hören können: Eigentlich sollte ich auf der Hochzeit nur eine Rede halten. Aber dann wurde ich genötigt, »New York, New York« auf der Klarinette zu spielen, weil das Brautpaar sich dort kennengelernt hat. Hoffentlich hält sich der Bräutigam an die Abmachung, alles zu unternehmen, damit bei Youtube kein Video von der Performance auftaucht.

Zu deiner anderen Frage. Wörtliches Zitat, du in Berlin zu mir: »Hat dir schon mal jemand gesagt, dass du autistisch bist?« – So etwas merkt man sich. Vor allem, da das danach nie wieder jemand zu mir gesagt hat. Das hat gesessen. Aber ich verstehe inzwischen, was du gemeint hast. Oder ahne es zumindest. Vielleicht hätte damals genügt, wenn du dich mal in meine Lage versetzt hättest.

Ich weiß übrigens noch, wie dein Lachen klingt. Irgendwo habe ich das gespeichert, vielleicht in der Bauchspeicheldrüse. Von der wusste ich bis gestern gar nichts. Bis mir eine syrische Heilerin – wegen der kaputten Schulter – gesagt hat, dass von meiner Bauchspeicheldrüse ein Leuchten ausginge, das ihr ein Kribbeln in den Händen verursache. Wie ein Leuchten ein Kribbeln verursacht, hat sie nicht erklärt. Sie ist generell keine große Erklärerin. Wahrscheinlich macht das ihren Erfolg aus. Nur leider nicht bei mir.

Ach ja, du hast noch die Frage gestellt, wo ich meinen Dienst tue. Die Antwort lautet: Generalkonsulat Istanbul, Türkei. Wie man beim Militär dazu sagt, weiß ich nicht, wir nennen es einfach diplomatischer Dienst. Ich war schon als Jugendlicher leidenschaftlicher Pazifist und dann militanter Wehrdienstverweigerer und immer der Meinung, dass sich die allermeisten Konflikte auf dieser Welt mit Verhandlungen lösen ließen. Wenn sich nur die Politik raushalten würde! – Bitte deswegen keine Fragen zur aktuellen politischen Situation hier! Wir kommentieren so etwas generell nicht.

In diesem Sinne:
friedliche Grüße
Leander

P.S. Nun ist mir noch was eingefallen. Meinst du, das Schloss der Chinesen wurde mittlerweile geknackt?

Von:	Juliane Bauer <abeee@hotmail.com>
Betreff:	**Schloss?**
Datum:	12. Juni 2013 11:21:00 MESZ
An:	Leander R. <leander_r@gmx.de>

Lieber Leander,
wenn du nicht möchtest, halte ich mich mit Fragen natürlich zurück.

Also zurück in die Pariser Vergangenheit! Leider bin ich überfragt, was du meinst. Vor ein paar Jahren habe ich in einem Wutanfall über meine platzende Mailbox alle Mails gelöscht. Ich schätze, dass sich das mit dem »Schloss der Chinesen« sonst leicht aufklären ließe. Hilfst du mir auf die Sprünge? Wir sind ja mittlerweile in einem Alter, in dem man zu seinen Gedächtnislücken stehen kann.

Die Türkei. Da sehe ich gleich tief verschleierte Frauen vor mir, die vollbeladene Einkaufswagen durch den Supermarkt schieben. Jede mit Kindern für eine ganze Fußballmannschaft. Kein Wunder, dass die Männer, zumindest hier in Berlin, nur mit ihresgleichen herumhängen und stundenlang über den Grund diskutieren, nicht nach Hause zu gehen. Hast du auch eine solche Frau daheim sitzen und schreibst deshalb? Ich bin lediglich mit meinem Steuerberater verheiratet. Bei jedem Schreiben einer Behörde – und ich bekomme fast täglich eines – rufe ich ihn an. Es macht ihm Spaß, mich zappeln zu lassen oder die Panik durch ein lang gezogenes »Ohhhh« zu steigern. Nur damit sein Rettungsvorschlag umso farbenprächtiger wirkt. Leider macht er seine Sache wirklich gut, sonst hätte ich mich schon lange von ihm getrennt. Wobei mir gerade einfällt, dass ich ihn dringend zurückrufen soll. Unter »dringend« macht er es nämlich nicht.

Und genau jetzt – beim Nachdenken über meinen Steuerberater! – ist mir wieder eingefallen, welches Schloss du meinst. Ein chinesisches Brautpaar hat es an dem Geländer auf der Brücke über die Seine befestigt und wurde dabei fotografiert, nicht wahr? Während wir uns kennengelernt haben. Stimmt doch, oder? Hast du dir das wirklich gemerkt?

Jetzt bin ich erleichtert, dass auf mein Gedächtnis anscheinend doch Verlass ist.

Liebe Grüße

Juliane

Von:	Leander R. <leander_r@gmx.de>
Betreff:	**Re: Schloss?**
Datum:	15. Juni 2013 21:35:36 OESZ
An:	Juliane Bauer <abeee@hotmail.com>

Liebe Juliane,

wie gut, dass dir das mit dem Schloss in letzter Zeile noch eingefallen ist – sonst hätte ich erst in 14 Jahren geantwortet. Obwohl, so ganz korrekt erinnerst du dich nicht: Das Paar auf der Seine-Brücke hat die Verpackung des Vorhängeschlosses nämlich nicht aufbekommen und wurde deshalb mit eingeschweißtem Schloss fotografiert. Es hängt jetzt wahrscheinlich vor irgendeinem Kellerabteil in Peking.

Woher ich das weiß? Ganz einfach: Die E-Mails bis zu unserem Treffen in Berlin hatte ich in einem Ordner »1999/2000. Jahrtausendwechsel« abgelegt. Nachdem du mir jetzt wieder geantwortet hast, bin ich danach auf die Suche gegangen. Hast du danach noch mal geschrieben? Falls ja, Entschuldigung, das werde ich dann aus Trotz ungelesen gelöscht haben. Stand da etwas Wesentliches drin?

Beim Wiederlesen der zugänglichen Mails ging es mir wie mit einem wiederaufgetauchten Buch, das man als Jugendlicher verschlungen hat. Die Lektüre erzeugte eine seltsame Mischung aus Melancholie und Aufregung. Merkwürdig, an was man sich dann doch wieder erinnert.

Wollen wir verabreden, darüber nicht mehr zu sprechen? Um die Vergangenheit nicht weiter zu beschädigen. Ein Freund von mir ist Gehirnforscher. Er behauptet, dass man die Erinnerung bei jedem Hervorkramen ein wenig verändert. Das fände ich bedauerlich. Am Schluss ist nichts mehr übrig davon. Nur Lügen.

Und wegen der danebengegangenen Sätze schlage ich folgenden Deal vor: Ich verzeihe dir den Autismus, und du verzeihst mir meine Bemerkung, dass alle bei Titanic heulenden Frauen ein bisschen doof wären. (Klausel: Ich muss den Film nie mit dir anschauen!). Also ich bilde mir jedenfalls ein, so etwas gesagt zu haben.

Beste Grüße, Leander

Eins noch. Ich weiß auch noch, wann du mir gesagt hast, dass du abreisen würdest. Und auch, dass du dich schon wenige Monate danach falsch erinnert hast. Du hattest in Tübingen einen Freund, und ich war eher so ein Abenteuer für dich.

So etwas prägt sich ein. Bis zum Grab von Edith Piaf auf dem Père Lachaise wolltest du damit nämlich nicht warten. D.h. du hast mir am Fenster meiner Wohnung mit Blick auf einen besoffenen Obdachlosen mitgeteilt, dass und warum du abreisen würdest. Ich brachte in diesem Moment nicht einmal ein »Ok« heraus.

Wenn man jemandem ein Messer ins Herz rammt, erwartet man ja auch nicht, dass er das »ok« findet. Ich glaube auch nicht, dass du geblieben wärst, wenn ich an dem Grab »Je ne regrette rien« auf der Klarinette gespielt hätte. (Vielleicht weil ich französische Chansons nie mochte.)

Das war's mit der Vergangenheit. Ende.

Von: Juliane Bauer <abeee@hotmail.com>
Betreff: **Re: Re: Schloss?**
Datum: 24. Juni 2013 21:47:02 MESZ
An: Leander R. <leander_r@gmx.de>

Lieber Leander,
Deal angenommen!

Ich habe mir deine Mail ausgedruckt und bin damit spazieren gegangen. Einmal um den Schlachtensee. Die Enten trieben im Wasser mit dem Kopf unter dem Flügel. Ich habe versucht, mich an dein Gesicht zu erinnern. Aber es kam nichts. Bis auf einmal ein Kind auf einem Fahrrad laut jubelnd aufschrie. Das weckte die Enten auf. Und mein Gedächtnis, und plötzlich war da etwas, mehr ein Geruch und ein Quietschen: die Pariser Metro und damit verbunden die Empfindung von Frühling und der Seine. Das bist wohl du gewesen. Wenn auch nicht dein Gesicht.

Beim Wettstreit um das bessere Gedächtnis steige ich also aus (das mit der Titanic weiß ich nicht mehr). Wenn du mir solche Dinge schreibst, habe ich ein merkwürdiges Gefühl, fast so etwas wie Eifersucht auf mich selbst. Vermischt mit dem Ärger, dass man sich an so viel nicht mehr erinnern kann, was einem einmal etwas bedeutet hat. Insofern ist es eine angemessene Strafe, dass du mich mit der Vergangenheit konfrontierst. Zu meiner Verteidigung kann ich damals wie heute wohl nur sagen, dass ich keinen anderen Weg sah, als abzureisen. Was nun wirklich nicht heißt, dass es der gewünschte war.

Es ist müßig, weiter darüber zu sinnieren. Oder lass es mich so sagen: Dass jeder Betrug einmal schal wird, hast du wahrscheinlich mittlerweile auch erfahren. Das ist eines der angenehmen Dinge am Älterwerden. Man kann davon ausgehen, dass irgendwann alle anderen dieselben Fehler gemacht haben.

Viele Grüße

Juliane

»Je ne regrette rien« – ich bereue nichts. Das passt doch.

Von: Juliane Bauer <abeee@hotmail.com>
Betreff: **Ferienwohnung**
Datum: 1. Juli 2013 22:03:25 MESZ
An: bianca <kontakt@familieschrom.de>

Hola Bianca,
was für eine großartige Idee, eure Finca zu einer Ferienwohnung umzubauen. Das heißt ja auch, dass ihr trotzdem dort Urlaub machen könnt. Und dann noch etwas unabhängiger von den Einkünften aus dem Lokal seid. Das ist ein perfekter Mix aus diversen Einnahmen und Urlaub inklusive. So etwas würde meinem Steuerberater gefallen. Mehr und mehr entwickelt er sich zu einem Allroundberater für mich.

Ganz sicher werde ich fleißig Werbung für eure Finca machen und bewerbe mich hiermit schon mal selbst als Stammgast. Ich lege auch gerne in der Galerie Flyer aus, aber da kommen leider nicht so viele… Und die, die kommen, haben mehr Enthusiasmus für Kunst als Geld.

Geld wird eh überbewertet. Es ist eines der wenigen Dinge, die ich meinen Eltern vorwerfe. Dass sie mir keine Lockerheit im Umgang damit beigebracht haben. Ich weiß, auch sie sind nur Kinder ihrer Eltern. Und die wiederum meiner Urgroßeltern. Und die von Adam und Eva. Wann fing das an, dass man sich auf das Geldverdienen so versteift hat? Irgendwie geht es ja dann doch immer.

»Phantom«, den du so sympathisch findest, hat auch keines: Aber wenn es um seine Bilder geht, ist ihm nichts zu teuer, da kauft er sich eine neue Kamera für achttausend Euro. (Ok, so etwas habe ich auch schon gemacht.) Aber gleichzeitig versucht er gerade, seine ganze Korrespondenz über die Agentur abzuwickeln. Ich zähle besser nicht nach, wie vielen Freunden in der ganzen Welt er den Katalog hat zukommen lassen. Verblüffend ist die Selbstverständlichkeit, mit der er davon ausgeht, dass ein Galerist genug Geld hat. Es gibt Zahnarztgattinnen, auf die dieses Klischee zutreffen mag, aber nicht auf mich.

Nun bin ich 38 (du und mein Bruder wart wie immer die ersten Gratulanten auf dem AB!) und habe immer noch keine gesicherte Existenz. Im Gegensatz zu den anderen aus der Flamenco-Runde aus Tübingen. Flo wurde vorgestern zum Medizinprofessor berufen, hier in Berlin an der Charité. Zu seiner Antrittsvorlesung hat er mich eingeladen. Herr Prof. Dr. med Florian Linner. Ausgerechnet der! Katti hingegen ist verschollen. Er hat anscheinend vergeblich versucht, sie ausfindig zu machen.

Auf bald und adiós

Juliane

Von:	Juliane Bauer <abeee@hotmail.com>
Betreff:	**Re: Re: Schloss**
Datum:	5. Juli 2013 11:21:54 MESZ
An:	Leander R. <leander_r@gmx.de>

Lieber leander,

habe mir die rechte hand verbrannt. Nicht im übertragenen sinn, sondern schmerzhaft real. deswegen eine ganze mail ohne großbuchstaben. Die großen zu beginn der sätze übernimmt der computer freundlicherweise. Eigentlich wollte ich mir eine wärmflasche machen. Aber statt in die flasche habe ich mir das kochende wasser über die hand gegossen. Gut, dass meine vermieterin früher krankenschwester war.

In den tagesthemen läuft gerade ein kurzbericht über die stippvisite einer hochrangigen politikerin bei euch. Ihren namen habe ich noch nie gehört, aber das muss nichts heißen. Sie will sich mit irgendwem solidarisch erklären. Ehrlich gesagt wirkt es gestellt, wie ihr die jugendlichen die hand schütteln. Als stände jemand mit maschinengewehr hinter ihnen. Und dich kann ich nicht entdecken. Wahrscheinlich hast du dich hinter die fernsehkameras gestellt. Du magst es bestimmt nicht, fotografiert zu werden. Anders kann ich mir nicht erklären, kein einziges bild von dir zu haben.

Oh nein, ein gewitter zieht auf. Nicht schon wieder. Es donnert und blitzt wie verrückt. Und für das große fenster brauche ich beide hände. Am besten ich rufe meinen steuerberater an, der wohnt nur ein paar straßen weiter, der hilft immer.

Von: Leander R. <leander_r@gmx.de>
Betreff: **das tut mir leid**
Datum: 7. Juli 2013 20:53:36 OESZ
An: Juliane Bauer <abeee@hotmail.com>

Liebe Juliane,
das mit der Hand und dem Gewitter hört sich nicht gut an. Hast du jemanden, der dir die andere hält? Außer deiner Vermieterin? Bei der Gelegenheit: Ich habe weder eine Frau mit noch eine ohne Kopftuch. Also in Summe: gar niemanden.

Ganz richtig, gestern haben sie die Staatssekretärin eines alles andere als befreundeten Ministeriums geschickt. Zu mehr hat es nicht gereicht. Ist ja nur die Türkei. Aber immerhin schon wenige Wochen nach den Ausschreitungen … Man möchte jetzt Zeichen der Stabilität und der Freundschaft senden … Wir sind hier alle seit Tagen mit nichts anderem beschäftigt. Und die türkischen Freunde meinen, einen von ihrer friedliebenden Existenz am besten durch Kinder zu überzeugen. Aus unerfindlichen Gründen bin ich für diese verantwortlich. Also bekommt die Staatssekretärin Kinder am laufenden Band vorgesetzt. Vielleicht weil sie eine Frau ist. Und weil Kinder generell für den Frieden stehen, oder um zu zeigen, dass sich türkische Plagen nicht von europäischen unterscheiden. Also Kinder bei der Ankunft, die Schulklasse bei der Pressekonferenz und die Fragen von Studenten nach dem kurzfristig angesetzten Besuch an der ITÜ.

Du hast völlig Recht, es wirkt nicht nur gestellt, es *ist* gestellt und ausführlich geprobt. Und all der Aufwand für 40 Sekunden Tagesthemen. Die Fragen wirken so, als wären sie vorab zensiert. Die Wirklichkeit ist noch ernüchternder. In Ermangelung von Vorschlägen habe ich sie mir mit unserem Praktikanten ausgedacht. Danach mussten wir sie erst in einer kleinen und dann in einer großen Runde mit den Türken besprechen. Und dann mit dem Rektor und dann mit den Studenten. Da waren die Jugendlichen und der Kinderchor pflegeleichter. Die einen waren einfach sie selbst, und der Chor singt, was man ihm an Noten vorsetzt. Der Leiter ist großartig, ein schwarzbärtiger Fels in der Brandung. Ich glaube, sein Geheimnis ist, in Sitzungen nur zu nicken und sich kein Wort zu merken. Schade, dass er nicht in die Politik will …

Morgen geht der Nonsens weiter. Um vier geleiten wir unseren Gast zum Flughafen. Dann drei Halbmonde schlagen, wenn wir es ohne größere Sicherheitsprobleme geschafft haben. Die Mitarbeiter des nicht befreundeten Ministeriums haben leider manchmal etwas andere Vorstellungen vom Protokoll als wir … – Aber ich möchte dich nicht weiter damit langweilen, sondern dir nur einen Eindruck geben, was dir die Tagesthemen alles nicht gezeigt haben.

Gute Besserung,
beste Grüße auch unbekanntermaßen an den Steuerberater
Leander

Nachtrag. Ich habe eben noch einmal nachgesehen. Deine Mail vom 27. September 1999 ist definitiv die letzte, die ich gelesen habe. Darin skizzierst du deine Zukunft im Harem eines türkischstämmigen Internetcafébesitzers. Die Türkei scheint dich zu verfolgen!

Von: Juliane Bauer <abeee@hotmail.com>
Betreff: **Re: das tut mir leid**
Datum: 23. Juli 2013 14:20:35 MESZ
An: Leander R. <leander_r@gmx.de>

Lieber leander,
meine liebe krankenschwester kommt jeden morgen und abend runter, um den verband zu wechseln. Sonst kein besuch (steuerberater ausgenommen), dafür bin ich jetzt endlich wieder bei meinen lieblingsserien auf dem laufenden. Sonst ist niemand zum händehalten hier.

Was du über die auslandsreisen von staatssekretärinnen feindlicher ministerien schreibst, ist interessant. Das ist vielleicht nicht das richtige wort. Eher beruhigend. Wenn man die nachrichten sieht, denkt man manchmal, es gäbe auf dieser welt nur noch naturkatastrophen und drogenkriege und terroranschläge. Anscheinend ist das nur der spektakuläre teil der wirklichkeit.

Deine jul

Von: Leander R. <leander_r@gmx.de>
Betreff: **Heilerin**
Datum: 24. Juli 2013 16:36:26 OESZ
An: Juliane Bauer <abeee@hotmail.com>

Liebe Juliane,
vorhin habe ich meine syrische Heilerin gefragt, ob sie etwas gegen Verbrennungen unternehmen könnte. Sie hat gemeint, dass sie dir Energie schicken wird. Ich finde die Vorstellung etwas merkwürdig, zumal sie ja nicht einmal deine Adresse hat. Sie hat nicht einmal gefragt, in welchem Land du lebst. Dennoch habe ich es ihr nicht ausgeredet. So viel Aberglaube steckt selbst in mir, dass ich das nicht über mich bringen würde.

Heiler habe ich schon auf fast allen Kontinenten ausprobiert, ohne an etwas anderes zu glauben als an die Spritzen meines Orthopäden in Berlin. Dennoch waren es aus ethnologischer Sicht spannende Begegnungen: in Südafrika ein uralter Mann ohne Zähne, in Tansania ein minderjähriges Mädchen mit Haaren bis zum Hintern, die ihr laut einer Verwaltungsangestellten der Botschaft magische Kräfte verliehen haben. Und nun die aus Syrien geflohene Heilerin. Ich war fast schon enttäuscht, dass sie ganz normal aussieht.

Nachdem sie eine halbe Stunde meinen Puls gefühlt und mich dabei unablässig angestarrt hatte, ist mir schlecht geworden. Und davon sollen die Schmerzen in der Schulter verschwinden? Unsere Konsulatssekretärin schwört auf sie. Die Liste der Krankheiten, die durch die Heilerin angeblich verschwunden sind, ist in der Tat beeindruckend. Warten wir's also ab …

Halt die Ohren steif, die Türkei denkt an dich! Zumindest der zum Denken fähige Teil. Also ein eher kleiner.

Leander

Von: Juliane Bauer <abeee@hotmail.com>
Betreff: **Energie angekommen!**
Datum: 25. Juli 2013 11:21:00 MESZ
An: Leander R. <leander_r@gmx.de>

Lieber Leander,
anscheinend kann deine Syrerin wirklich etwas. Selbst meine Krankenschwester war total verblüfft, dass die Brandwunde quasi über Nacht verheilt ist. Damit ist jedenfalls ein für alle Mal bewiesen, dass das mit der Energie auch länderüberspringend funktioniert. Die genaue Adresse wäre übrigens: Fasanenweg 13, 10523 Berlin. Wahrscheinlich hat noch mehr gewirkt, dass du an mich gedacht hast. Die geistige Anwesenheit anderer Menschen hilft, selbst wenn sie weit weg sind. Lach jetzt nicht! Wenn es dir recht ist, denke ich beim Einschlafen die nächsten Tage an deine Schulter. Aber du musst es ernst nehmen, sonst wirkt es nicht.

Ich glaube übrigens nicht nur an energetische Wunder, ich habe sogar schon oft welche erlebt. Mit den Jahren habe ich aber auch gelernt, dass man sich nicht auf naturwissenschaftliche Diskussionen einlassen darf. Man wird sonst sofort an die Wand gestellt und mit Logik erschossen. Als Geisteswissenschaftlerin nicke ich und denke mir: Das, was ihr gerade für wahr haltet, ist es in spätestens fünfzig Jahren auch nicht mehr.

Ich habe mir eine gute Woche Internet-und-Mail-Verbot erteilt (genauer vom 27. Juli bis 4. August). Seit ein paar Jahren versuche ich, das eine Woche hinzubekommen. Immer bin ich gespannt, ob ich es durchhalte. Und was dieses Mal für Einsichten herauskommen. Andere fasten beim Essen, ich so.

Dir eine gute Zeit, ich melde mich dann völlig entschlackt nächste Woche.

Juliane

Von:	Juliane Bauer <abeee@hotmail.com>
Betreff:	**Wow!**
Datum:	28. Juli 2013 22:03:25 MESZ
An:	Robert Bauer <robert@bauer.de

Liebstes Brüderchen,
das ist ja mal eine Überraschung. Heute Morgen habe ich das Kuvert mit der Bahnkarte von dir bekommen! Dafür breche ich sogar meine Mail-Diät! Danke, danke, danke. Du bist einfach der tollste Bruder auf der ganzen Welt! Und du hast völlig Recht: 38 wird man nur einmal.

Ich freue mich riesig darauf, das ist das beste Nach-Geburtstagsgeschenk, das du mir je gemacht hast. Aber wenn du darauf bestehst, mir die Bahnkarte zu schenken, bestehe ich darauf, das Hotel zu zahlen.

Danke auch für die Wegbeschreibung. Ich werde es trotz meiner Orientierungslosigkeit finden. Die Ureinwohner sprechen ja eine dem Deutschen zumindest verwandte Sprache.

Bis zum Wochenende, ich freu mich schon sehr!

Wenn noch was ist, bitte per Handy. Ich faste jetzt weiter digital. Das ist gut gegen die Falten!

Juliane

Von: Juliane Bauer <abeee@hotmail.com>
Betreff: **Statt einer Postkarte**
Datum: 2. August 2013 08:45:52 MESZ
An: Leander R. <leander_r@gmx.de>

Lieber Leander,
hallo aus einem Internetcafé in München. Ja, so was gibt es noch. Allerdings muss man dafür in die Nähe des Hauptbahnhofs und sich auf dem Weg dahin zweieinhalb Mal blöd anmachen lassen. – Beim Aufwachen stand für mich fest, dass ich dir sofort eine Mail schreiben MUSS. Anscheinend bin ich wirklich süchtig. Immerhin schreibe ich ausschließlich dir, und auch das kann man damit begründen, dass ich dir ohne Adresse schlecht eine Postkarte schicken kann. Insofern geht es gar nicht anders.

Nun sitze ich auf einem Plastik-Coca-Cola-Stuhl und lasse neben mir den schlimmsten Cappuccino meines Lebens kalt werden. Was ganz gut passt, denn München ist mindestens doppelt so heiß wie Istanbul.

Ich weiß nicht, wie lange ich schon kein Hotel mehr um halb acht morgens verlassen habe. Die Stadt hinter mir schläft noch ihren Sommernachtsrausch aus, mit dem leisen Schnarchen der Müllabfuhr. Genau wie neben mir ein Neuseeländer, der Flagge auf seinem Rucksack nach zu urteilen. Entweder er ist Akrobat, oder er ist selbst im Schlafen noch high. Nach allen Gesetzen der Schwerkraft müsste sein Kopf schon lange heruntergerutscht sein.

Mein Bruder schläft und schnarcht auch noch, später schauen wir uns dann alle Pinakotheken auf einmal an, bis er schlapp macht. Statt einer Postkarte also elektronisch:

Liebe Grüße

Juliane

Von: Leander R. <leander_r@gmx.de>
Betreff: **Re: Statt einer Postkarte**
Datum: 2. August 2013 12:18:50 OESZ
An: Juliane Bauer <abeee@hotmail.com>

Karte kannst du schicken an: zu meinem Namen, Auswärtiges Amt, Generalkonsulat Istanbul, Flurstr. 33, 10334 Berlin – wird per Kurier nachgesandt. Hier sind gerade alle außer mir zum Lunch aufgebrochen, nur ich faste analog, leo.

Mit vierzig Grad kann selbst München es nicht mit Istanbul aufnehmen!

Von: Juliane Bauer <abeee@hotmail.com>
Betreff: **Re: Re: Statt einer Postkarte**
Datum: 4. August 2013 21:35:23 MESZ
An: Leander R. <leander_r@gmx.de>

Lieber Leander,
seit ein paar Stunden bin ich zurück in Berlin (mindestens so heiß wie München und Istanbul zusammen) und erkläre hiermit das Mail-Fasten für beendet. Dass ich wieder daheim bin, wurde mir spätestens bewusst, als mich in der S-Bahn eine Betrunkene mit noch betrunkenerem Schäferhund anschnauzte, ihrem Köter nur ja nicht mit dem Rollkoffer über die Pfoten zu fahren, sonst … eine Drohung fiel ihr nicht ein. Es geht eben nichts über die weltweit beliebte Unfreundlichkeit der Berliner.

München war ganz anders, viel entspannter. Vielleicht hatte das auch mit meiner Nach-Geburtstagsstimmung zu tun und mit meinem Brüderchen. Familie ist manchmal doch nicht schlecht.

Deine Juliane

Von: Leander R. <leander_r@gmx.de>
Betreff: **Re: Re: Re: Statt einer Postkarte**
Datum: 12. August 2013 16:03:35 OESZ
An: Juliane Bauer <abeee@hotmail.com>

Liebe Juliane,
eben kam deine Karte aus München. (Die du wahrscheinlich von Berlin nach Berlin gesandt hast. Verrückt globalisierte Welt!) Ich habe mich wirklich gefreut, auch wenn ich Bayern nicht mag. Die Münchner ruhen sich zu sehr auf ihrer Beliebtheit bei Touristen aus. Das erlebe ich regelmäßig bei den Kollegen vom Goethe-Institut.

Wann hattest du eigentlich Geburtstag? Dann schreibe ich mir den für das nächste Jahr gleich mal in den Kalender. Nachträglich wünsche ich dir natürlich noch alles Gute.

Hast du neben dem Hofbräuhaus noch andere Kirchen besucht? Galerien, Museen? Oder nur Urlaub gemacht? Anscheinend warst du zu beschäftigt, um weiter an meine Schulter zu denken. Sie tut höllisch weh. Nun hilft nur noch Power-Yoga, sagt die Sekretärin. Und im Notfall New York, das hilft immer, sagt sie.

Städtereisen sind das Einzige, wobei ich einen klaren Kopf bekomme. Vor ein paar Jahren habe ich einmal alle spanischen Mittelmeerstädte abgeklappert, beginnend mit Barcelona. Verglichen mit Istanbul sind das alles Bauerndörfer.

Seit dem Besuch der Staatssekretärin ist das gesamte Konsulat in eine Art Hitzekoma gefallen. Da wirkt selbst eine Postkarte wie eine Erdbebenwarnung. Deswegen schreibe ich ausnahmsweise mal aus dem Büro. Ich möchte wetten, dass unsere Sekretärin deine Karte nicht nur gelesen, sondern gleich abgetippt hat. Und ich werde einen Teufel tun, ihr zu erklären, wer sich hinter dem »J.« verbirgt. Ganz zufällig hat sie die Karte ganz oben auf meine Post gelegt, nur um bei der Übergabe sagen zu können: »Ach Herr von Ruehterer, ist das etwa München?« – worauf dann eine 1001-Nachtlange Urlaubsgeschichte vom Oktoberfest folgte … Anscheinend bin ich weltweit der Einzige, der noch nie dort war.

Die Ruhe stört nur ein etwas müder Schlagabtausch mit dem verfeindeten Ministerium. Mein Chef und ich müssen uns auf unterschiedlichen Ebenen gerade zur Wehr setzen. Letztlich geht es darum, dass die Staatssekretärin beim Abflug eine Stunde auf dem Atatürk-Flughafen warten musste. Angeblich sind wir daran schuld, weil wir das im Vorfeld nicht sorgfältig genug mit den örtlichen Sicherheitsbehörden besprochen hätten. Was natürlich ein Witz ist.

Ich hänge deswegen gerade bei YouTube herum und sehe mir Filmchen über japanische Teezeremonien an. Die Ausstattung dafür ist eines der wenigen Dinge, die mich seit dem Auszug von den Eltern überallhin begleitet haben. Wobei ich kaum mehr schwarzen Tee trinke, und grüner schmeckt mir nicht. Aber man kann aus den Tässchen auch hervorragend Kräutertee zu sich nehmen. Eine Freundin und Kollegin, die jetzt nach Indonesien versetzt wurde, schickt mir alle paar Monate ein Päckchen irgendeiner Mischung, die angeblich gegen Hitze helfen soll. Asien wäre ganz nach meinem Geschmack.

Du merkst, das diplomatische Leben schläft seinen Sommerschlaf.

Liebe Grüße

Leander

Von: Juliane Bauer <abeee@hotmail.com>
Betreff: **Re: Re: Re: Re: Statt einer Postkarte**
Datum: 13. August 2013 17:26:53 MESZ
An: Leander R. <leander_r@gmx.de>

Lieber Leander,
das japanische Teegeschirr existiert also nicht nur in meiner Einbildung? Ein weiterer physischer Beweis, dass ich mir die zweieinhalb Tage Paris nicht ausgedacht habe. Man sollte gut auf seine Vergangenheit aufpassen. Also leg bitte einen Ordner an für meine Mails: »Juliane ab 2013«.

Ich habe heute meinen destruktiven Tag. Vorhin habe ich meine Lieblingstasse mitsamt Kaffee geopfert. Es vergeht alles schneller, als man denkt. Das als Wort zum Donnerstag.

Ehrlich gesagt verstehe ich nicht, was für die Staatssekretärin so schlimm gewesen sein soll, in Ruhe im Duty-free-Bereich shoppen zu können. Da vergeht eine Stunde wie im Flug. Im normalen Leben bin ich nicht sonderlich anfällig für die Verheißungen der Kosmetikindustrie. Nur auf Flughäfen erwischen sie mich immer in einer schwachen Minute. Und am Ende besitze ich noch eine Anti-Falten-Creme mehr.

Macht es Sinn, die Galerie morgen wieder zu öffnen? Zumal es in Berlin so viele Seen wie Galerien gibt. Wer möchte bei dreißig Grad schon Bilder kaufen? Die sind doch eher was für kalte Herbsttage. Der einzige Hoffnungsschimmer heute war eine potentielle Kundin, die sich ausführlich alle Bilder angesehen hat. Sie blieb völlig regungslos vor jeder Aufnahme stehen. So etwas habe ich noch nie erlebt. Wie ein Reptil stand sie da.

Während sie mit mir sprach, konnte ich nur auf die Bernsteinkette um ihren Hals starren. In dem zentralen Stein war deutlich sichtbar ein Insekt gefangen. – Was sie sagte, war eigentlich ganz vernünftig, nur diese Kette hat mich aus dem Konzept gebracht. Ich habe wahrscheinlich noch nie so viele unzusammenhängende Kunst-Phrasen am Stück von mir gegeben. Dabei war die Dame viel zu intelligent, um sich irgendetwas vormachen zu lassen. Schließlich sind wir so verblieben, dass sie sich wieder melden würde. Das heißt im Klartext, dass sie sich nicht mehr melden wird. – Anscheinend habe ich das versemmelt. Vielleicht bin ich deswegen heute so zerbrechlich. Oder ich habe es versemmelt, weil ich so zerbrechlich bin. Wort zum Donnerstag, zweiter Teil.

Ich versuche, mir gerade vorzustellen, wie du dich wohl fühlen musst an solchen Tagen, die bestimmt auch ein Diplomat kennt. Was machst du dann? Oder anders gefragt: Hast du eigentlich kein Heimweh?

Hochsommerliche Grüße
von deiner Juliane

Von: Leander R. <leander_r@gmx.de>
Betreff: **Skype**
Datum: 15. August 2013 17:33:09 OESZ
An: Juliane Bauer <abeee@hotmail.com>

Liebe Juliane,
das Heimweh käme erst kurz vor der Pensionierung, behaupten die alten Hasen. Im chaotischen Istanbul kann man leicht

verloren gehen. Ich versuche deswegen, meinen Tagesablauf so geregelt wie möglich zu halten. Heute Abend gehe ich, wie jeden Donnerstag, zu einem Italiener. Natürlich ist der Italiener kein Italiener, sondern waschechter Kurde, aber selbst dort hängt ein Bild von der David-Statue an der Wand. Die Pizza schmeckt zwar eigenartig, aber dafür weiß man dort bereits, was ich möchte.

Ohne Internet wäre ich verloren. Deswegen erfreut es mich ungemein, dass du dein Mail-Fasten nicht fortgesetzt hast. Wo ich schon mal dabei bin: Wollen wir nicht mal skypen?

Freitags ist mein Skype-Abend. Wer online ist, mit dem plaudere ich. Wenn niemand online ist, lese ich eine Stunde auf dem iPad im Bett Spiegel online. Mein Profilname ist in memoriam meiner alten E-Mail-Adresse: leander_x.

Vielleicht sehe ich dich morgen. – Klingt eigenartig, wo uns laut Google maps genau 2199 Kilometer trennen (mit dem Auto schafft man es in knapp 23 Stunden – deutlich weniger als die zweieinhalb Tage Paris!).

So, jetzt muss ich mich beeilen, damit ich nicht wieder der Letzte im Japanisch-Kurs bin. Unsere Lehrerin ist streng und lässt mich sonst wieder bei irgendeinem Zeichen an der Tafel verhungern … Ich hoffe, es klappt dort mit der nächsten Position. Hauptsache weiter östlich als hier … die Türkei ist mir letztlich doch noch viel zu sehr Europa, trotz allem Orientgeklingel.

Ab 23.00 meiner Zeit, 22.00 Uhr deiner, bin ich online,

Leander

Von: Juliane Bauer <abeee@hotmail.com>
Betreff: **Re: Skype**
Datum: 17. August 2013 02:35:26 MESZ
An: Leander R. <leander_r@gmx.de>

Lieber Leander,
während du von japanischen Schriftzeichen träumst, hocke ich mit dem Laptop auf den Knien in der Wiese vor dem Haus. Die Zikaden singen, und von irgendwo quakt ein Frosch dazwischen. Sehen wir eigentlich dieselben Sterne? Ich habe gerade versucht, mich da oben zurechtzufinden. Nicht einmal die Venus habe ich identifizieren können. Wahrscheinlich schwirrt die gerade über dir herum.

Gut, dass wir das Wiedersehen so unspektakulär hinter uns gebracht haben. Ein paar Klicks, und bevor man darüber nachdenken konnte, war es schon vorbei. Ich möchte mir gar nicht ausmalen, wie viel Gedanken ich mir vor einem »echten« Wiedersehen gemacht hätte. Beim Zahnarzt würde man danach sagen: Es hat gar nicht wehgetan.

Natürlich warst du ganz anders, als ich es mir vorgestellt hatte. Aber die beiden Versionen passen gut zusammen. Fremd und gleichzeitig irgendwie vertraut wie bei einem Gemälde, das man nur von Abbildungen kennt.

Es hat mich irgendwie beruhigt, dass du zu Hause mit ausgewaschener Jeans und weißem T-Shirt herumläufst. Und das Bügelbrett im Hintergrund zeugt von preußischer Disziplin. Hast du die von Muttern geerbt? Mütter sind meistens an so etwas schuld …

Ich weiß nicht einmal, was ich befürchtet habe. Aber so ist es mir lieber. Auf der Straße hätte ich dich so wahrscheinlich nicht erkannt, außer wir hätten uns in die Augen gesehen. Dieses leuchtende Braun würde ich auch in hundert Jahren erkennen. Du musst versprechen, mich nicht mehr so anzuschauen, sonst – ich weiß auch nicht …

Ich höre besser auf, denn du wirst diese Mail am Morgen lesen, ausgeschlafen oder verschlafen, in der einen Hand die Teetasse mit dem Kräuter-Beutel, und gerade überlegen, welche Krawatte zum morgendlichen Krieg auf den Straßen Istanbuls passt. Du wirst dann in einer Stimmung sein, die gar nicht zum Ungesagten einer Berliner Sommernacht passt.

Auf meiner Startseite wurden mir gerade extrem preiswerte Flüge in die Türkei angeboten. Und gleich noch diverse Wellness-Resorts »mit garantiertem Luxus« in der Nähe von Antalya. Denkt meine Suchmaschine schneller als ich? Dieses verflixte Internet!

Besser lege ich mich auch hin, bevor ich Dinge schreibe, die ich im grellen Sonnenschein bereue …

Deine Juliane

Nächsten Freitag setzen wir bitte das echte Gespräch fort, oder?

Von: Juliane Bauer <abeee@hotmail.com>
Betreff: **Tagträumereien**
Datum: 17. August 2013 16:54:52 MESZ
An: bianca <kontakt@familieschrom.de>

Liebe Bianca,
so fühlt sich das also an, wenn man von einem ganz neuen Leben träumt! Ich bin heute so schwerelos, obwohl mir vor Müdigkeit gleich die Augen zufallen. Wenn du in Berlin leben würdest, käme ich vorbei und würde so lange auf dich einreden, bis wir zum Schwimmen an den Schlachtensee gehen würden, wie früher zum Neckar.

Ich hocke seit Mittag auf der Bank gegenüber der Galerie und sehe Passanten hinterher. Wie schön wäre es, jemand anders zu sein. Schade, dass man dann nicht mehr man selbst wäre. Eigentlich hätte man nicht viel davon. Mit diesem Gedanken versuche ich mich zu trösten.

Gerade ist an der Galerie ein junger Türke vorbeigelaufen, der sich wohl im Viertel verirrt hat. Ich mag es, wenn sie unter ihren eng anliegenden T-Shirts noch Unterhemden tragen. Beides von der Mutti gebügelt. Mir gefiel sein betont selbstbewusster Gang und die schüchterne Art, wie er auf den Boden sah, um meinem Blick auszuweichen. Ich mag zurückhaltende und gleichzeitig neugierige Menschen! Warum ist er im Café der lesbischen Wirtin verschwunden? Das muss ich unbedingt herausfinden. Davor kann ich diese Mail nicht abschicken.

Wie geht es den Kleinen? Ist Carla wieder gesund? – Ich erinnere mich noch, dass es mich furchtbar genervt hat, auf meinen kranken Bruder aufpassen zu müssen. Apropos, habt ihr die Homepage für die Ferienwohnung schon in Auftrag gegeben? Robert macht so etwas sehr gut. Was meinst du?

Ich schlendere mal zum Café, vielleicht bekomme ich etwas heraus.

Auf bald, deine Juliane

Nun weiß ich alles. Den jungen Typen werde ich in Zukunft öfter sehen. Er hat sich als Kellner beworben. Agnes, die Wirtin, meinte, dass es ihren Gästen ganz guttäte, hin und wieder daran erinnert zu werden, dass auch wir in einer türkischen Stadt leben. Mir soll es Recht sein. Ein bisschen Istanbul tut Berlin gut.

Von:	bianca <kontakt@familieschrom.de>
Betreff:	**Re: Tagträumereien**
Datum:	**21**. August 2013 20:54:52 MESZ
An:	Juliane Bauer <abeee@hotmail.com>

Schätzchen,
schön, wenn es dir gutgeht, das gefällt mir. Du warst schon früher so wundervoll schwärmerisch… Gut, dass du das nicht verloren hast!

Wir sind auf Palma und werkeln wie die Verrückten an der Finca herum. Aber es nimmt langsam Formen an. Man möchte gleich selbst hier Urlaub machen. Du musst unbedingt bald kommen. Und Südländer gibt es hier auch wie

Sand am Meer. Das ist dein Beuteschema, oder? Mal abgesehen von dem Tübinger Langweiler und dem Ossi-Gatten.

Wir haben hier auch ein paar sehr attraktive Schwarze zu bieten. Wenn dir große Augen gefallen, stelle ich dir gern mal meinen Gemüsemann vor. Aber du hast viel Konkurrenz. Alle Nachbarinnen – inklusive mir – sind in ihn verknallt. Er ist zwar am teuersten, aber für ein gehauchtes »Señorita, buenos días!« sind wir zu allem bereit. Außerdem lispelt er zauberhaft.

Mich terrorisiert Frederick gerade mit seiner in mühevoller Kleinarbeit entstandenen Selbstschussanlage. Merke: Renoviere nie ein Haus mit Kindern in der Nähe. Dauernd bekommt man einen Tischtennisball ans Bein geknallt. Worauf Carla sich erschrickt und zu schreien beginnt. Am Ende schreien alle durcheinander. Keine ideale Umgebung, um von jungen Männern zu träumen …

Das mit der Homepage ist eine hervorragende Idee. Aber wir haben nicht nur kein Internet, sondern auch keine Digitalkamera. Könntest du deine mitbringen und ein paar professionellere Bilder machen? Um eine Mail zu verschicken, müssen wir in das Rathaus des nächsten Dorfes oder zum Flughafen fahren. Das mache ich jetzt gleich.

Auf bald, Bianca

Von: Leander R. <leander_r@gmx.de>
Betreff: **nun kann ich nicht schlafen!**
Datum: 24. August 2013 01:56:32 OESZ
An: Juliane Bauer <abeee@hotmail.com>

Wenn ich dich nicht mehr »so« anschauen darf, dann darfst du mich aber auch nicht mehr so anlächeln!!!

Nachdem ich mich eine Stunde hin und her gewälzt habe, bin ich aufgestanden. Selten habe ich es so bedauert, dass am Samstag der nächste Freitag maximal weit entfernt ist …

Und ja, ich habe das Bügelbrett diesmal deinetwegen vorher weggeräumt. Das Bügeln haben mir übrigens nicht irgendwelche Generäle, sondern eine Nonne (!) beigebracht, in dem Altenheim, in dem ich Zivildienst gemacht habe. Wobei sie auch etwas von einem General hatte …

Wie ich dir vorhin gezeigt habe, sieht man von meiner Wohnung aus weder Bosporus noch Goldenes Horn noch Marmara oder Schwarzes Meer. Bis auf die Häuserschluchten sieht man gar nichts. Aus der Ferne glaubt einem niemand, wie hässlich Istanbul eigentlich ist. Vielleicht ganz gut so. Nicht einmal Strände gibt es trotz all des Wassers, nur Stadtautobahnen, Baustellen und nichtssagende Hochhäuser … Aber das ist mir heute vollkommen egal!

Dein Wohnzimmer sieht aus wie eine Höhle, in die man sich zurückziehen kann, wenn man von der Welt draußen erschöpft ist. Auf dem Sofa würde ich jetzt gerne einschlafen. Man kann kaum glauben, dass du dort erst seit ein paar Monaten lebst. Es wirkt alles so fertig, so harmonisch. Meine Wohnung ist ein einziges Provisorium, aber ich habe ja auch nicht viel, da fällt das nicht so auf.

Du hast mich mal gefragt, ob ich Heimweh hätte. Bei der Antwort war ich nicht ehrlich. Mir wurde nämlich von dem sehr erfahrenen Kollegen auch gesagt, dass die Frage gefährlich sei. Wenn man sie sich zu oft stellt, erwacht es. Und dann lässt es sich kaum mehr bändigen. Bei mir ist es eher so, dass ich langsam den Eindruck habe, als würden die letzten Verbindungen nach Hause reißen. Das beunruhigt mich hin und wieder. Verstehst du das? Ich komme mir vor wie ein Schiff ohne Anker. Ein Schiff, das immer weiter wegtreibt von Deutschland.

Städte wie Paris oder Berlin kommen mir märchenhaft vor, aber auch komplett uninteressant. Wie lange ich die Türkei noch aushalte, weiß ich nicht. Egal wo ich hinkomme, möchte jemand etwas von mir, sobald er erfahren hat, dass ich bei der Botschaft arbeite: ein Visum für sich, für einen Freund oder den Freund eines Freundes.

Mich macht das traurig. Dass dieses Land einfach nicht auf die Beine kommt und sich immer noch an Europa klammert, obwohl es weiß, dass es da nicht hingehört. Genauso wenig wie zu den arabischen Nachbarn, die man auch nur als Konsumenten in den Shoppingmalls haben möchte, aber nicht mit am Tisch.

So negativ, so abgestumpft, so überdrüssig einem ganzen Land gegenüber wollte ich nie werden. Ich wollte mir meine Neugier bewahren, auf jedes Land, die Menschen, die Gerüche … Aber hier in der Türkei möchte ich einfach nur raus, weiter! Und jetzt bin ich wie so viele meiner Kollegen nur noch am Nörgeln: Das Essen schmeckt mir nicht. Die Straßenköter an jeder Ecke nerven. Das dauernde Gewimmer der Muezzins. Ich kann mich nicht mehr begeistern für das Neue, sondern verschanze mich hinter dem Bekannten.

»In einem kühlen Grunde«. Kennst du das Lied? Die Comedian Harmonists singen es so, dass man schlucken muss. Hier der Link bei Youtube: http://www.youtube.com/watch?v=XkOJdk4FMWg – Das schaue ich mir fast täglich an. Wo gehöre ich hin?

Ich habe noch nie mit jemandem darüber gesprochen, aber ich habe dir jetzt schon einige Dinge gesagt, die ich noch nie jemandem gesagt habe. Mir kommt es so vor, als wären sie bei dir gut aufgehoben. Hoffentlich verstehst du mich besser als ich mich selbst.

Schlaf gut, die Sterne über dir sind die gleichen wie bei mir,

dein Leander

Von:	Leander R. <leander_r@gmx.de>
Betreff:	**Noch was**
Datum:	24. August 2013 03:13:43 OESZ
An:	Juliane Bauer <abeee@hotmail.com>

Dass du mir von Tim erzählt hast – auch noch persönlich und ausnahmsweise nicht per Mail –, hat mich sehr beeindruckt. Ich weiß, was es bedeutet, über so etwas zu sprechen.

So, wie du es tust, kann man gar nicht glauben, dass er nicht lebt. Du brauchst dich nicht zu schämen deswegen. Obwohl ich mit Kindern nicht viel anfangen kann, habe ich eine Ahnung bekommen, was dir fehlt. Hoffentlich macht es dich nicht traurig, wenn ich sage: Er hätte es bei dir sehr gut gehabt. – Und wahrscheinlich hätte er schon als Dreijähriger die ersten Mails geschrieben …

Leander

Und vergiss nicht, bald den Katalog deiner Ausstellung zu schicken! Ich bin sehr gespannt auf deinen Phantom-Künstler mit den flirrenden Bildern. Klingt sehr interessant!

Und. Wir sollten uns auch einmal in echt sehen, oder?

Von: Juliane Bauer <abeee@hotmail.com>
Betreff: **Re: Noch was**
Datum: 24. August 2013 19:42:14 MESZ
An: Leander R. <leander_r@gmx.de>

Ja, das finde ich auch.

Und der Katalog ist unterwegs. Am liebsten hätte ich ihn selbst zum Auswärtigen Amt gebracht. Aber dann hätten sie wahrscheinlich gedacht, dass ich irgendwelche dunklen Pläne verfolge. Dabei möchte ich ja nur etwas Kunst in die weite Welt tragen.

Jetzt bin ich ein wenig nervös, wie du die Bilder findest. Vielleicht solltest du den Katalog nicht in der Öffentlichkeit oder im Büro anschauen.

Und danke für deine Offenheit!

Juliane

Von: Leander R. <leander_r@gmx.de>
Betreff: **danke für den Katalog**
Datum: 30. August 2013 11:26:49 OESZ
An: Juliane Bauer <abeee@hotmail.com>

Hallo Juliane,
vielen Dank für den Ausstellungskatalog und die freundliche Widmung.

Dein Vorwort ist ebenso klug wie souverän geschrieben. Aber gerecht wird es diesen Bildern nicht, offen gestanden. So etwas würde ich mir nie über das Sofa hängen. Ich muss leider sagen, dass ich die Bilder geschmacklos finde. Vielleicht bin ich zu spießig, aber bei mir ist noch nie der Wunsch aufgekommen, eine Frau zu knebeln. Deine Beschreibungen bringe ich leider gar nicht mit diesen Bildern zusammen. Du hast vom »sinnlichen Flirren« gesprochen, wenn ich mich recht erinnere. Das Gegenteil ist der Fall. Das tötet doch alle Lust. Hast du das ernst gemeint? Ich bin irritiert, dass dir so etwas gefällt. Magst du so etwas auch privat?!

Das Ekligste ist, dass die Mädchen nicht einmal volljährig wirken mit ihren großen Kulleraugen. Nicht einmal, als ich selbst noch nicht volljährig war, konnte ich mich für Minderjährige begeistern. Ist so etwas überhaupt erlaubt?

Und warum nennst du eine Ausstellung mit solchen Bildern »Die Liebe höret nimmer auf«? Als Diplomat spüre ich eine bewusst platzierte, subtil versteckte Provokation heraus. Wenn es nicht ironisch gemeint ist, finde ich es zynisch. Außerdem ist der Satz an sich schon falsch. Jede Liebe erlischt irgendwann, wenn man sie ausgehen lässt. Wie jede Kerze irgendwann runterbrennt. Oder eben die Lust.

Tut mir leid, dass ich nichts anderes sagen kann. Höchstwahrscheinlich bin ich auch nicht der Erste, der so reagiert. Trotzdem noch mal danke, dass du mir den Katalog geschickt hast. Es beweist wieder einmal, dass ich von Kunst nichts verstehe und jetzt auch keine Ambition habe, dies zu ändern.

Heute Abend fällt das Skypen leider aus, bin bei meinem Chef eingeladen,

beste Grüße, Leander der Banause

Von:	Juliane Bauer <abeee@hotmail.com>
Betreff:	**Re: danke für den Katalog**
Datum:	3. September 2013 19:08:13 MESZ
An:	Leander R. <leander_r@gmx.de>

Hallo Leander,
das ging ja schnell mit der Post. Und kein Problem wegen der Skype-Absage.

Also per Mail: Deine harschen Worte überraschen mich. Du müsstest doch von der Welt genug gesehen haben, um nicht vor züchtig bekleideten jungen Frauen auf Bildern Angst zu bekommen, gerade in der Türkei. Der »Knebel« ist übrigens nur eine Krawatte und steht auch dafür, dass Frauen sprachlos gemacht und entmündigt werden, wie ich schon in meinem »klugen Vorwort« (Stichwort Zwangsprostitution etc.) geschrieben habe.

Zu deiner Beruhigung kann ich dir auch mitteilen, dass der Künstler mir schriftlich versichert hat, dass keines der

Modelle zum Zeitpunkt der Aufnahme jünger als zwanzig Jahre alt war.

Außerdem sind wir in der zeitgenössischen Kunst schon lange über den Punkt hinaus, wo es darum geht, »sich etwas übers Sofa zu hängen«. Wenn es danach ginge, könntest du die ganze Kunst nach Beuys abhaken. Schon die Diskussion darüber ist meiner Meinung nach eine gestrige. Unsere Gesellschaft neigt zum Zahmen und Angepassten. Das begegnet einem an jeder Ecke und in jeder Sparkasse. Kunst muss etwas gegen die Banalität des Alltags setzen.

Phantoms Fotos setzen etwas frei, vor allem bei Paaren. – Oft reagieren gerade die Männer wie du. Sie halten es nicht aus, sich den Blicken der gebundenen Mädchen auszusetzen und zerren ihre Frauen wieder hinaus. Mir imponiert, wie perfide der Künstler mit der Lust des Betrachters spielt. Das beweist doch, dass die Bilder gut sind, etwas auslösen, auch wenn sie einem nicht im klassischen Sinn »gefallen«. Kunst kann Leben verändern, Energie geben, Verhältnisse auf den Kopf stellen. Dafür stehen diese Werke.

Und genau deswegen finde ich den Titel der Ausstellung (die Idee stammt übrigens von mir) absolut passend. Es handelt sich dabei um ein Zitat aus deiner Heimat: *Die Liebe höret nimmer auf* steht auf der Grabkapelle auf dem Württemberg in Stuttgart. Der Künstler war während eines Stipendiums auf Schloss Solitude oft dort. Ein König hat sie für seine verstorbene Frau errichten lassen. Mich hat diese Geste schon immer bewegt. Schade, dass du den Gedanken, jemand sein Leben lang zu lieben, so radikal ablehnst. Auch in diesem Punkt scheinen wir sehr unterschiedliche Auffassungen zu haben. Du kannst mich für naiv halten, aber ich glaube daran. – Das nächste Mal mache ich dann eine Ausstellung mit Landschaftsidyllen, so etwas kann man sich dann auch übers Sofa hängen.

Beste Grüße

Juliane

Von:	bianca <kontakt@familieschrom.de>
Betreff:	**Taufe**
Datum:	3. September 2013 20:23:11 MESZ
An:	Juliane Bauer <abeee@hotmail.com>

Schätzelchen, Daniel und ich haben zu Ende gestritten. Und ich habe gewonnen! Hurra! Ausnahmsweise. Carla wird getauft, und zwar katholisch trotz all dem Scheiß, den die machen. Und zwar schon am kommenden **Sonntag, 8. September um 9.30 Uhr**, nach dem normalen Gottesdienst. Hier in der Dorfkirche auf Mallorca.

Völlig klar, dass nur eine als Patentantchen in Frage kommt: DU. Kannst du deinen Laden für ein paar Tage zusperren und spontan kommen? Also eher sehr spontan, du kennst uns ja: wenn dann gleich. Wenn wir das nicht sofort durchziehen, fällt Daniel wieder ein Argument dagegen ein. Der Pfarrer steht bereit, einer von den netten. Und ab Oktober sind wir wieder in Köln, da will man sein Kind nicht taufen lassen. Auf keinen Fall. Also jetzt oder nie.

Bitte sag ja!

Bianca

Von: Juliane Bauer <abeee@hotmail.com>
Betreff: **Ja, ich will!**
Datum: 4. September 2013 09:03:44 MESZ
An: bianca <kontakt@familieschrom.de>

Liebe Bianca,
ich weiß gar nicht, was ich sagen soll. Es ist mehr als eine Ehre für mich, und hiermit sage ich: Ja! Ich gebe zu Kinderzeiten wahrscheinlich keine perfekte Tante ab. Aber spätestens, wenn Klamottenläden auf dem Programm stehen, kann Carla mit mir rechnen. Dann wird eine Tante in Berlin auch erst so richtig interessant. (Wenn sie mich dann überhaupt noch in die Läden reinlassen …)

Ruf mich doch an, dann kann ich einen Flug nach Palma buchen. Air Berlin fliegt mehrfach am Tag, vielleicht holst du mich von dort ab, oder ich nehme ein Taxi. Die Galerie kann ich natürlich zumachen, bis Oktober passiert eh kaum etwas auf dem Kunstmarkt. Und alle, die auf geknebelte Frauen stehen, knebeln selber. Ich bin gerade selbst sehr verunsichert, ob es sich dabei um Kunst handelt, oder ob es nur eine billige Provokation ist. Ein bisschen Abstand tut mir gut.

Erspar mir nur, in der Kirche etwas auf Spanisch aus der Bibel vorlesen zu müssen! Und Reden halte ich auch äußerst ungern.

– Ach was, ich ruf gleich selbst an.

Jul

Von: Juliane Bauer <abeee@hotmail.com>
Betreff: **Flug gebucht**
Datum: 4. September 2013 21:32:43 MESZ
An: bianca <kontakt@familieschrom.de>

Habe eben im Internet einen Flug rausgesucht und gebucht. Könntest du mich wie besprochen übermorgen, am 6., in Palma abholen? Ich lande um 11.45 Uhr. Sodass wir vielleicht am Abend noch ein paar Stunden in Ruhe für uns haben, bevor das große Fest stattfindet.

Auf sehr bald also, bin ganz aufgeregt. Das Geschenk folgt dann postwendend nach meiner Rückkehr!

Juliane

Von: Leander R. <leander_r@gmx.de>
Betreff: **Re: Re: danke für den Katalog**
Datum: 5. September 2013 19:30:26 OESZ
An: Juliane Bauer <abeee@hotmail.com>

Bist du beleidigt? So war es nicht gemeint. E-Mails sind wirklich nicht geeignet für Kunstkritik! Wahrscheinlich hätte ich mich als Laie nicht zu der Ausstellung oder den Werken äußern sollen. Sollte ich über das Ziel hinausgeschossen sein, bitte ich das zu entschuldigen.

Von: Juliane Bauer <abeee@hotmail.com>
Betreff: **Ich bin dann mal weg**
Datum: 6.September 2013 05:48:26 MESZ
An: Robert Bauer <robert@bauer.de

Liebstes Brüderchen,
in einer halben Stunde bin ich für ein paar Tage weg. Bianca hat mich kurzfristigst gefragt, ob ich die Taufpatin für ihre Kleine sein möchte. Ich bin zwar bekanntlich nicht begabt im Umgang mit Kindern, aber das Bemühen zählt. So kann ich das Tante-Dasein schon einmal üben. Es geht in ihre Finca auf Mallorca, die Adresse habe ich dir ja schon mal durchgegeben.

Nach der Taufe am Freitag bleibe ich noch bis Sonntag und genieße das Licht und vielleicht auch das Meer. Und die Kinder natürlich!

Bitte grüß mir auch unseren Herrn Papa, den erreicht man ja inzwischen besser bei euch als in seiner Wohnung. Ich melde mich, wenn ich wieder zurück bin und verspreche, eine Postkarte zu schreiben. Ob ich sie wegschicke, steht auf einem anderen Blatt. Im Normalfall entdecke ich sie beim Auspacken in meiner Handtasche. Oh Mist, ich sehe gerade, dass ich viel zu spät dran bin!

Saludos, dein
Schwesterchen

Von:	Leander R. <leander_r@gmx.de>
Betreff:	**berlin calling**
Datum:	6. September 2013 10:30:26 MESZ
An:	Juliane Bauer <abeee@hotmail.com>

hallo juliane,
ich bin am flughafen tegel. ich habe mich darum bemüht, kurzfristig nach berlin zu müssen. und habe das wochenende drangehängt.

Der offizielle grund: die verstimmungen zwischen dem verfeindeten ministerium und dem aa. mein chef und ich befürchten, dass diese eskalieren, wenn er fliegt, deswegen habe ich mich aufgedrängt… der inoffizielle: ich möchte mich offiziell für meine letzte mail entschuldigen. vielleicht machst du für mich am samstag noch eine führung durch die ausstellung… in echt wirken die bilder bestimmt ganz anders.

heute abend habe ich mir frei gehalten. ich warte auf dich im da lorenzo. hoffentlich gibt es das noch. sonst davor. bin um sieben da und bleibe mindestens bis zum nachtisch… und zu deiner letzten mail: dass es keine ewige liebe gibt, heißt ja nicht, dass man sich nicht zweimal in die gleiche person verlieben könnte!

bis ganz bald

leo

Von: bianca <kontakt@familieschrom.de>
Betreff: **die Taufpatin**
Datum: 8. September 2013 13:35:24 MESZ
An: Robert Bauer <robert@bauer.de

Liebes Brüderchen,
den letzten Vormittag hier habe ich mit Packen verbracht und habe gleichzeitig versucht, mich um die Kinder zu kümmern. Das heißt, ich habe irgendwie verhindert, dass sie sich gegenseitig in dem Pool ertränken oder die Reste der Tauftorte an die wilden Katzen verfüttern.

Gerade schreibe ich dir von Biancas Laptop. Man glaubt es nicht, aber es gibt noch Orte auf der Welt, an denen man keinen Handy-Empfang hat, geschweige denn Internet. Biancas Finca ist so ein verwunschener Ort. Ein einziger Traum aus blauem Himmel und blauem Meer in der Ferne. Nur eben ohne Handy-Empfang und Internet. Gleich fahren sie mich zum Flughafen zurück. Dort gibt es freies WLAN, von dort werden sie diese Mail verschicken und dann wahrscheinlich auf dem Markt Berge zu essen einkaufen.

Die Taufe war genau so wie Bianca und Daniel: sympathisch improvisiert. Der Pfarrer hat sich bei der Reihenfolge der Vornamen geirrt, das Essen war bombastisch gut und hätte für ein ganzes Dorf gereicht … Sprich, es war wunderbar spanisch, mit schrulligen Omas in Strickjacken aus dem Dorf und älteren Herren mit glühenden Blicken. Und das für eine deutsche Familie! Natürlich wurde bis zum Morgen getanzt. Und ich bin nun stolze Patentante. Carla hat zwar noch beim Verlassen der Kirche mein Kleid ruiniert, aber was soll's!

Ich soll dir danke für deine Karte sagen. (Ich wusste gar

nicht, dass du noch mit Hand schreiben kannst!) Du bist hier immer willkommen, ruft Daniel gerade.

So, muss Schluss machen, Bianca hupt schon.

Dein Schwesterchen

Von: Juliane Bauer <abeee@hotmail.com>
Betreff: ???????
Datum: 8.September 2013 23:56:32 MESZ
An: Leander R. <leander_r@gmx.de>

Lieber Leander,
nun bin ich total verwirrt. Gerade komme ich heim und lese deine Nachricht. Bist du wirklich in Berlin? Ich war bei einer Taufe auf Mallorca und hatte keinen Internetanschluss. Oder willst du mich nur verunsichern? Das ist dir gelungen.

Wie lange bleibst du noch in Berlin? Ich habe morgen den ganzen Tag Zeit. Ruf mich doch an: 0151-8764524

Du glaubst gar nicht, wie ich mich ärgere. Wäre ich wenigstens mit Bianca am Freitag ins Dorf gefahren und hätte dort meine E-Mails gecheckt! Dann hätte ich dir immerhin schreiben können, dass ich gar nicht in Berlin bin.

Oder wolltest du mich nur ein bisschen in Verwirrung stürzen? Man kann doch gar nicht so einfach von Istanbul nach Berlin fliegen, oder? Hast du dir das nur ausgedacht? Ehrlich gesagt, etwas Erfundenes wäre mir fast lieber, als wenn wir uns verpasst hätten.

Juliane

Von:	Leander R. <leander_r@gmx.de>
Betreff:	**Re: ???????**
Datum:	9. September 2013 20:57:30 OESZ
An:	Juliane Bauer <abeee@hotmail.com>

Liebe Juliane,
ja, ich war in Berlin. Und bin jetzt wieder in Istanbul. Die Besprechung, wegen der ich gekommen bin, fand schon am Freitag im AA statt. Gestern Nachmittag bin ich zurückgeflogen.

Das »Da Lorenzo« gibt es noch. Eigentlich hat sich dort nichts verändert. Der Kellner hat mich sogar wiedererkannt. Angereist bin ich wegen der Staatssekretärin und deinetwegen. Irgendwie ging ich davon aus, dass du mir schreiben würdest, wenn du nicht in Berlin wärst. Das war mein Fehler. Du brauchst dich nicht zu entschuldigen. Vergessen wir's einfach! Natürlich war ich enttäuscht, dich nicht zu sehen. Aber wie gesagt, ich hätte mich ankündigen müssen.

Und noch mal zu deiner These von der ewigen Liebe, das wollte ich dir eigentlich persönlich sagen: Ich glaube, Menschen sind nur in die Idee verliebt, die Wirklichkeit ist etwas anderes.

Aber man soll ja auch nichts übers Knie brechen. Ich bin eigentlich auch kein Freund von Überraschungen, insofern geht das völlig in Ordnung. Wir können ja erst mal wieder skypen, vielleicht ergibt sich das mit einem Wiedersehen ein andermal.

Liebe Grüße
Leander

Von: Juliane Bauer <abeee@hotmail.com>
Betreff: **Ist das die Strafe?**
Datum: 10. September 2013 18:26:32 MESZ
An: Leander R. <leander_r@gmx.de>

Ach, Leander! Du glaubst gar nicht, wie traurig ich das finde.

Ich war übrigens heute Mittag im »Da Lorenzo«. Nun glaube ich dir, dass du da warst. Sobald sie mich als Freundin von Signore Leandro identifiziert hatten, behandelten sie mich wie eine durchreisende Königin. Womit eindeutig der Beweis erbracht ist, dass es die ewige Liebe doch gibt. – Irgendwie freue ich mich jetzt trotzdem, dass du gekommen bist, auch wenn wir uns nicht gesehen haben.

Kannst du schon absehen, wann du wieder nach Berlin kommst? Dann würde ich mir das gleich rot im Kalender anstreichen! Beim nächsten Mal bin ich garantiert anwesend.

Juliane

Von: Leander R. <leander_r@gmx.de>
Betreff: **Re: Ist das die Strafe?**
Datum: 12. September 2013 22:37:35 OESZ
An: Juliane Bauer <abeee@hotmail.com>

Hallo Juliane,
kurz- und mittelfristig wird das mit Berlin nichts mehr. Wahrscheinlich bin ich erst im nächsten Jahr wieder in der Hauptstadt.

Nun verabschiede ich mich erst einmal übers Wochenende für ein Yoga-Retreat am Meer, irgendwo bei Izmir, wegen der Schulter. Und wegen der unermüdlich um mich besorgten Sekretärin.

Und nein, diese Art von Strafe ist nicht meine Art. Vielleicht soll es einfach nicht sein, dass wir uns wieder begegnen.

Melde mich in ein paar Tagen wieder ausführlicher, die warten unten schon auf mich.

Leander

Von:	Juliane Bauer <abeee@hotmail.com>
Betreff:	**meine Ratlosigkeit passt nicht auf Facebook**
Datum:	14. September 2013 13:47:53 MESZ
An:	Robert Bauer <robert@bauer.de

Liebes Brüderchen,
ob das mit der Galerie eine gute Idee war? Es gibt in Berlin definitiv zu viele davon. Die meiste Zeit verbringe ich in einem benachbarten Café oder versuche, Kunststudenten abzuwehren, die bei mir ausstellen wollen. In einer besonders düsteren Stunde habe ich mich bereits erkundigt, ob ich als Kellnerin anfangen könnte. Die Wirtin versucht seit der Galerieeröffnung mit mir zu flirten. Und diese Frage hat sie wohl als Aufforderung verstanden. Heute kam sie »rein privat« in die Galerie. Agnes ist eine Anhängerin von »sich etwas beim Universum bestellen«. Wenn man ihr zu-

hört, klingt das wirklich wunderbar. Man soll sich das Gewünschte in allen Details vorstellen. Dann bekommt man genau das geliefert. Das Problem wäre nur, dass man manchmal etwas vergisst, und dann hätte man wieder ein Problem. Sie hat danach eine bedeutungsvolle Pause gemacht und mich angestrahlt.

Ich weiß jedoch, was sie meint: Als ich mir das letzte Mal gewünscht habe, jemanden nach Jahren wiederzusehen, habe ich vergessen, mir zu wünschen, zu der Zeit auch in Berlin zu sein ... Deswegen zögere ich, mir etwas für die Galerie zu wünschen, denn ehrlich gesagt fallen mir überhaupt nur Dinge ein, die ich mir genau *nicht* wünsche.

Auswandern ist in Zeiten der globalisierten Finanzämter auch keine Option, oder?

Bitte erzähle Vater nicht, dass es nicht richtig rundläuft mit mir als Unternehmerin. Er würde sich nur in seiner Meinung bestätigt sehen. Er fand die Galerie von Anfang an keine gute Geschäftsidee. Aber was wäre eine bessere?

Wärst du im Notfall bereit und fähig, mir tausend Euro zu leihen? Du bist der einzige Mensch, bei dem mein Stolz zulässt, so etwas zu fragen. Nicht einmal zu einer Bank würde ich gehen, dann doch lieber kellnern. – Der Notfall bestünde darin, dass ich die Miete für die Räume nicht mehr stemmen könnte bis zu deren Kündigung. Es hängt so viel von dieser ersten Ausstellung ab. So haben es mir zumindest Kenner der Szene beschrieben. Wenn die erste schiefgeht, kann man gleich wieder zusperren und es vielleicht ein paar Jahre später unter neuem Namen und an einem anderen Ort wieder probieren. Die Szene liebt Geschichten, aber nur erfolgreiche. Zwei Monate habe ich mir noch gegeben, dann wird

Kassensturz gemacht. – Hoffentlich klingt das nicht zu melodramatisch. Also, liebes Universum: Ich wünsche mir, dass die Lage nicht so dramatisch ist, wie ich sie momentan sehe.

Dein ratloses Schwesterchen

Von: Robert Bauer <robert@bauer.de

Betreff: **Re: meine Ratlosigkeit passt nicht zu Facebook**

Datum: 15. September 2013 11:24:51 MESZ

An: Juliane Bauer <abeee@hotmail.com>

Hallo Juliane,
klingt verdammt beschissen.

Hier mein Plan:

1. Kurzfristig: Kann dir max. 3000,– Euro leihen. Schick Kontodaten asap!

2. Mittelfristig: Wir können Vaters Sparvertrag kündigen. Er hat das schon mal angeboten. Er hat den für uns angelegt. Das musst du dir bis zum 30. September überlegen. Das wären für jeden von uns 25 000,–. Gib Bescheid, dann regle ich das mit Vater und der Finanzberaterin.

3. Langfristig: 3.1 Schuldnerberatung. Habe ein paar Links herausgesucht: http://www.schuldnerberatung-berlin.de/; http://www.bfue.de/; http://www.awoberlin.de/public/content4_a/de/0000001170000000214.php;

3.2 Sozialamt: Da bekommst du sicher einen Mietkostenzuschuss. Oder vielleicht beteiligen sie sich an den Nebenkosten. Ein Kumpel von mir kann helfen bei den Anträgen.

Wenn du noch was brauchst, mach ich mir weiter Gedanken. Auf jeden Fall nichts überstürzen!

Kopf hoch! Uns wird schon was einfallen.

Bob

Von: Juliane Bauer <abeee@hotmail.com>
Betreff: **keine Sorgen machen bitte!**
Datum: 17. September 2013 23:00:11 MESZ
An: Robert Bauer <robert@bauer.de

Liebes Brüderchen,
das ist wirklich lieb von dir. Aber ganz so schlimm ist es nicht! Meine letzte Mail ist aus der Tagesverzweiflung heraus geschrieben. Ich habe natürlich vorgesorgt und kann locker noch ein Jahr überstehen, bevor ich unter irgendeine Brücke ziehen muss. (Das war ein Scherz!) Außerdem hat sich für morgen mit großem Tamtam ein potentieller Kunde angemeldet. Er hat sich am Telefon ausführlich nach dem Künstler meiner Ausstellung erkundigt und behauptet, auf einem russischen Kunstblog eine Hymne darüber gelesen zu haben. Wenn das stimmt, werde ich zeitlebens nie mehr etwas gegen Computer im Allgemeinen oder das Internet im Speziellen sagen! Ich habe ein gutes Gefühl.

Die bisherigen Besucher waren meist schlecht getarnte Praktikanten oder Freunde von anderen Galerien. Gerade die alteingesessenen Galeristen scheinen mir nicht zu verzeihen, dass ich mich in ihrem Kiez niedergelassen habe. Ein weiterer Ausstellungsraum in Mitte oder Friedrichshain wäre ihnen komplett gleichgültig. Doch vor ihrer eigenen Haustür akzeptieren sie keine Konkurrenz. Von wegen Globalisierung. Wenn man ein bisschen genauer hinschaut, sind wir schon lange wieder in der Kleinstaaterei angelangt.

Du fehlst mir! Seinem Bruder darf man das ungestraft sagen. Ganz heimisch bin ich in Berlin eben doch noch nicht.

Auf bald, dein wie immer zum Drama neigendes

Schwesterchen – damit du siehst, dass es nicht so schlimm ist, poste ich jetzt gleich meine neuen Schuhe auf Facebook.

Von: Leander R. <leander_r@gmx.de>
Betreff: **schmerzfrei**
Datum: 18. September 2013 22:13:56 IST
An: Juliane Bauer <abeee@hotmail.com>

Hallo Juliane, schon bin ich wieder zurück im hektischen Istanbul. Und zum ersten Mal seit Monaten schmerzfrei. Dank eines sadistischen Sufi-Yogis, auch so etwas gibt es. Aber der Erfolg gibt ihm Recht. Dabei glaube ich eigentlich nicht an so einen esoterischen Hokuspokus.

Bei dem Retreat war eine Achtzigjährige, die behauptete, seit dreißig Jahren jeden Morgen um vier Uhr in der Früh aufzustehen und nach dem Training zwei Stunden zu meditieren. – Wenn sie ohne dieses Programm nur 75 geworden wäre, hätte sie die fünf Stunden täglich für etwas anderes verwenden können. Das lohnt sich doch.

Während ich eigentlich an gar nichts denken sollte, habe ich über uns nachgedacht. Das mit Berlin hat mich beschäftigt. Was wollte uns das Schicksal damit sagen? Irgendwas steht immer zwischen uns. Mal dass du liiert bist, mal dass du nicht da bist. Vielleicht soll es einfach nicht sein.

Im Konsulat hatten wir heute eine dreistündige Strategiebesprechung, was im nächsten halben Jahr ansteht. Herausgekommen ist nichts, es wurde nur wieder einmal deutlich, dass mein Chef und ich sehr unterschiedliche Vorstellungen von unserem Auftrag hier haben. Wieder einmal hat er mich als »der junge Mann« bezeichnet, der immer etwas Neues tun will. Dabei käme ich selbst nie im Leben darauf, mich als Revolutionär zu sehen. Außerdem findet er mich »zu fatalistisch«, was die Lage in der Türkei angeht. Dabei ist die Realität noch viel aussichtsloser.

Gute Nacht
Leander

Von:	Leander R. <leander_r@gmx.de>
Betreff:	**Skype die Dritte?**
Datum:	27. September 2013 23:22:51:11 OESZ
An:	Juliane Bauer <abeee@hotmail.com>

Hallo Juliane,
bist du unterwegs? Oder haben dich meine Yoga-Überlegungen irritiert? Ich wollte einfach nur ehrlich sein.

Vielleicht hätten wir öfter skypen sollen, dann hätte es

wegen Berlin keine Missverständnisse gegeben. Aber heute warst du nicht online. Dabei hat es sich unvermuteter Dinge auch so gelohnt. Nachdem ich die New York Times durchstudiert hatte, meldete sich eine Kollegin aus Taipeh, die ich von der Ausbildung kenne. Zwischen Taiwan und Zentralchina kriselt es ja bekanntermaßen notorisch. Es war unglaublich spannend zu erfahren, wie das Konsulat damit umgeht. Sie bat mich darum, diese Dinge vertraulich zu behandeln, sodass ich jetzt nicht weiter ins Detail gehen kann. Nur so viel sei gesagt: Wieder einmal wurde mir bewusst, dass die asiatische Denkungsart mir gleichzeitig vertrauter wie faszinierender vorkommt.

Den Rest der Nacht werde ich wohl alles zu diesem Themen googeln, was irgendwann geschrieben wurde.

Beste Grüße

Leander

Von:	Juliane Bauer <abeee@hotmail.com>
Betreff:	**Re: Skype die Dritte?**
Datum:	4. Oktober 2013 19:47:26 MESZ
An:	Leander R. <leander_r@gmx.de>

Lieber Leander,

keine Sorge, mir geht es gut, und das mit Taiwan klingt wirklich spannend. Aber da mich Politik noch nie interessiert hat, bin ich bei diesem Thema nicht die richtige Ansprechpartnerin. Bin nur gerade in Sachen Galerie im Stress und unglaublich aufgeregt. Stell dir vor, ein potentieller Käufer hat sich gemeldet. Für die Bilder, die du nicht magst. Muss für ihn noch eine Mappe vorbereiten, Fotos machen lassen ... Homepage aktualisieren ... ausführlich mit Phantom sprechen ...

Eben hat der Kunde am Telefon durchblicken lassen, eventuell nicht nur ein Bild zu erwerben, sondern die komplette Serie. Plus noch etwaige weitere Werke. Keine Ahnung, was er damit vorhat. Aber solange er kein Bordell damit ausstattet, kann es mir gleichgültig sein. Und selbst das wäre noch besser, als die Bilder in einem Safe verschwinden zu lassen.

Es geht um eine höhere Summe. Die Feinheiten des deutschen Steuerrechtes, Stichwort: Vorsteuerabzug, erschließen sich mir einfach nicht. Gott sei Dank habe ich einen ebenso fähigen wie einsatzbereiten Steuerberater. Er hilft mir beim Aufsetzen des Vertrages. Und schon ruft er an!

Liebe Grüße, Juliane

Von:	Leander R. <leander_r@gmx.de>
Betreff:	**Re: Re: Skype die Dritte?**
Datum:	10. Oktober 2013 19:37:33 OESZ
An:	Juliane Bauer <abeee@hotmail.com>

Hallo Juliane,
mit Steuerrecht kenne ich mich wiederum nicht aus, da kann ich dir leider nicht weiterhelfen.

Ich habe mich die letzten Tage zurückgezogen, um über

meine berufliche Zukunft nachzudenken. Irgendwie ist alles ins Stocken geraten. Meine Karriere hängt leider stark von der momentanen Station ab. Hier entscheidet sich, ob ich es zu den wirklich interessanten Standorten schaffe oder irgendwo in einem B- oder C-Land versauere. Dafür habe ich nun zu viel investiert. Außerdem ärgert mich, dass meine Kollegen von der Ausbildung immer so tun, als ob ich mit der Türkei bereits das große Los gezogen hätte, ich aber nichts davon spüre. Nur Stagnation, nur schlechte Laune. Und bei den paar Vernünftigen: Resignation.

Angeblich war Istanbul mal eine schöne Stadt. Vor zwanzig, dreißig Jahren. Aber davon ist kaum etwas übrig. Ein bisschen Altstadt, um die Touristen ausnehmen zu können, der Rest wird den Baulöwen zum Fraß vorgeworfen. Und wenn dabei ein paar Bauarbeiter hopsgehen, stört das auch niemanden. Sind ja genügend da. Hauptsache alles ist billig. Billig gebaut, und wenn es zusammenfällt, baut man eben wieder etwas hin. Noch höher, noch scheußlicher. Das führt dazu, das man eigentlich nur noch in ein paar Gegenden leben kann, und das zu Mietpreisen, als wäre das hier Manhattan. Damit die Mafia noch eine überflüssige Shoppingmall bauen kann. Siehe Gezi-Park. Was diesen Sommer passiert ist, lässt sich eigentlich nicht mehr beschreiben. Und wir mittendrin und müssen diesen ganzen Arschlöchern auch noch ins Gesicht lächeln. Mich kotzt diese Verlogenheit so an. Und dass man nicht mal privat etwas erzählen kann. Alles immer schön unter dem Teppich halten. Aber mit Teppichen kennen Sie sich hier ja aus.

Und der Verkehr. Der ist bekanntermaßen in jeder Megacity ein Problem, aber hier kommt noch dazu, dass lauter

Leute hier wohnen, die sich normalerweise auf Eseln fortbewegen. So verhalten sie sich jedenfalls im Straßenverkehr. Und nicht nur da.

Nicht nur ich sage: Wenn das große Erdbeben kommt, kann es danach nur besser werden.

Eben ruft ein Typ an, den ich bei dem Yoga-Wochenende kennengelernt habe. Er hat gefragt, ob ich spontan mit ihm Anfang November nach Indien reisen würde, nach Varanasi an den Ganges. Wir fliegen nach Mumbai und dann nach ein paar Tagen weiter in den Norden. Da findet dann auch ein Yoga-Retreat statt.

Ich könnte auf der Hinreise auch meine Kollegen im dortigen Konsulat treffen. Es schadet nie, wenn man überall jemanden kennt. Es könnte sein, dass sich dort in nächster Zeit eine Vakanz ergibt. Dann hilft ungemein, wenn die Konsulatsspitze die Bewerbung unterstützt. Und Urlaubstage habe ich genug.

Wenn das mal nicht Schicksal ist!

Hoffe, bei dir geht alles gut.

Beste Grüße

Leander

Von: Juliane Bauer <abeee@hotmail.com>
Betreff: **Mail-Fasten**
Datum: 13. Oktober 2013 12:47:26 MESZ
An: Leander R. <leander_r@gmx.de>

Lieber Leander,

das mit Indien klingt richtig gut. Und du klingst, als ob es dir wirklich nicht gutginge in Istanbul. Deine letzte Mail hat so etwas Destruktives an sich, das ich noch gar nicht von dir kenne. Vielleicht machen wir eine Mail-Pause, bis du weißt, was dir guttut. Schreib mir doch bitte erst wieder aus Indien. Ich möchte nicht, dass jetzt noch mehr kaputtgeht. Verstehst du das? Auf jeden Fall wünsche ich dir, dass du bald wieder klarer siehst, was Gegenwart und Zukunft angeht. Besonders deine eigene.

Liebe Grüße, denke oft an dich und sende auch so unablässig Energie
Juliane

Von: Leander R. <leander_r@gmx.de>
Betreff: **Re: Mail-Fasten**
Datum: 17. Oktober 2013 19:43:34 OESZ
An: Juliane Bauer <abeee@hotmail.com>

ok
grüße L

Von: Leander R. <leander_r@gmx.de>
Betreff: **Erleuchtet**
Datum: 4. November 2013 19:43:34 IST
An: Juliane Bauer <abeee@hotmail.com>

Liebe Juliane,
nun hat mein Schweigen ein Ende, sofern die Götter der E-Mails es zulassen. Das Überwältigende an Indien ist, dass es für alles Götter gibt. Mein Laptop beteuert zwar dauernd, dass ich mit dem Internet verbunden bin, aber ich traue dem Ganzen nicht. Ich bin nun in Varanasi, endlich. Nach einem überaus lohnenswerten Zwischenstopp in Mumbai. Dort konnte ich auch die Kollegen im dortigen Konsulat kennenlernen. Alle tiefenentspannt. Tolles Team und klasse Leitung.

Ich kann zum ersten Mal richtig atmen. Und ich habe verstanden, dass ich nach Asien muss, weg aus diesem Lügenland, in dem alles Schlechte von Orient und Okzident zusammenkommt. – Keine Sorge, höre schon wieder auf! Beim nächsten Wechsel werde ich mich irgendwo Richtung Osten bewerben. Egal wo, Hauptsache Asien!

Gleich bei unserem ersten Ausflug hier in Varanasi haben wir uns in den engen Gassen verlaufen. Relativ schnell war allen klar, dass wir keine Ahnung mehr hatten, wie wir zum Hotel zurückfinden würden. Ortskundige gibt es kaum, Englischsprecher noch weniger. Also irrten wir eine Stunde herum. Bei jeder Kreuzung sah mich mein Reisebegleiter erwartungsvoll an. Warum er davon ausging, dass ich den Weg hätte wissen müssen, ist mir schleierhaft. Also zuckte ich mit den Schultern, deutete dann in irgendeine Richtung – und dahin gingen wir. Mehr als einmal hatte ich den Eindruck, im Kreis zu laufen. Und plötzlich, ohne dass irgendeiner von uns beiden das noch erwartet hätte, standen wir vor dem Hotel.

Zum Sonnenuntergang habe ich die Götter erneut herausgefordert und ließ mich von der Masse treiben. Dass ich den Ganges gefunden habe, ist kein Wunder, sondern relativ logisch. Es gibt kein anderes Ziel. Das Bild der brennenden Feuer auf den Terrassen (Leichen habe ich keine erkannt) werde ich nie vergessen. – Zurück hat mich ein Mann auf seinem ratternden Roller genommen. Es war die aufregendste Fahrt meines Lebens, durch Viertel, die ich sonst nie gesehen hätte.

Ich würde gerne einmal mit dir zum Fluss laufen, dir alles zeigen. Es macht einen sprachlos, das alles zu sehen. Und schließlich würden wir – wie ich gerade – über die zerfallene Mauer eines Tempels klettern, um in dem Innenhof an einem Brunnen zu sitzen, umgeben von einer fast magischen Stille.

Varanasi ist das Paradies. Das dreckige, stinkende, überwältigende Paradies des Lebens.

Auf bald,

Leander

Von: Juliane Bauer <abeee@hotmail.com>
Betreff: **Re: Erleuchtet**
Datum: 5. November 2013 23:12:23 MEZ
An: Leander R. <leander_r@gmx.de>

Lieber Leander,
deine Mail ist angekommen, auf die Götter ist manchmal eben doch Verlass!

Ich freue mich für dich. Endlich klingst du wieder voller Lebensfreude! Das tut gut.

Kannst du mir bitte ein Fläschchen von dem Ganges-Wasser abzapfen und schicken? Ich könnte es in die Badewanne schütten ... Bekommt man davon wieder straffe Haut? Du hast bestimmt im Flugzeug in einer Frauenzeitschrift gelesen, dass Enddreißigerinnen über nichts anderes mehr nachdenken.

Sollte man in unserem Alter nicht langsam anfangen, an Wunder zu glauben? Unsere Korrespondenz, du am Ganges, ich an der Spree, kommt mir wie eines vor. Dabei kann man alles erklären. Wirklich alles? Ein Rest bleibt. Das kann man nun Schicksal nennen oder Fügung oder ein Eingreifen der Götter. Am besten, ich mache mir darüber keine Gedanken, sondern nehme es einfach so an. (Das fordern deine indischen Götter doch auch, oder?)

Ich muss jetzt los. – Das scheint mein neuer Lieblingssatz zu werden. Dauernd ist irgendwo irgendwas, wohin man losmuss. Und kaum ist man dort, ist schon wieder irgendwo anders irgendwas los. Wahrscheinlich bin ich einfach reif für den Ganges.

Bleib ruhig noch eine Weile erleuchtet.

Deine Juliane

Von: Leander R. <leander_r@gmx.de>
Betreff: **endlich frei**
Datum: 6. November 2013 12:35:45 IST
An: Juliane Bauer <abeee@hotmail.com>

Juliane.
Mir ist klar geworden, dass ich genau den richtigen Beruf ergriffen habe. Ich muss nur noch organisieren, dass ich ihn hier ausüben kann.

Was für ein geniales Leben, das des Diplomaten! Natürlich bleibe ich immer Deutscher, mit Krawatte und ein bisschen umständlich. Ich muss Botschafter werden über kurz oder lang! – Die Verantwortlichen im Auswärtigen Amt sind zwar unergründlich in ihren Entscheidungen, aber wenn man das Ganze spielerisch angeht, gelingt es auch. Und wenn nicht, kann ich ja immer noch Fremdenführer in Varanasi werden. Könntest du dir vorstellen, beispielsweise in Indien eine Galerie aufzumachen? Allerdings müsstest du die Auswahl der Künstler überdenken. Dein SM-Fotograf würde hier bei lebendigem Leib verbrannt.

In ein paar Wochen wird die Liste der offenen Stellen für nächstes Jahr veröffentlicht. Wie jedes Jahr kursieren bereits Gerüchte: Und die für mich in Frage kommenden sind Oslo, Montreal, Pristina und Johannesburg. Japan ist leider wieder nicht im Angebot … Hoffentlich tut sich noch etwas auf in Asien.

Zu dem Spiel gehört, sich keine Blöße zu geben und seine Ziele möglichst lange im Ungefähren zu halten. Das kann ich gut!

Leander

Von: Juliane Bauer <abeee@hotmail.com>
Betreff: **Ich schweige wie eine Göttin**
Datum: 7. November 2013 21:55:45 MEZ
An: Leander R. <leander_r@gmx.de>

Lieber Leander,
ehrlich gesagt habe ich mich noch nie gefragt, ob ich in Indien eine Galerie eröffnen möchte. Oslo klingt auf den ersten Blick plausibler, aber es wird Zeit, dass ich von der Welt mehr sehe als nur ihre Bilder.

Ich freue mich, dass du mir vertraust, was deine Pläne angeht. Denn wenn ich in den zwölf Arbeitsjahren etwas gelernt habe, dann etwas für mich zu behalten. Der Kunstmarkt ist bekannt dafür, dass man sich mit Offenherzigkeit nur Probleme schafft, anstatt sie zu beheben.

Vorhin war mir langweilig, und so habe ich dich gegoogelt (zum ersten Mal, ich schwöre!) und weiß nun ein paar Dinge mehr über dich. Auch wenn ich genau genommen nur eine Seite gefunden habe. Auf der stellte sich dein Diplomatenausbildungslehrgang vor. Mit einem Gruppenfoto, das so klein war, dass ich dich unmöglich identifizieren konnte. Oder bist du der mit der pinken Krawatte? Das können nicht viele Männer tragen, du schon (falls du es tatsächlich sein solltest).

Immerhin kenne ich nun deinen Kurzlebenslauf. Du hast ja schon einiges von der Welt gesehen. Ziemlich lange scheinst du es nirgendwo auszuhalten. Warum verbringt man allerdings freiwillig anderthalb Jahre auf Island? Und dann noch bei einer Bank? Weiter als bis Kopenhagen habe ich mich bislang nicht in den Norden vorgewagt. Ich bin eher der Typ für das Mediterrane, also eher Pristina als Oslo.

Bei der Auflistung deiner Stationen habe ich mich gefragt, warum ich nur Düsseldorf, Tübingen, Leipzig und nun Berlin zu bieten habe. Soll das alles gewesen sein?

Ist das nicht merkwürdig, wie oft man sich erst im Nachhinein die entscheidenden Fragen stellt? Man taumelt mehr, als man geht. Vielleicht liegt es daran, dass ich mir über die Zukunft noch nie groß Gedanken gemacht habe, weil ich in der Gegenwart genug mit der Vergangenheit zu tun habe. Bis ich so halbwegs in der angekommen bin, ist die Zukunft schon lange wieder vorbei. Anscheinend bin ich wirklich reif für ein Bad im Ganges.

Liebe Grüße, Juliane –
nun auch schon kurz vor der Erleuchtung

Von:	Leander R. <leander_r@gmx.de>
Betreff:	**Re: Ich schweige wie eine Göttin**
Datum:	9. November 2013 12:018:33 IST
An:	Juliane Bauer <abeee@hotmail.com>

Liebe Juliane,
trotz der Schwüle habe ich den Eindruck, dem Geheimnis des Lebens näher gekommen zu sein als die ganzen zwei verlorenen Jahre zuvor. Diese Farben, diese Menschenmassen, in denen man so schnell verschwindet. Man weiß nie, wo man wieder auftaucht und wer man dann ist. Ich habe mir ein paar Tage Zeit genommen, um das auszukosten. Irgendetwas macht Varanasi mit mir. Dieses leuchtende Rot,

das Himmelblau der Saris, der schlammige Fluss… Es ist gleichzeitig so unbeschreiblich heilig wie profan. Mystisch und dreckig. Eklig und erhaben. Nicht wie die Kirchen in Europa, sondern stinkend lebendig. Wenn du magst, schicke ich dir ein paar Bilder.

Heute Nachmittag mache ich mit meinem Reisegefährten einen Ausflug nach Sarnath. Das ist ein Ort ein paar Kilometer von Varanasi entfernt. Buddha hat da seine erste Predigt gehalten.

Dann bin ich ein paar Tage wegen des Yoga-Retreats offline, nur damit du Bescheid weißt und keine Vermisstenmeldung aufgibst.

Dein

Leander

Von:	Juliane Bauer <abeee@hotmail.com>
Betreff:	**Immer schön ausatmen**
Datum:	10. November 2013 19:34:36 MEZ
An:	Leander R. <leander_r@gmx.de>

Lieber Leander,
und was wäre, wenn ich doch eine »Vermisst«-Meldung mit deinem Foto darauf herausgäbe?

Ach Leander, ich bin so glücklich für dich, du wirkst so befreit. Ich habe mir wirklich Sorgen um dich gemacht. Aber jetzt ist alles klar wie Ganges-Wasser.

Trink so viel Wasser aus dem Fluss, wie gut für dich ist! –

Das ist wohl ein dummer Ratschlag, also vergiss das mit dem Wasser und trink Reiswein oder was man eben in Indien so trinkt, um das Glück zu verlängern.

Bitte schicke mir unbedingt Bilder, ganz viele und in allen Farben! Und schreib sofort, wenn du wieder in Istanbul bist.

Deine Juliane

Von:	Leander R. <leander_r@gmx.de>
Betreff:	**Re: Immer schön ausatmen**
Datum:	16. November 2013 22:18:33 OEZ
An:	Juliane Bauer <abeee@hotmail.com>

Hallo Juliane,
bin wieder zurück, und schon nach zwei Tagen fühle ich mich wieder wie gelähmt. Im hektischen, chaotischen Istanbul. Aber das hier ist kein produktives Chaos wie in Indien. Vielleicht hätte ich tatsächlich Ganges-Wasser trinken sollen … Das Yoga-Retreat war ein Griff ins Klo. Von Europäern geführt, so etwas muss ja schiefgehen. Aber Varanasi war alles wert.

Ich habe dir noch eine Geschichte mitgebracht. Sie wird dir bestimmt gefallen. Falls du noch einmal eine Ausstellung wie die letzte machst und dafür einen Text schreiben musst, kannst du sie gerne verwenden. Voraussetzung: Mein Name darf natürlich nicht fallen!

Im Flugzeug zurück in die Türkei saß ich neben einem

jungen Inder, Anfang zwanzig maximal. An seiner Markenkleidung konnte man erkennen, dass er reiche Eltern haben muss. Er studiert hier irgendwas mit Economy. Für meinen Geschmack war er ein bisschen zu aufgedreht, das hat er wohl schon von den Türken übernommen.

Als er erfahren hat, dass ich Deutscher bin, ist er fast ausgeflippt. Er lernt nämlich seit einem Jahr Deutsch und möchte ein Auslandssemester in Frankfurt machen. Und das alles nur, weil er unglücklich verliebt ist. Er hat seine Angebetete vor anderthalb Jahren auf Goa kennengelernt. Sie haben sich drei Wochen lang wunderbar unterhalten. Ganze Nächte lang, behauptet er. Sonst wäre angeblich nichts gelaufen, kein Kuss, nur eine flüchtige Umarmung bei der Verabschiedung. Das hat er mehrfach betont. Wer's glaubt…

Letzten Dezember kam sie wieder nach Indien, diesmal für fünf Tage. Wieder dasselbe: nächtelanges Reden. Seitdem chatten sie regelmäßig, ebenfalls stundenlang. Ihr gemeinsames Interesse – ab hier bin ich nicht ganz sicher, ob ich es richtig verstanden habe – ist die Astrophysik! Mit einem Hang zum Astrologischen. Sie schicken sich gegenseitig Artikel und Diagramme von Planetenkonstellationen, die beweisen sollen, wie abhängig unser Schicksal von den Sternen ist. Der junge Mann ging davon aus, dass ich wüsste, wovon er sprach. Und ich wollte ihm nicht die Illusion nehmen, dass jeder Deutsche Hobbyastrologe ist.

Vor einem Monat hat er seiner Angebeteten einen zehnseitigen Brief geschrieben. Ohne mit einem einzigen Wort seine Gefühle zu bekennen. Schließlich weiß er nicht, ob diese erwidert werden. Antwort bekam er bislang keine. Die einzige Reaktion war, dass sie auf Facebook ein Foto von ihm und sich gepostet hat. Nun bat er ausgerechnet mich, ihm das zu erklären. Ich müsste doch wissen, was das in Deutschland bedeutet.

Hoffentlich gibt dir mein verliebter Inder etwas, denn sonst habe ich heute nichts zu bieten.

Eine gute Nacht

Leander

Von: Juliane Bauer <abeee@hotmail.com>
Betreff: **Dr. Juliane rät**
Datum: 18. November 2013 19:34:36 MEZ
An: Leander R. <leander_r@gmx.de>

Lieber Leander,
was für eine bezaubernde Geschichte! (Irgendwie kommt sie mir bekannt vor.) Natürlich muss dein verliebter Inder ihr weiterschreiben. Selbst dann muss er tapfer weiterschreiben, wenn er es zunächst nur für sich macht. Vielleicht dauert es, bis sie sich wieder meldet. Vielleicht trifft er zwischendrin eine andere Frau. Vielleicht meldet sie sich nie wieder. Aber dennoch muss er schreiben! Es gibt gar keine Alternative. Er muss sich hinsetzen und alles festhalten, egal wie spät es ist. Egal wie müde er ist. Manche Sätze wird er immer wieder neu hinschreiben und wieder löschen. Bis endlich etwas dasteht, was wahr ist. Er darf nicht aufgeben. Du weißt doch: Die Liebe währet ewiglich.

Vielleicht ist sie gerade erschlagen von den zehn Seiten,

vielleicht hat ihr kleiner Bruder den Brief als Malvorlage benutzt, vielleicht steht ihr Haus unter Wasser, und die Briefe treiben den Main runter… es gibt so viele Möglichkeiten. Das lässt alles offen. Feige wäre nur, wenn er sich dem nicht stellt, dieser Unsicherheit. Vielleicht schreiben sie sich 2025 dann wieder und lernen sich noch mal ganz neu kennen.

Das bitte ich, ihm mitzuteilen.

Juliane

Von:	Juliane Bauer <abeee@hotmail.com>
Betreff:	**endlich unabhängig!**
Datum:	18. November 2013 21:57:23 MEZ
An:	bianca <kontakt@familieschrom.de>

Liebe Bianca,
das scheint mein Glücksmonat zu werden! Agnes, die mir immer mein Horoskop vorliest, hat so etwas schon prophezeit. Heute Morgen habe ich im Bad Flamenco getanzt, seit Jahren zum ersten Mal. Und es hat sich großartig angefühlt. Und es war mir egal wie es aussieht! Gut, dass wir damals keinen Bauchtanzkurs gemacht haben, meinen Bauch würde ich niemandem mehr zeigen wollen.

In der Galerie geht es hoch her, seit ein reicher Russe eine astronomische Summe für die Bilder von Phantom gezahlt hat. Das hat sich in der kleinen Kunstwelt schneller rumgesprochen, als mir lieb ist.

Der Russe wollte nicht einmal verhandeln, sondern hat

den genannten Preis akzeptiert. Nur hat sich die Vertragsausgestaltung zwischen seinem und meinem Steuerberater etwas hingezogen. Aber Schwamm drüber, jetzt ist alles unter Dach und Fach.

Mit dem Käufer habe ich mich die ganze Zeit gut verstanden. Er hat nur eine einigermaßen ungewöhnliche Bedingung gestellt, die mich kurzfristig irritiert hat. Er möchte dem Künstler nicht begegnen. Normalerweise ist es üblich, dass sich der Mäzen mit seinem Protegé fotografieren lässt. Nicht in diesem Fall. Ich musste sogar einen Vertrag unterschreiben, dass ich jeden Kontakt unterbinde.

Heute Morgen hat eine Spedition die Bilder abgeholt. Nun sind alle Wände leer. Als ich alleine in der Galerie stand, sind mir die Tränen gekommen. Anscheinend haben die Bilder auch etwas mit mir gemacht.

Seit diesem Verkauf rennen mir junge Künstler die Bude ein. Viele scheinen über Nacht ihre SM-Natur entdeckt zu haben. Da entstehen dann Bilder von Vorgängen, die man sich ungern übers Sofa hängen möchte. Wobei manches auch wirklich fantasievoll ist: Eine zieht Schaufensterpuppen Ganzkörperlatexanzüge an. Die Objekte legt sie auf den Boden. Den Bauch hat sie ausgehöhlt und pflanzt darin Blumen. Dadurch bekommt das Ganze etwas rührend Spießiges. Ich habe mich aber doch dagegen entschieden. Auch weil ich meinen Ruf als Galeristin nicht in dieser Richtung festlegen möchte …

Wo ich gerade dabei bin: Wolltest du dir nicht den Ruf als die beste Finca-Vermieterin Mallorcas aufbauen? Mein Bruder steht nach wie vor für die Programmierung der Homepage bereit.

Grüß mir die ganze Familie, Federico, Teresa und Carla, den kleinen Sonnenschein. Und Daniel natürlich, den großen Sonnenschein.

Auswandern hätte etwas. Wie macht man das eigentlich mit der Krankenversicherung und so? Und mit den Steuern? Du hast dich da doch bestimmt schon schlaugemacht. Ich werde dir bei Gelegenheit erklären, warum mich das gerade so interessiert. Aber nicht per Mail.

Auf bald, deine

Juliane

Von:	bianca <kontakt@familieschrom.de>
Betreff:	**Re: endlich unabhängig!**
Datum:	20. November 2013 15:40:08 MEZ
An:	Juliane Bauer <abeee@hotmail.com>

GLÜCKWUNSCH!
Man muss nur Geduld haben. Wie ich immer sage: Wer nicht wagt, bleibt blind. Oder so ähnlich.

Grad auf dem Weg zum Kinderarzt …

Das mit der Homepage müssen wir unbedingt noch vor der nächsten Saison angehen, obwohl wir bereits gut gebucht sind dank Mundpropaganda.

Wohin willst du denn auswandern?

Bin total gespannt.

Besos B

Von: Juliane Bauer <abeee@hotmail.com>
Betreff: **Eine Frage**
Datum: 22. November 2013 19:21:22 MEZ
An: Leander R. <leander_r@gmx.de>

Lieber Leander,
endlich mal gute Nachrichten: Um mein finanzielles Überleben brauche ich mir vorerst keine weiteren Gedanken mehr zu machen. Das gibt einem ein wunderbares Gefühl der Freiheit.

Ich überlege in meinem Übermut sogar, ob ich nicht größere Räume für eine größere Galerie anmieten soll. Meine Freundin Agnes kennt jemanden, der jemanden kennt … Das wäre allerdings in Berlin-Mitte. Was den Vorteil hätte, mitten im Geschehen zu sein, und den Nachteil, dass ich jeden Tag mehrere Stunden in den öffentlichen Verkehrsmitteln verbringen müsste. Das ideale Sprungbrett für eine internationale Galeristenkarriere.

Deine Juliane

P.S. Was machst du eigentlich am kommenden Wochenende? Vielleicht kommt ja jemand spontan in Istanbul vorbei. Von wegen nicht nur Briefe schreiben, siehe dein verliebter Inder …

Von: Leander R. <leander_r@gmx.de>
Betreff: **Re: Eine Frage**
Datum: 24. November 2013 15:01:51 OEZ
An: Juliane Bauer <abeee@hotmail.com>

Hallo Juliane,
für das kommende Wochenende habe ich noch keine Pläne. Warum fragst du? Ich werde frühestens über Silvester wieder nach Deutschland fliegen können. Die Kollegen haben alle Kinder, deswegen muss ich Weihnachten hier sein. Aber das finde ich nicht schlimm. Familienfeste waren noch nie mein Ding.

Hier ist noch nie jemand spontan vorbeigekommen. Auch das spricht nicht gerade für die Türkei! Wahrscheinlich werde ich also wie jedes Wochenende gar nichts tun. Wobei ja nicht einmal das in diesem Moloch möglich ist. Mehr als in seiner Wohnung rumzuhängen oder sich durch geschmacklose Shoppingmalls drängen zu lassen, geht eh nicht.

Glückwunsch noch zum Verkauf der Bilder. Das ist bestimmt ein gutes Gefühl, wenn man etwas geschafft hat und komplett neu starten kann. Hoffentlich ist es bei mir auch bald so weit. Jetzt muss ich aber erst mal einen Bericht vorbereiten. Den in Berlin wahrscheinlich keiner lesen wird. Aber Hauptsache, mein Abend ist versaut. Manchmal frage ich mich, was das alles soll. Vielleicht hast du recht, und man sollte wirklich abenteuerlustiger sein. Mir fehlt dazu der Antrieb.

Das Einzige, was ich sicher weiß: Ich schwöre bei allem, was mir heilig ist. Heute in einem Jahr, spätestens in vier (bei der übernächsten Station) bin ich in Asien.

Ich schwöre. Beste Grüße, L

Von: Juliane Bauer <abeee@hotmail.com>
Betreff: **Freitag**
Datum: 26. November 2013 14:12:42 MEZ
An: Leander R. <leander_r@gmx.de>

Lieber Leander,
ich weiß, es ist verrückt. Aber gerade habe ich einen Flug nach Istanbul gebucht. Einfach so. Wenn ich das so hinschreibe, wirkt es gar nicht so todesmutig, wie es ist. Bitte fühle dich nicht unter Druck gesetzt, aber vielleicht hast du Zeit und Lust auf einen Kaffee und magst mir ein bisschen die hässliche Stadt zeigen?

Natürlich habe ich auch schon ein Hotel. Keine Sorge, es ist nicht direkt am deutschen Konsulat, aber mit der U-Bahn nur ein paar Stationen entfernt. Das behauptet zumindest Google maps. Ich kopiere jetzt einfach die Adresse in die Mail:

The Marmara Şişli Fulya Mh. Ortaklar Caddesi No:30, Ortaklar Cd., 34834 Şişli/İstanbul – Die Fotos sehen ganz gut aus …

Ich hoffe, du freust dich nach dem ersten Schreck auch ein bisschen, und es klappt mit einem Wiedersehen, anders als in Berlin vor ein paar Monaten …

Deine aufgeregte Juliane

Von: Juliane Bauer <abeee@hotmail.com>
Betreff: **Nochmal wegen heute**
Datum: 29. November 2013 08:13:01 MEZ
An: Leander R. <leander_r@gmx.de>

Hallo Leander,
ich bin ein bisschen beunruhigt, nichts von dir zu hören. Wahrscheinlich war es wirklich eine Schnapsidee. Trotzdem breche ich jetzt zum Flughafen auf. Wie schon gesagt: Ich würde nur einfach gern mal mit dir am Meer einen Kaffee trinken.

Ich habe mir gleich drei Stadtführer über Istanbul gekauft. Bis ich die durchhabe, ist die Woche eh um. Also mach dir keinen Stress. Zur Sicherheit hier noch mal meine Handynummer 0049-151-8764524.

Und falls es nicht klappt, wäre es wirklich nicht schlimm. Du hast so viel von der Stadt geschrieben, dass ich sie einmal mit eigenen Augen sehen möchte. Bestimmt gibt es auch ein paar schöne Ecken. Das behaupten zumindest alle, die schon einmal dort waren, also hauptsächlich das Vermieterehepaar und meine beste Berliner Freundin Agnes. Außerdem stand Istanbul eh auf meiner Urlaubsliste …

Hoffentlich bis ganz bald,
deine
Juliane

Von: Juliane Bauer <abeee@hotmail.com>
Betreff: **verzweifelt**
Datum: 29. November 2013 20:08:13 OEZ
An: bianca <kontakt@familieschrom.de>

Liebe Bianca,
es könnte sein, dass ich gerade im größten Fehler meines Lebens feststecke. Ich bin nämlich nicht in Berlin, sondern seit 16.34 Uhr – halt dich fest! – in Istanbul. In der Türkei. Am Bosporus, dem Ende der Welt – oder zumindest dem von Europa. Und das alles wegen dieses Mannes, den ich vor 300 Jahren in Paris kennengelernt habe. Bei unserer Flamenco-Reise, erinnerst du dich noch? Irgendwie passt die Geschichte zu mir. Dass sie erst siebzehn Jahre später ihren Höhepunkt findet. Ich war eben schon immer eine Spätzünderin in Liebesdingen.

Leander und ich haben uns danach leider gleich wieder aus den Augen verloren. Vor einem Dreivierteljahr hat er mir geschrieben, und daraus hat sich eine sehr zarte Korrespondenz entwickelt. Du kannst dir gar nicht vorstellen, wie ich mich jeden Abend auf meinen Laptop gefreut habe. Und du weißt, wie anfällig ich für E-Mails bin. Er ist der einzige Mann, der richtig schön ausführlich schreibt.

Er arbeitet hier beim deutschen Konsulat und wird bestimmt mal Außenminister oder Chef von der UN. Korrekt und pflichtbewusst. Ein Beamter, wie er im Buche steht, aber einer von den guten. – Das klingt jetzt nicht wirklich nett, oder? Dabei ist er durch und durch Diplomat. Einer, dem man ohne nachzudenken sein Land anvertrauen würde. London würde zu ihm passen oder Paris. Kein Wunder, dass er in der Türkei nicht glücklich ist. Ich weiß, Skype sei Dank, wie penibel er seine Hemden bügelt. Das passt einfach nicht zum Chaos auf den Straßen.

Und da wir uns nicht ewig nur E-Mails schreiben können, bin ich relativ kurz entschlossen nach Istanbul geflogen. Hoffentlich freut er sich auf den Überraschungsbesuch. Zumindest die Überraschung ist mir gelungen. Er war am Telefon völlig sprachlos. Heute hat er leider keine Zeit, irgendein wichtiger Besuch. Um die Frage gleich zu beantworten: Ja, ich war enttäuscht. Aber mittlerweile bin ich alt genug, um zu akzeptieren, dass nicht jeder gleich alles fallen lassen kann, nur weil ich dastehe und winke.

Wir haben uns für morgen am Bosporus verabredet. Das wird dann hoffentlich ausgleichend romantisch. Tee-Garten hat er das Café genannt. Ist das nicht wundervoll?

Noch ein Geständnis. Ganz so abgeklärt, wie das jetzt klingt, bin ich nicht. Im Gegenteil, eigentlich bin ich einigermaßen nervös. So etwas habe ich noch nie für einen Mann gemacht. Normalerweise hätte er nach Berlin kommen müssen. Ist er auch schon, nur war ich damals wegen der Taufe bei dir auf Mallorca und nicht daheim. Das Leben macht es wirklich manchmal kompliziert.

Schreib bitte! Im Hotel habe ich Internetanschluss, und alleine traue ich mich bei Dunkelheit nicht mehr raus. Oder ist das rassistisch?

Deine Juliane

Von:	bianca <kontakt@familieschrom.de>
Betreff:	**Re: verzweifelt**
Datum:	24. November 2013 23:15:33 MEZ
An:	Juliane Bauer <abeee@hotmail.com>

Liebes Julchen,
was, du bist in Istanbul? Reschpekt! Und dann noch wegen eines Traumprinzen! Wow. Da kann man eigentlich nur sagen: Super, dass du in unserem Alter deinen Hintern noch hochkriegst. Andere hängen nur mehr auf dem Sofa herum oder versuchen verzweifelt, einen Termin beim Zahnarzt für ihr quengelndes Kind zu kriegen … Also meinen Segen hast du, egal was der Verstand sagt. Und egal wie die Sache ausgeht.

Grad fällt mir was ein. Schicksal! Erinnerst du dich an den Türken, der damals mit in Paris war? Ich habe leider seinen Namen vergessen. Mustafa oder so ähnlich? Der hat das doch alles vorausgesehen. Ich meine sogar, dass er dir das damals in deinem Kaffee gelesen hat. Man sollte sich so etwas gleich aufschreiben. Er sagte doch, dass du hartnäckig um deine große Liebe kämpfen sollst und dass du in Istanbul heiraten wirst. Ist das nicht fast schon gespenstisch, wie sich alles erfüllt? Hat nur relativ lange gedauert.

Ich drück dir so die Daumen, dass es endlich der Richtige ist. Das klingt sooooo gut. Und du hast es wirklich verdient. Ich habe ein gutes Gefühl. Wo werdet ihr heiraten? Wie viele Frauen hat er schon? Kleiner Scherz. Lebt er für immer in der Türkei? Meine Juliane, die Frau Botschafterin. Trägst du schon ein Kopftuch? Ich bin ja so aufgeregt. Und wenn es der Richtige ist, kann man ihm auch gut mal ein paar Kilometer entgegenkommen. Da bricht niemandem einen Zacken aus dem Prinzessinnenkrönchen. Und gut, dass es kein Türke ist, sonst würde er es wahrscheinlich eher abturnend finden, dass du die Initiative übernimmst. Aber bei deutschen Männern geht es nicht anders.

Bia

Und du musst mir natürlich unbedingt nach dem ersten Treffen schreiben. Ich möchte alles wissen. Hoffentlich hat er keine Glatze! Für einen Mann mit Glatze braucht niemand nach Istanbul zu fliegen! Aber alles in allem habe ich wirklich ein gutes Gefühl.

Ne, der hat keine Glatze, zumindest jetzt noch nicht.

Ich bin ja so aufgeregt!!!

Von: Juliane Bauer <abeee@hotmail.com>
Betreff: **noch verzweifelter**
Datum: 30. November 2013 19:11:11 OEZ
An: bianca <kontakt@familieschrom.de>

Liebe Bianca,
deine Mail hat mir richtig gutgetan. Ich habe meinen Botschafterprinzen leider immer noch nicht gesehen. Das heutige Treffen hat er wieder verschoben auf morgen. Das ist nicht so schlimm, ich bleibe bis kommenden Freitag. Außerdem hat er sich glaubhaft oft entschuldigt. Aber irgendwas will die deutsche Regierung ganz plötzlich von ihm. Irgendeinen Bericht

über die Lage in der Türkei, und das bis heute Abend. Staatsgeschäfte gehen natürlich vor. Ich fühle mich schon wie bei den Obamas! Außerdem sagt er, dass es in der Türkei eh kein klassisches Wochenende gibt. Selbst nach dem Tee morgen muss er noch mal ins Konsulat. Aber das ist nicht weit, sagt er. Immerhin hat er für heute ein Lokal in der Nähe des Hotels rausgesucht und dort einen Tisch für mich reserviert.

Es bleibt also spannend. Dafür habe ich das Touristenprogramm jetzt durch und könnte Teppiche für ein ganzes Einrichtungshaus zu unschlagbaren Preisen haben. Die Hagia Sofia und die Blaue Moschee liegen praktischerweise gar nicht weit auseinander. Die Kuppel hatte ich mir allerdings großartiger vorgestellt. Mit dem Petersdom kann sie es jedenfalls nicht aufnehmen. Und in dem Großen Basar waren wir Touristen unter uns. Und unter den Händlern, die mich immer sofort als Opfer identifizieren. Versuchshalber habe ich mir sogar ein Kopftuch umgebunden, aber das hat überhaupt nichts genützt. Auch nicht, dass ich tonnenweise Kühlschrankmagneten mit dem blauen Auge gegen den bösen Blick gekauft habe. Am Nachmittag bin ich sogar mit der kleinen roten Straßenbahn durch die Fußgängerzone gezuckelt, nachdem ich auf dem Galata-Turm war und von dort aufs Marmarameer sehen konnte. Aber so richtig bei der Sache war ich nicht.

Ach Bianca! Wenigstens habe ich meinen Laptop mitgenommen. Und im Hotel gibt es WLAN, so kann ich am Morgen im Bett die taz lesen. Ansonsten gibt es über das Hotel nicht viel Positives zu sagen, nicht mal, dass es mit der U-Bahn gut zu erreichen ist. Und dass ich einen Verehrer an der Rezeption habe.

Ehrlich gesagt, habe ich schon die Flüge nach Berlin rausgesucht. Aber kurz vor Schluss aufgeben? Ich weiß nicht. Dafür steht zu viel auf dem Spiel.

Jul

Von:	bianca <kontakt@familieschrom.de>
Betreff:	**Re: noch verzweifelter**
Datum:	30. November 2013 22:32:11 MEZ
An:	Juliane Bauer <abeee@hotmail.com>

Julchen,
jetzt mach dir mal nicht ins Hemd. Das klappt schon mit eurem Treffen. Nach so vielen Jahren kommt es auf ein paar Tage auch nicht mehr an. Die ganze Geschichte klingt zu gut, um kein Happy End zu haben. Aber Geduld war noch nie deine Stärke, wie ich mich gut erinnere. Zumindest nicht bei Männern.

Währenddessen kannst du ja Bauchtanzkostüme für eure Hochzeit anschauen. Ich als Brautjungfer brauche schon mal eines. Aber bitte nicht in Lila! Ich hasse Lila. Dann schon eher schweinchenfarben. (Ich habe ein wenig im Internet recherchiert!)

Also, halt die Ohren steif.

Drück und knuddel dich

Deine Bibi, auf dem Weg zum Kinderzahnarzt

Und vergiss nicht, mir gleich danach zu schreiben!

Von:	Juliane Bauer <abeee@hotmail.com>
Betreff:	**am verzweifeltsten**
Datum:	1. Dezember 2013 18:56:21 OEZ
An:	bianca <kontakt@familieschrom.de>

Er ist nicht gekommen.
Eine Stunde habe ich in dem verdammten Café am Bosporus gewartet.

Ich weiß gar nicht, wie viele von den kleinen Gläschen Tee ich getrunken habe.

Du kannst gar nicht glauben, wie sauer ich bin.

Was für ein Arschloch!

So etwas macht man nicht. Er hätte doch wenigstens kurz vorbeikommen können!!! Das ist so feige.

Dann habe ich ihn in der Arbeit angerufen. Da musste er rangehen, es hätte ja auch Frau Merkel sein können. Es war ihm peinlich, immerhin! Er hat gesagt, dass er sich in die Ecke gedrängt fühlt »mit deinem Überraschungsbesuch«. Schon wie er das gesagt hat, habe ich mich vor mir selbst geekelt. Warum habe ich nicht gleich verstanden, was für ein Feigling das ist? So ein Langweiler. All die Zeichen. Der wollte nie etwas von mir, das habe ich blöde Kuh mir alles nur eingebildet.

Und in dieser Scheißstadt will ich auch keine Sekunde länger bleiben. Alle betrügen mich oder schauen mich an, als wäre ich ein Stück Fleisch.

Ich hasse die Türkei.

Ich hasse das deutsche Konsulat.

Ich hasse mich.

Und alles, obwohl es wie ein Märchen angefangen hat, damals in Paris – und jetzt so banal endet! Gibt es denn gar keine Gerechtigkeit? Was ist nur mit mir los?

Juliane

Warum macht man im Leben dauernd dieselben Fehler? Lernt man denn gar nichts dazu? Wie oft werde ich in diese von mir selbst gegrabene Falle noch hineinstürzen?

Von:	bianca <kontakt@familieschrom.de>
Betreff:	**Re: am verzweifeltsten**
Datum:	1. Dezember 2013 19:01:42 MEZ
An:	Juliane Bauer <abeee@hotmail.com>

DRÜCKE DICH!!!

Immerhin weißt du inzwischen, dass es immer dieselben Fehler sind! Das ist auch schon was wert.

So ist das mit der Liebe doch immer. Man trifft jemanden, und irgendwann geht es wieder auseinander, weil man sich nichts mehr zu geben hat. Aber etwas bleibt. Und selbst wenn es nur eine schöne Erinnerung ist. Oder zumindest das Gefühl, alles versucht zu haben. Und das hast du. Genau deshalb bin ich stolz auf dich. Viele hätten sich das nicht getraut.

Eines Tages wird er schon merken, wen er sich durch die Lappen hat gehen lassen. Aber dann ist es zu spät. Versprich mir nur hoch und heilig, dass du dich dann nicht wieder weichklopfen lässt.

So ein Waschlappen.

Denk ganz fest an dich! Du musst es mir versprechen! Sofort, denn ich kenne dich ein bisschen. Fall ja nicht mehr auf den rein!

Deine Bianca

Von: Juliane Bauer <abeee@hotmail.com>
Betreff: **geht so**
Datum: 2. Dezember 2013 20:12:31 OEZ
An: bianca <kontakt@familieschrom.de>

Liebste Bibi,
bin immer noch hier in dieser kalten Stadt, weil ich mich nicht aufraffen kann, zum Flughafen zu fahren und meinen Flug umzubuchen. Noch dreieinhalb Tage! Meiner geht erst am Freitagabend. Eine Woche Istanbul im Dezember, was habe ich mir nur dabei gedacht?

Stattdessen hocke ich in meinem Hotelzimmer und habe den ganzen Tag damit verbracht, die E-Mails vom Beginn dieser unseligen Bekanntschaft zu lesen. Um herauszufinden, ob ich mir wirklich von Anfang an etwas eingebildet habe. Ich weiß, dass das nichts bringt und nur wehtut, aber was soll ich sonst machen?

Wusstest du schon, dass so ein Programm alle gesendeten E-Mails aufhebt, damit man sich irgendwann über sich selbst ärgern kann? Wahrscheinlich sollte ich die auch löschen. Vor allem die von damals, als man noch naiv war und dachte, mit Beharrlichkeit bekommt man das, was einem zusteht.

Es ist zum Heulen und Lachen. Warum habe ich alle Zeichen übersehen? Es gab genug davon. Zweieinhalb Tage Paris … Vierzehn Jahre habe ich unbewusst davon geträumt, wenigstens die drei vollzubekommen. Dabei hat alles so wunderschön begonnen, im Garten des Palais Royal, in der Oper, in einem winzigen Apartment im Marais …

Schon damals hätte er doch nach Tübingen fahren können. Paris –Tübingen wäre nicht so weit gewesen wie Berlin – Istanbul. Aber wahrscheinlich musste es so kommen, und ich kann viel für mein Leben daraus lernen. Nur was? Bitte jetzt keine Lebensweisheiten!

Jul

Von:	bianca <kontakt@familieschrom.de>
Betreff:	**Re: geht so**
Datum:	2. Dezember 2013 19:45:03 MEZ
An:	Juliane Bauer <abeee@hotmail.com>

Her mit den Mails! Ich möchte wissen, wer dir das angetan hat! Also ich meine natürlich nur, wenn du magst. Aber interessieren würde es mich wahnsinnig.

Platze vor Neugier! B

Von: Juliane Bauer <abeee@hotmail.com>
Betreff: **Re: Re: geht so**
Datum: 2. Dezember 2013 21:09:40 OEZ
An: bianca <kontakt@familieschrom.de>

Ok, ich schicke dir die vom Beginn, damit du mir glaubst. Paris ff. Aber nur, wenn du versprichst, nicht mit mir zu schimpfen. Das tue ich selbst genug. Ich blöde Kuh! Die von diesem Jahr sind mir zu peinlich.

Morgen hast du sie.

Jul

Von: Juliane Bauer <abeee@hotmail.com>
Betreff: **Ihre Anfrage**
Datum: 3. Dezember 2013 09:11:01 OEZ
An: bianca <kontakt@familieschrom.de>

Sehr geehrte Frau Schrom,
hiermit erhalten Sie als angehängte Word-Datei wie gewünscht die völlig sinnlosen Juliane-E-Mails aus einer längst vergessenen Epoche zur unfreundlichen Kenntnisnahme. Mehr gibt es wie gesagt nicht, alles für immer gelöscht! Überlebt hat sonst nur die Korrespondenz mit meinem hochverehrten Bruder. Doch die enthält erhellende Nebenaspekte, auch wenn sie keine literarische Meisterleistung darstellt. Und die Mails an dich lasse ich weg, denn die kennst du ja bereits.

Dann werden Sie sehen, dass die Verfasserin schon als junge Frau kein gutes Händchen mit Männern hatte. Die aus jüngster Zeit erspare ich dir und mir. Besser gesagt, ich kann sie niemandem mehr schicken, weil ich sie gelöscht habe. Hoffentlich lerne ich wenigstens dieses Mal, dass man sich sein Glück nicht mit E-Mails erschreiben kann, sondern nur die Sehnsucht danach.

Ich schicke auch noch ein paar andere aus diesem Zeitalter mit, damit du siehst, dass ich schon immer eine dumme Gans war in der Gesellschaft von Männern!

Über den Charakter des Herrn, dessen Namen ich nie mehr aussprechen werde, wirst du nicht viel erfahren. Vielleicht hätte mich genau das stutzig machen sollen, er hat sich mir gegenüber nie geöffnet. Oder er hatte von Anfang an kein Interesse an mir. Ich bin so unendlich blöde.

Hochachtungsvoll

Ihre übernächtigte Heulsuse vom Bosporus, die überhaupt nicht einsieht, warum sie wegen diesem A – – – ihren Urlaub abbrechen sollte. Ich bleibe hier!

P.S. Spoileralarm! Die Kaffeesatz-Weissagung von deinem geliebten Erol (so hieß unser Türke in der Flamenco-Gruppe!) in Paris war FALSCH!!! Und ich hab es damals schon gewusst, dass er keine Ahnung von meiner Zukunft hat, siehe Mail vom 27.4.1999.

Von: Juliane Bauer <abeee@hotmail.com>
Betreff: **Grüße vom Bosporus**
Datum: 3. Dezember 2013 22:20:16 OEZ
An: Robert Bauer <robert@bauer.de>

Liebes Brüderchen,
kurz entschlossen habe ich mir eine Woche von der Galerie freigenommen und bin nach Istanbul geflogen. Die Stadt stand schon immer auf meiner Liste. Eigentlich hatte ich gedacht, es wäre hier wärmer als in Berlin. Das war aber ein Trugschluss, wie so vieles im Leben.

Anyhow, heute hatte ich eine wunderbare Begegnung am Bosporus. In einem der drei Cafés am Ausgang des Fünikülers (witziges Wort) habe ich eine elegante Dame kennengelernt. Sie trug eine Winterjacke wie die feinen Damen in Italien. Und eine lila Sonnenbrille, die hat mich sofort für sie eingenommen. Wir haben uns einen ganzen Nachmittag auf Englisch unterhalten. Ihre Geschichte ist wirklich unglaublich. Ganz habe ich es nicht verstanden, aber es ging um ihre Rente. Die wurde ihr willkürlich gekürzt, oder ihre Ansprüche. Jedenfalls hat sie es als Einzige in der ganzen Türkei gewagt, den Staat wegen Misswirtschaft oder Korruption zu verklagen. Das Fernsehen hat über sie einen Beitrag gebracht, deshalb gilt sie in bestimmten Kreisen als eine Art Widerstandskämpferin. Nun wartet sie auf das Ende des Prozesses in Istanbul. Von einigen ihrer alten Freunde wird sie geschnitten, weil man so etwas angeblich nicht macht. Sich auf seine Rechte berufen. Aber sie hat auch neue Freunde gewonnen. Alles hat eben sein Gutes. So eine starke Person! Ich weiß nicht, ob ich den Mut hätte, so zu kämpfen wie sie.

Wirklich süß war, dass sie, kaum hatte ich ihr gesagt, dass ich Single bin, mich mit ihrem Neffen verkuppeln möchte. Sie besteht darauf, dass ich ihn kennenlerne, obwohl ich seine Großtante sein könnte. Er ist irgendein Twenty-something.

Sie hat ihn auch gleich angerufen und mir das Handy in die Hand gedrückt, weil er ein wenig Deutsch spricht. Ich weiß nicht, was sie ihm davor auf Türkisch gesagt hat, aber er war sehr nett. Als Erstes hat er sich für seine Tante entschuldigt. Wir haben uns jetzt für morgen Nachmittag verabredet, ganz harmlos zum Teetrinken in dem besagten Café. Und er hat mir mehrfach beteuert, dass ich das jederzeit absagen kann. Das hat mich davon überzeugt, dass er nichts im Schilde führt. Denn ich denke gar nicht daran abzusagen! Ich möchte etwas erleben, Menschen kennenlernen. Leben!

Mach dir keine Sorgen, mir geht es gut,

deine Juliane

Von: bianca <kontakt@familieschrom.de>

Betreff: **Re: Ihre Anfrage**

Datum: 4. Dezember 2013 07:33:47 MEZ

An: Juliane Bauer <abeee@hotmail.com>

Liebste Juliane,

du bist schuld, dass ich aussehe wie ein Zombie. Sagt zumindest mein Sohn. Ich habe mir die Nacht mit deinen Mails um die Ohren geschlagen. Bin durch! Wir müssen unbedingt telefonieren, sobald du wieder in Deutschland bist. Bis dahin bereite schon mal alle Kontaktdaten von Milan vor! Kann ich ihm mailen? Was für ein Mann, den will ich haben. (Über den anderen brauchen wir kein Wort mehr zu verlieren, das war doch nach der ersten Mail klar, dass du da was reininterpretiert hast.) Eigentlich bin ich froh, dass ich die aktuellen Mails nicht lesen muss. Wahrscheinlich hätte ich mich nur über dich aufgeregt. Aber Milan! Für den würd ich sogar durchbrennen und die Kinder sitzen lassen (na ja). Da können alle anderen einpacken. Will alles über den wissen!

Aber trotzdem, du schreibst zu viele Mails! Das liest sich ja streckenweise wie ein Telefonbuch im Internetzeitalter. Und permanent fragt man sich, warum du diesem A – – – wie ein jammeriger Leierkasten damals andauernd geschrieben hast. Vor allem, da wir ja jetzt wissen, dass er es absolut nicht wert war. Aber immerhin gibt es einen Lichtblick. Was sag ich, einen fetten Sonnenaufgang. MILAN I LOVE YOU!

Ok, am Ende war er nicht ganz gerecht zu dir, aber was er über diesen Beamtenfuzzi schreibt, stimmt ja wohl bis aufs i-Tüpfelchen. Und mit seiner ersten Mail hatte er ja so Recht: Schau niemals zurück! – Das wirkt fast wie eine Prophezeiung! Irgendwie hat er dich total durchschaut. Genau das macht ihn so sexy.

Bianca

Wahrscheinlich hat Erol ihn gemeint! Also hatte er doch Recht mit dem Typen mit den großen Kulleraugen. Schreib Milan sofort eine von deinen langen Mails!

Von: Juliane Bauer <abeee@hotmail.com>
Betreff: **Re: Re: Ihre Anfrage**
Datum: 4. Dezember 2013 19:14:42 OEZ
An: bianca <kontakt@familieschrom.de>

Liebe Bianca,
wie schön, dass du meine verzweifelten Mails »streckenweise« gelesen hast wie ein Telefonbuch. Auch wenn ich nicht weiß, ob das jetzt ein Kompliment ist. Schade nur, dass dir ausgerechnet Milan am besten gefallen hat. Dabei hätte ich es mir denken können. Eigentlich überrascht mich das nicht, dass du gerade ihn aufregend findest. Und nicht dieses xxx, wegen dem ich hier rumhänge! Oder wenigstens Patrick, mit dem war ich immerhin sechs Jahre verheiratet. (Ok, der kommt in dieser Korrespondenz auch nur als Randfigur vor. Die Mails mit ihm waren rein offiziell und deshalb nicht aufhebenswert. Das kommt davon, wenn man einen Kollegen heiratet.)

Immerhin habt ihr euch damals bei der Hochzeit in Oberhausen in echt kennengelernt.

Ja, die Männer meines Lebens.

Ich drücke mich vor der Beichte, merke ich gerade.

Also, hier ist sie: Die Beichte der zerknirschten Juliane.

MEA CULPA!

Es war einmal – nein, so wird das nichts. Ich mache es jetzt einfach kurz, kurz und schmerzlos. Auf die Gefahr, dass du mir nicht mehr nur keine Mails schreibst, sondern nie mehr mit mir redest: Also, es geht los. Schnall dich fest!

Milan gibt es nicht. Ich kann dir also seine Nummer nicht geben, und wenn du ihm schreibst, wirst du leider merken, dass ich die Adresse erfunden habe. Ich habe den ganzen Typen erfunden, aus lauter Frust. Mails lassen sich relativ problemlos fälschen. Man braucht eigentlich nur eine blühende Fantasie und ein paar kleine Weinflaschen aus der Minibar. Und den Kalender von 2001 im iPhone.

Erol hat also definitiv nicht Milan gemeint in Sachen Kulleraugen.

In der Zeit nach Paris und vor Patrick hatte ich einige Liebschaften. Ich habe aus den Typen diesen Kroaten zusammengestellt, hier und dort etwas dazugeschrieben oder vereinheitlicht oder weggelassen. »Milan« ist ungefähr die Summe meiner Affären. Und immerhin taucht Patrick, verschlüsselt zwar, am Ende der Korrespondenz auf. Quasi als Happy End, das dann langfristig auch keines war. Egal.

Ich weiß auch jetzt gar nicht, warum ich dir das eigentlich beichte. Manche Lügen sollte man mit ins Grab nehmen. Aber deine Mail klang so begeistert, dass ich ein schlechtes Gewissen bekommen habe. Und irgendwie ist es doch niederschmetternd, wenn der einzig interessante Mann meines Lebens nicht existiert!

Aber alles andere stimmt!!! Bitte glaub mir, an den anderen Mails habe ich nicht einmal ein Komma verändert. Obwohl ich in der ganzen Geschichte keine bella figura mache. Aber du kennst mich ja und kannst es richtig einordnen. Ich schwöre!!! – Na ja, vielleicht sind drei Ausrufezeichen zu viel.

Und überhaupt! So etwas kann eben passieren, wenn man eine ganze schlaflose Nacht in einem Hotelzimmer verbringt. Ich war wie im Rausch. Der echte Rausch aus der Minibar kam erschwerend hinzu.

Außerdem dachte ich, dass du mich sofort durchschauen würdest. Sonst merkst du immer sofort, wenn ich flunkere.

Hab grad noch mal über mein Werk gescrollt. Vielleicht spielst du gerade mit mir? Ich kann nicht glauben, dass du mir Milan abgenommen hast. Nicht wirklich glaubwürdig, dass die beiden sich bei der Bundeswehr kennengelernt haben. L – – – hat nur Zivildienst gemacht! Da sind bestimmt noch mehr logische Schnitzer drin, die dich hätten stutzig machen müssen.

Deine Juliane

BITTE VERZEIH MIR MILAN!

Von:	Juliane Bauer <abeee@hotmail.com>
Betreff:	**noch mal Bosporus**
Datum:	4. Dezember 2013 19:34:21 OEZ
An:	Robert Bauer <robert@bauer.de

Lieber Bruder,
auf meinem Handy habe ich gesehen, dass du angerufen hast. Mach dir keine Sorgen, mir geht es wirklich gut. Ich habe mir nur für eine Woche eine Auszeit genommen, um nachzudenken, wie es mit der Galerie und mir weitergehen soll. Das machen Frauen Ende dreißig manchmal.

Vorhin habe ich den jungen Mann getroffen, mit dem ich verkuppelt werden soll. Aber du brauchst dir keine Sorgen machen. Gar keine.

Erstens: Mirza ist erst Anfang zwanzig. – Wenn auch ein wahnsinnig süßer Kerl.

Zweitens: Er hat mir in einer Stunde ein ganzes Einführungsseminar in die politische Situation der Türkei gegeben. (Niedlich, wie er sich immer mehr in Rage geredet hat. Er war diesen Sommer einer von den Gezi-Demonstranten. Eigentlich ist er einer von den Sanften, was alles noch glaubwürdiger gemacht hat.)

Drittens: Es kam relativ schnell heraus, dass er schwul ist. Er hat immer auf sein Handy geschielt, bis ich relativ direkt gefragt habe, wem er dauernd schreibt.

Es war ihm dann sehr peinlich, aber gleichzeitig habe ich gemerkt, wie sehr es ihn erleichtert hat, endlich mal darüber reden zu können. – Und ich werde mich an meinen Schwur halten, niemals jemandem auch nur ein Wort darüber zu erzählen (außer dir, aber das zählt nicht).

Er möchte mir morgen noch etwas zeigen, was in keinem Reiseführer steht. Es gibt da einen Lotteriestand hinter der Galata-Brücke, wo man fast zwangsläufig gewinnt. Man muss sein Silvester-Lotterielos dort kaufen und schon bekommt man mehrere Millionen türkische Lira überwiesen. Ich habe Mirza nämlich erzählt, dass ich in Istanbul bis jetzt nicht so viel Glück hatte. Warum kann ich dir ja einmal in Berlin erzählen. Aber mach dir keine Sorgen!

Bin gespannt, ob es bei mir funktioniert. Geld wäre der Anfang vom Glück. Es ist zumindest das Einzige, das man zählen kann.

Deine Jul

Von: bianca <kontakt@familieschrom.de>
Betreff: **Re: Re: Re: Ihre Anfrage**
Datum: 5. Dezember 2013 10:51:02 MEZ
An: Juliane Bauer <abeee@hotmail.com>

Juliane! Was ist das denn für ein Nikolausgeschenk???

Du kannst doch nicht ausgerechnet den interessantesten Mann in deinem Leben erfinden! Ich fass es nicht. Und hast du in der Türkei wirklich nix anderes zu tun, als dir so was auszudenken?

Das ist wirklich unglaublich. Sei froh, dass du so weit weg bist. Außerdem werde ich dir niemals wieder irgendwas per E-Mail glauben.

Trotzdem: Drücke dich und pass auf dich auf.

Wenn du morgen in Deutschland landest, ruf mich an! Sofort! Damit ich dir anständig die Ohren lang ziehen kann. Hättest du nicht L erfinden können? Warum ausgerechnet Milan?

Am besten, ich glaube dir überhaupt nie mehr etwas! Das ist eine Drohung!

Du und deine blöde Mailerei. Das musste in die Hose gehen. Ausgerechnet Milan! Ich google den jetzt, vielleicht gibt es ihn ja doch, und er ist mehr als die Summe deiner Bettgeschichten. Die Hoffnung stirbt zuletzt.

Bia

Von: Juliane Bauer <abeee@hotmail.com>
Betreff: **Re: Re: Re: Re: Ihre Anfrage**
Datum: 5. Dezember 2013 18:51:47 OEZ
An: bianca <kontakt@familieschrom.de>

Bitte vergiss Milan sofort auf der Stelle in dieser Sekunde!

Ich wurde vor einer Stunde in einer Warteschlange von einem echten Türken angesprochen. Ausgerechnet vor der Lotterie, die einem Glück bringen soll! Mir pocht immer noch das Herz. Nicht erfunden! Ich schwöre!!!

Mirza (eine andere türkische Bekanntschaft, dazu später mehr) sagt zwar, man bekäme die Lose für genau diese Ziehung auch an jedem beliebigen Kiosk. Oder bei den vielen Verkäufern, die einem die Wartezeit verkürzen wollen. Doch das zählt nicht, meint Mirza.

Um nicht auf der Galata-Brücke festzufrieren, rannten wir auf die Seite mit den großen Moscheen. Laut kreischend wie ein Teenie-Fan verfolgte uns eine Möwe in der Luft, als hätten wir das Glückslos bereits in der Hand.

Die Eile brachte uns gar nichts, denn die Schlange vor dem Geschäft war mehrere Hundert Meter lang. Mirza nahm das mit vollkommenem Gleichmut. Er sagt, Geduld ist immer gut. Aber ich war schon nach wenigen Minuten komplett durchgefroren und quengelte rum.

Ausgerechnet als ich anfing, wegen der Kälte von einem Bein auf das andere zu hüpfen wie ein Huhn (keine Ahnung, ob die das in Wirklichkeit tun), habe ich ihn zum ersten Mal bemerkt, diesen Mann ungefähr drei Meter hinter uns in der Schlange. Mit einer Kapuze wie ein Polarforscher. Und einem Grinsen, das beide Pole zum Schmelzen bringt.

Dann hat er zu Mirza etwas auf Türkisch gesagt. Der nickte, und der Kapuzenmann mit den wunderschönsten Augen der Welt verschwand.

Um nach zehn Minuten mit drei Tüten voller dampfend heißer Kastanien wiederzukommen. Es waren natürlich die besten Kastanien meines Lebens.

Hoffentlich meldet er sich!

Aber es wäre wohl die gerechte Strafe des Schicksals, wenn er meine E-Mail-Adresse, die ich ihm auf seine Kastanientüte geschrieben habe, sofort in den Bosporus geworfen hat.

Ich habe nämlich seinen Namen nicht richtig verstanden. Hoffentlich ist das kein schlechtes Omen.

Bitte drück die Daumen!

Ganz ganz fest! Also so richtig fest!

Juliane

Von:	Kemal Emir <emirkemal75@gmail.com>
Betreff:	**Merhaba**
Datum:	5. Dezember 2013 18:52:19 OEZ
An:	Juliane Bauer <abeee@hotmail.com>

Hallo Juliane, wir haben treffen Stunden vor Nimet Abla Milli Piyango Bayisi. Ich war hinter dir in Schlange mit Freund Mirza. Du hast mich E-mail adress gegeben, und Ich schreibe dir! Bitte anrufen, es ist meine Handy-nummer +90 554 46157483. Handy besser than E-mail, ist nur ür alte Menschen.

Ich möchte dich viel gerne sehen wieder bevor du fliegst nach Berlin zurück!

Sehen dich bald und Entschuldigung mein Deutsch. English would be much easier!

Kemal

2015

Von: Juliane Bauer <abeee@hotmail.com>
Betreff: **Mehr E-Mails!**
Datum: 18. November 2015 10:33:45 OEZ
An: bianca <kontakt@familieschrom.de>

Liebe Bianca, beste Freundin!
Du hast vollkommen Recht. Wir sollten Facebook nicht mehr unterstützen, wenn die uns jetzt rund um die Uhr überwachen. Auch wenn ich gestehen muss, dass ich mich über deine Kinderfoto-Postings richtig freue. Hör damit bitte nicht auf! Instagram vielleicht?

Wie lange ist es wohl her, dass ich dir zuletzt so eine richtig vollwertige E-Mail geschrieben habe? Outlook behauptet: fast zwei Jahre! Was ist inzwischen nicht alles passiert. Aber das weißt du ja schon alles, du warst beim wichtigsten Moment wieder an meiner Seite …

Wahrscheinlich hast du Recht, und man verlernt nichts. Gerne versuche ich also, dir hin und wieder zu schreiben. Aber nur, wenn du auch antwortest! In angemessener Ausführlichkeit.

WhatsApp-Nachrichten gehen mir mittlerweile tatsächlich leichter von der Hand – wer hätte das gedacht? Bis auf diese dämlichen Smileys, deren Sinn sich mir noch nie erschlossen hat. Mittlerweile habe ich auch die Sorge, mit meinen E-Mails eher das Gegenteil von dem Erwünschten zu erreichen. Berechtigterweise. Du erinnerst dich vielleicht …

Also: Mein Wochenende war schön und kurz. Nun sitze

ich schon wieder an dem Schreibtisch in der türkisch-deutschen Buchhandlung. Direkt neben Croissants und anderen leckeren Dingen und versuche, mich zusammenzureißen und nicht alles aufzuessen. Irgendwie fühlt sich das gerade an wie der Beginn eines Deutsch-Aufsatzes mit dem Thema: Meine größten Sünden …

Falls du mich mal besuchen kommen willst: Die Buchhandlung liegt ein wenig versteckt, ein Haus rechts neben dem hintersten Starbucks, vom Taksim-Platz aus gesehen, in der Istiklal (das ist die Fußgängerzone mit der roten Trambahn), auf der Bosporus-Seite. Aber mit besserem Kaffee. Ganz am Ende gibt es noch einen Buchladen, der sich auf Istanbul-Bücher spezialisiert hat. Doch den ausgenommen sind wir allein auf der Fußgängermeile.

Um diese Uhrzeit sind nur ein paar eifrige deutsche Touristen unterwegs, die sich den dritten Reiseführer bei uns kaufen. Und dann vielleicht merken, dass alle voneinander abgeschrieben haben.

Ab Nachmittag hängen hier auch Studenten rum wegen des freien WLAN. Bücher kaufen sie eher sporadisch, Kaffee dafür sehr konstant. Um ehrlich zu sein: Ich habe noch nie einem Studenten ein Buch verkauft. Aber der Kaffee lässt uns überleben. Hoffentlich auch in den kalten Monaten. Das wird hart, wenn die Deutschen auf den Kanaren überwintern.

Auf der anderen Straßenseite sitzt wie jeden Tag mein Lieblingsstraßenmusiker mit seinem notorisch verstimmten Tambur und dem Schild: FIRST MONEY THEN TAKE PICTURE! Heute ist nur kaum jemand auf der Straße.

Bei der Gelegenheit halte ich Ausschau, ob mir mein Verehrer aus der U-Bahn-Station folgt. Er arbeitet als mürrischer Aufpasser an den Drehkreuzen beim Ausgang. Jeden Tag, wenn er mich sieht, gibt er mir Zeichen, dass ich nicht diese benutzen soll wie alle anderen, sondern durch den Ausgang für Kinderwagen am Rand. Den hält er mir dann mit einer Verbeugung auf. An manchen Tagen finde ich das lustig, an anderen peinlich. Gut, dass ich nur dreimal die Woche hier arbeite, sonst würde er bestimmt bald die Lust daran verlieren, mir das Gitterchen aufzureißen. Aber so bleibt mir an den anderen vier Tagen noch genug Zeit zum Fotografieren. Und bitte Daumen ganz fest drücken. Vielleicht vielleicht vielleicht machen die Nachfolger meiner Berliner Galerie die erste Ausstellung meiner Bilder. Agnes bearbeitet sie täglich dahingehend.

Muss Schluss machen. Ein Berliner Ehepaar möchte mit mir über die politische Lage in der Türkei sprechen und lässt sich auch von meinem hektischen Getippe nicht abhalten … Heute Abend sind wir auf der asiatischen Seite zum Essen eingeladen … Nein, es hat keinen Sinn. Ich muss aufhören.

Alles Liebe in die Heimat

Juliane

Von: bianca <kontakt@familieschrom.de>
Betreff: **Re: Mehr E-Mails!**
Datum: 24. November 2015 11:42:33 MEZ
An: Juliane Bauer <abeee@hotmail.com>

Hallo Juliane,
wow, Istanbul klingt nach großer Welt – vor allem verglichen mit einem Kölner Familienmuttidasein, mit einem Mann, der eigentlich mit seinem Lokal verheiratet ist. Du hast die perfekte Mischung aus *Sex and the city* und *Türkisch für Anfänger*. Verfolgst du die deutschen Nachrichten? Wenn nein, lass es besser bleiben. Es ist alles zum Einschlafen hier. Und in der Schule meiner Kinder debattieren sie jetzt seit drei Monaten, ob die Mädchen während der Renovierung der Toiletten auf die der Jungs gehen sollen, oder ob man Klozeiten für jedes Geschlecht anbietet. Deutschland täte ein bisschen orientalisches Chaos echt gut.

Weißt du, wer sich wieder gemeldet hat? Katti aus dem Studium, mit der wir vor 300 Jahren in Paris waren. Sie wohnt jetzt in Bonn. Sie arbeitet irgendwas bei der EU und ist ganz schön rumgekommen auf unserem Kontinent. Irgendwie muss sie relativ allein sein, wenn sie sich ausgerechnet bei mir meldet. Ihre beste Freundin war ich auch noch nie.

Wir werden uns bald auf einen Kaffee treffen, und dann werde ich alles über den Türken von damals herausfinden, wer weiß, vielleicht liest er mir auch noch den Kaffee. Hat bei dir ja letztendlich doch ganz gut geklappt. Ich werde berichten! Die hat ja schon damals nichts anbrennen lassen … das wird bestimmt interessant … andere Länder, andere Männer.

So, jetzt muss ich los. Irgendein Kind muss von irgendeinem Sport abgeholt werden. Manchmal komme ich mir vor wie ein Uber-Fahrer. Und meistens sind meine Fahrgäste auch noch schlecht gelaunt. Trinkgeld kannst du eh knicken. Du solltest täglich drei Kreuze schlagen – was machen eigentlich Muslime? –, dass dir das erspart bleibt.

Deine Bianca

Von:	Juliane Bauer <abeee@hotmail.com>
Betreff:	**Advent, Advent**
Datum:	1. Dezember 2015 13:45:43 OEZ
An:	bianca <kontakt@familieschrom.de>

Liebe Bianca,

an diese Katti kann ich mich nur noch sehr dunkel erinnern. War das die Hübsche mit der Zahnlücke, die immer wie frisch aus dem Ei gepellt aussah? Zu diesem Erol (seinen Namen habe ich mir gemerkt!) würde ich wirklich gerne wieder Kontakt haben. Wer weiß, was aus dem wohl geworden ist? Seine erste Zukunftsprophezeiung aus meinem Kaffee war ja noch optimierbar. Jedenfalls bin ich nicht in Paris gelandet mit meinem Türken, wie er prophezeit hat, sondern am Bosporus. Vielleicht hat er ja dazugelernt seitdem. Frag Katti bitte, ob sie zu ihm noch Kontakt hat. Ich würde ihm gerne noch eine Chance geben.

Hier geht alles seinen gewohnten Gang, wenn man mal davon absieht, dass das Klo im Buchladen übergelaufen ist.

Die Details erspare ich dir besser … Die Details in diesem Zusammenhang sind eigentlich immer unschön. Und auch der Grund, warum es übergelaufen ist. Das DAMENKLO. Punkt Punkt Punkt. Du siehst, auch hier gibt es Klo-Probleme.

Nun schaffe ich es doch nicht mehr nach Deutschland dieses Jahr. Zum ersten Mal habe ich Heimweh. In Spurenelementen. Aber immerhin hat mein Bruder versprochen, Silvester mit seiner Familie hier zu feiern. Vielleicht schaffen wir es ja dieses Jahr bis an den Bosporus um Mitternacht. Wenn es dieses Mal nicht schneit, denn dann sind die Straßen glatter als eine Kinderrutschbahn. Meinen Vater habe ich auch eingeladen, aber den bekommt niemand mehr aus seinem Altersheim heraus.

Was hast du an Silvester vor? Du musst mir auf alle Fälle versprechen, mich im kommenden Jahr zu besuchen. Kinder hin oder her. Versprichst du mir das? So richtig viel Besuch aus Deutschland bekomme ich nicht, dabei haben wir auf meinen wiederholt vorgebrachten Wunsch hin ein Gästebett angeschafft, das jetzt als Altkleidercontainer dient. Bis auf Agnes aus Berlin, die war schon zweimal da. Aber für die ist Istanbul ja auch vertrautes Gelände, als ehemalige Kreuzbergerin.

Plaudern wir morgen? Ich bin ab fünf zu Hause zu erreichen und werfe die Skype-Maschine an.

Küsse, deine

Juliane

Von: bianca <kontakt@familieschrom.de>
Betreff: **Nikolausi**
Datum: 6. Dezember 2015 21:37:33 MEZ
An: Juliane Bauer <abeee@hotmail.com>

Hallo Juliane,
endlich Feierabend! Und das um Viertel nach neun. Fühlt sich aber an wie weit nach Mitternacht. Wie können es drei Kinder schaffen, mehr Verwüstung und Erschöpfung beim Feind zu hinterlassen als die Rote Armee in einem ganzen Weltkrieg? Manchmal frage ich mich, was ich in einem vorigen Leben verbrochen haben muss. Dabei ist doch heute Nikolaus, und damit ein Tag des Teilens. Von wegen! Dieses Wort ist meinen Kindern fremd.

Der Nikolaus war sogar da, in Person des schwäbelnden Nachbarn. Eigentlich wäre es leicht gewesen, ihn zu erkennen. Auch wegen der Hausschuhe. Aber in solchen Fällen sind Kinder die geborenen Diplomaten und zeigen niemandem, ob sie das Spiel durchschauen. Vorbeugend waren sie zuckersüß zu ihm und haben bei jedem Foto in die Kamera gelächelt. Die Bilder werde ich mir in schlaflosen Nächten betrachten und dabei denken: So hätte mein Leben auch laufen können.

Silvester: Das wird wohl wieder so ablaufen, dass wir den Kindern um halb zehn erzählen, dass das neue Jahr begonnen hat. Dann mit Apfelsaft mit ihnen anstoßen, sie ins Bett stecken und irgendwie versuchen, bis Mitternacht wach zu bleiben … Früher war Silvester anders, mit mehr Lametta.

Apropos früher: Bist du dem Typen, wegen dem du ursprünglich mal nach Istanbul gekommen bist, manchmal dankbar? Der, dessen Name nicht genannt werden darf, wie ich von meinem ältesten Harry-Potter-Leser gelernt habe. Und wo wir schon bei deinen Verflossenen sind, was ist eigentlich aus Patrick geworden? Hast du zu dem noch Kontakt?

Deine erschöpfte
Löwenbändigerin

Danke für die klebrigen Süßigkeiten. Viel ist davon nach der Schlacht allerdings nicht mehr übrig!

Von: Juliane Bauer <abeee@hotmail.com>
Betreff: **Re: Nikolausi**
Datum: 12. Dezember 2015 13:45:43 OEZ
An: bianca <kontakt@familieschrom.de>

Liebe Löwenbändigerin,
solange Eltern sich im Zweifelsfall doch wieder für die kleinen Plagegeister entscheiden würden, kann es so schlimm ja nicht sein … Als kinderlose Frau muss ich mich lediglich um die Beschaffung von ausreichend Süßigkeiten für deine Kids kümmern. Das ist eine überschaubare Aufgabe.

Schick mir doch bitte ein paar Bilder von dem schwäbelnden Nikolaus, damit ich mich besser in deine Lage versetzen kann. Er hatte garantiert Glatze und Bierbauch. Anders kann ich ihn mir gar nicht vorstellen. Aber vielleicht handelt es sich auch um den Typ magerer Architekt und/oder ewiger

Student. Von der Sorte gab es in Tübingen damals mehr als genug. Ach, ich hätte nie gedacht, dass ich einmal liebevoll verklärt an diese Stadt zurückdenken würde …

Natürlich kommt mir ab und zu der, dessen Name nicht genannt werden darf, in den Sinn. Schließlich liegt das deutsche Generalkonsulat gerade noch fußläufig zur Buchhandlung. Den Weg muss ich hin und wieder Kunden erklären, denen man den Rucksack gestohlen hat. Jedoch vermisse ich als Einziges aus meinem alten Leben die Galerie. Da hatte ich mir selbst etwas aufgebaut, und die Räume waren wirklich schön, das musst du mir jetzt einfach glauben.

Vor ein paar Monaten musste ich selbst wieder einmal ins Konsulat. Es gab irgendwelche Schwierigkeiten wegen meiner Arbeitsgenehmigung. Letztes Jahr war ich Stammgast dort. Aber jedes Mal bin ich möglichst schnell wieder weg. Dieses Mal bin ich zum ersten Mal völlig entspannt geblieben. Ich habe sogar eine seiner Kolleginnen gefragt, ob er noch in Istanbul arbeiten würde. – Ist das nicht großartig, wenn man wirklich mit etwas abgeschlossen hat? Es gibt einem ein wunderbares Gefühl von Sicherheit.

Kennst du dieses oft zitierte Sprüchlein (das du meiner Erinnerung nach nie gesagt hast, wofür ich dir immer dankbar sein werde): Wenn du hinfällst, aufstehen, Krönchen zurechtrücken und weitergehen. Auch wenn das Bild schief ist: Ich habe das deutsche Konsulat wie eine stolze Kaiserin verlassen. – Jetzt bin ich mir gerade gar nicht mehr so sicher, ob du es nicht doch gesagt hast.

Ach ja, da du sowieso fragen wirst: Er ist »noch« in Istanbul, wie seine Kollegin betonte. Dabei hat sie auf sehr diplomatische Weise die Augenbrauen hochgezogen.

Nun zu Wichtigerem: Was wünschen sich die Kinder zu Weihnachten, außer natürlich einer Großküchenportion Cezerye? Wir haben in der Buchhandlung auch sehr entzückende Kinderbücher im Sortiment. Und gegenüber diese wirklich leckere Süßigkeitenschleuder mit Turkish Delights. Deren Auswahl reicht für drei Weihnachten. Das Schöne am Patentantendasein ist ja, dass man sich über den Zahnarzt danach keine Gedanken machen muss.

Deine Juliane

Ach ja, ich wünsche mir von dir selbst gebackene Plätzchen, eine ganze Schachtel. Oder, um in der Sprache deiner Kinder zu bleiben, einen ganzen Berg. Die mit Marmelade und einer Mandel obendrauf! Die hast du früher jeden Winter in meiner Tübinger Küche gemacht.

2016

Von: Robert Bauer <robert@bauer.de
Betreff: **Teschekkürler**
Datum: 11. Januar 2016 23:00:11 MEZ
An: Juliane Bauer <abeee@hotmail.com>

Hey Jule,
sorry, dass ich mich jetzt erst melde, um mich herzlich zu teschekkürlern für Silvester. Du weißt ja, wie es ist, dauernd kommt einem etwas dazwischen. Istanbul war für uns alle ein Sechser im Lotto, nur schade, dass es so weit weg ist.

Ich bin echt froh, dass du am Ende noch jemanden gefunden hast, den ich dir auch ausgesucht hätte. Kemal ist ein cooler Typ. Und mir gefällt, wie er mit all deinen Macken umgeht. Bemerkt er sie wirklich nicht, oder tut er nur so? Und mir gefällt, dass ihr wirklich ein offenes Haus habt, für eure zwei Millionen Freunde und diese Familie, bei der man nie weiß, wer eigentlich dazugehört. Selten haben wir uns so willkommen gefühlt. Und mit Kindern kann er auch, meine sind immer noch verknallt in ihn. Jetzt höre ich aber auf, nicht dass du übermütig wirst.

Verrückt ist es trotzdem, meine große Schwester eine Türkin. Nur ohne Kopftuch. Oder musst du inzwischen eines tragen? Kleiner Scherz. Und Istanbul ist auch fein bis auf den Verkehr. Das nächste Mal weiß ich auch, dass ihr richtig Winter habt. Alter Schwede, war das kalt!

Und wer hätte gedacht, dass wir beide jemals zusammen an Neujahr dieses Konzert schauen, und dann noch von der ersten bis zur letzte Minute!

Was anderes: Hab mir die neue Homepage von eurem Buchladen angesehen. Warum habt ihr das nicht mit WordPress gemacht? Das Backend ist absolut narrensicher. Ok, die neueste Version hat ein paar Macken, aber die kann man beheben, weil der Quellcode ja offen ist. Jedenfalls wäre es total simpel, einen Webshop dranzuhängen. Kann man alle deutschen Bücher bei euch bestellen, oder habt ihr die auf Lager?

Hustest du immer noch? Wenn ja musst du mal zum Onkel Dok. Vielleicht zu 'nem deutschen und nicht wieder zu 'nem Kaffeesatzleser. (Das ist kein Vorurteil, du hast selbst erzählt, was der letzte gesagt hat von wegen Abwarten und Tee trinken.)

Dein Brüderchen

Von:	Robert Bauer <robert@bauer.de
Betreff:	**Anschläge ohne Ende**
Datum:	5. Februar 2016 23:00:11 MEZ
An:	Juliane Bauer <abeee@hotmail.com>

Hi Jule,
pass auf dich auf. Man hört hier nur noch von Kurdenanschlägen oder dem IS. Vater sagt, er versteht jetzt langsam, warum die Türken ihre Frauen nicht aus dem Haus lassen. Und ehrlich gesagt: ich auch.

Hast du dir mal überlegt, ob es nicht wirklich besser wäre, wenn du ein Kopftuch trägst? Ich mein das ernst.

Pass auf dich auf. Wie geht es Kemal? Ist mit der Wohnung

alles in Ordnung? Funktioniert die Heizung wieder? Was ist denn da los in der Türkei??? Kriegen die auch mal einen Tag ohne Bombenanschlag hin? Vielleicht solltet ihr doch weit weg ziehen. Meinetwegen sogar irgendwo nach Thailand – wobei, die haben auch immer Putsch oder irgendwas. Gemütlich ist es eigentlich nur für Touristen.

Rob

Von:	Juliane Bauer <abeee@hotmail.com>
Betreff:	**Re: Anschläge ohne Ende**
Datum:	7. Februar 2016 18:32:51 MEZ
An:	Robert Bauer <robert@bauer.de

Brüderchen,

kann es sein, dass du deine Vorurteile nicht wirklich überwinden willst? In der Türkei isst man mit Messer und Gabel, es gibt Konzerte und Museen: Die Türkei ist kein Dritte-Welt-Land. Und unsere Heizung funktioniert schon fast wieder zu gut! Und: NEIN, ich trage kein Kopftuch (jetzt und in Zukunft) und werde auch nicht von meinem Mann dazu gezwungen. Er schlägt mich übrigens auch nicht, und ich musste ihn auch nicht heiraten, um nicht von der Bosporus-Brücke geworfen zu werden. JA, das gibt es hier alles. Genauso wie es in Deutschland Altnazis und Neonazis gibt. Du kannst Agnes fragen, sie war vor zwei Wochen hier, weil sie mir auch nicht geglaubt hat, dass es hier schneien kann. Sie weiß alles über das braune Gesocks, das den Osten von

Deutschland im Würgegriff zu haben scheint. Wenn man ihr glaubt, müsste ich dort meinen Mann mit einem Maschinengewehr bewachen.

Bitte pass auf, dass du nie zu Kemal sagst, dass die Türkei keine westliche Demokratie wäre. Da wird er sehr ernst und erzählt dir mit leuchtenden Augen die Geschichte von Atatürk und der großen türkischen Nation. Seine Bewunderung ist so echt, so rein, dass es mich jedes Mal rührt. Nach dem großen Nationalheld wurde er auch benannt. Ich konnte ihn nur mit Mühe davon abbringen, eine Postkarte mit einem Portrait von Atatürk auf die äußere Wohnungstür zu pinnen, damit jeder weiß, wer hier wohnt … Aber selbst das wäre gefährlich in diesen Tagen.

Entschuldige bitte. Manchmal bemerke ich erst, wenn ich mich aufrege, wie sehr mich das täglich anstrengt: Immer dieser Blick auf die Twitter-Nachrichten, wenn wieder irgendwo ein Anschlaggerücht aufkommt. Die Angst lässt sich nicht greifen, eher am Umsatz der Buchhandlung ablesen.

Aber manchmal vermisse ich die deutsche Ordnung in allen Lebenslagen, auch wenn es ein Klischee ist. Aber wenn ich sie mir dann konkret vorstelle, kann ich gut darauf verzichten.

Wir denken oft abends im Bett darüber nach, wie es wäre auszuwandern und wohin man gehen könnte, aber wir können uns auf nichts einigen. Also bleiben wir erst mal hier.

Mach dir keine Sorgen, das macht die Lage hier nicht besser.

Deine

Juliane

Von: Juliane Bauer <abeee@hotmail.com>
Betreff: **Schwanensee**
Datum: 8. März 2016 15:34:10 OEZ
An: bianca <kontakt@familieschrom.de>

Liebe Bianca,
gestern bin ich nach Ladenschluss runter an den Bosporus. Kemal darf das nicht wissen. Ihm habe ich gesagt, ich hätte in Beşiktaş eine Freundin besucht. Er behauptet, dass das da unten ein gefährliches Viertel wäre, besonders für eine Frau, besonders nach Sonnenuntergang. Aber das sagt er eigentlich über jedes Viertel in Istanbul. Meistens hat er auch Recht damit. Bis auf diesen Fall.

Mein Lieblingsteegarten hatte schon geschlossen, trotzdem habe ich mir einen Stuhl geschnappt und mich ganz nah ans Wasser gesetzt. Das geht, solange die Containerschiffe keine Wellen verursachen, die sich an der Betonbrüstung brechen. So saß ich also wieder genau dort, wo im Dezember 2013 mein Istanbul-Abenteuer seinen Anfang nahm. Mit Mirzas subversiver Tante, die leider noch vor Ende des Prozesses gegen den Staat zurück in ihre Heimatstadt gezogen ist.

Wenn man die Lichter auf der ersten Bosporus-Brücke betrachtet, wird man sehr friedlich – und gleichzeitig gibt einem das Plätschern das Gefühl, angekommen zu sein.

Und auf einmal war auch diese Traurigkeit wieder da, die mich schon mein ganzes Leben begleitet. Dass man nichts festhalten kann, dass einem alles zerrinnt, dass man aber eigentlich immer alles festhalten muss, damit es nicht davonfließt.

Und in genau diesem Moment ist mir in den Sinn gekommen, wie wir damals immer von Tübingen nach Stuttgart ins Ballett gepilgert sind. Erinnerst du dich noch?

Einmal, ich glaube nach »Schwanensee«, haben wir uns so lange an der Bühnenpforte herumgedrückt für ein Autogramm der Primaballerina, bis der letzte Zug weg war. Wahrscheinlich hat es auch geschneit. Irgendwann kam sie, eine Russin, und irgendwie konnten wir ihr die Situation erklären, obwohl sie kaum Deutsch sprach. Aber ich weiß noch genau, dass sie uns mit ihrem froschgrünen Sportwagen nach Tübingen gefahren hat. Und während der Fahrt hörten wir noch mal »Schwanensee«. Und ihre Finger tanzten auf dem Lenkrad. Wie auf einer Bühne, vollkommen und mit einer unendlichen Grazie.

Das war das Glück. Erinnerst du dich noch?

Daran musste ich am Bosporus denken. Auf dem Weg nach Hause habe ich mich so leicht gefühlt, alle Passanten lächelten. Und der Füniküler schwebte hoch zum Taksim. Kemal hat mich dort in Empfang genommen wie eine zerbrechliche Märchenprinzessin.

Das ist das Glück.

Deine Juliane

Von: bianca <kontakt@familieschrom.de>
Betreff: **Re: Schwanensee --- geht's dir gut?**
Datum: 19. März 2016 19:23:12 MEZ
An: Juliane Bauer <abeee@hotmail.com>

Geht es dir gut? Eure Buchhandlung ist doch in dieser Fußgängerzone von dem Anschlag heute. Gib doch kurz Bescheid, ob alles ok ist.

Warum tun Menschen sowas???????

Bianca

An die Ballett-Geschichte kann ich mich jetzt nicht konkret erinnern. Natürlich schon, dass wir oft in Stuttgart im Theater waren. Aber sie klingt total schön! Hoffentlich war es so.

Viel schöner ist es jedoch, dass Kemal dich abholt. Mit dem hast du wirklich das große Los gezogen.

Und jetzt ruf mich an!

Von: Robert Bauer <robert@bauer.de
Betreff: **Meld dich**
Datum: 19. März 2016 19:42:23 MEZ
An: Juliane Bauer <abeee@hotmail.com>

Jul, meld dich. Sofort. Das gibt's doch nicht, schon wieder ein Anschlag. Scheißterroristen! So ein Pack. Abknallen sollte man jeden einzelnen. Meld dich!!!

In der Buchhandlung ist es seit einer halben Stunde belegt. Was ist da los? Ich hoffe mal, du hast nur keine Lust auf Kundschaft. Sperr auf jeden Fall ab und lass niemanden rein, auch keine Bullen.

Warum hast du keinen Bayern geheiratet? Die jagen sich wenigstens nicht in die Luft.

Sofort anrufen! Ich hasse Islamisten, sollen sie doch alle an ihrem Koran ersticken, bevor sie Unschuldige in die Luft sprengen.

Rob

Von:	Juliane Bauer <abeee@hotmail.com>
Betreff:	**Istiklal**
Datum:	20. März 2016 09:43:41 OEZ
An:	<Verborgene Empfänger>

Hallo an alle,
danke, dass ihr an mich gedacht habt wegen des Terroranschlags in Istanbul gestern. Uns geht es gut. Sowohl der Buchhandlung als auch meinem Mann und der ganzen Familie. – Was leider keine Selbstverständlichkeit ist in diesen Tagen! Ich hoffe, wir hören bald voneinander oder sehen uns hier in Istanbul oder spätestens kommende Weihnachten in Deutschland.

Eure Juliane

Merhaba arkadaşlar, hepimiz iyiyiz ve kitabevinde de sorun yok, merak etmeyin. Umarım siz de iyisinizdir. Sorduğunuz için teşekkürler. En kısa sürede görüşmek üzere.

Herkese sevgiler,

Juliane

Von:	bianca <kontakt@familieschrom.de>
Betreff:	**Re: Istiklal**
Datum:	20. März 2016 12:02:27 MEZ
An:	Juliane Bauer <abeee@hotmail.com>

Erleichterung!

Ich dachte nur: Oh mein Gott, als ich es gehört habe.

Mir fehlen die Worte.

Ich würde dir so gerne mehr schreiben, aber mein Hirn ist so leer, wenn ich daran denke. Kaum meint man: Jetzt ist aber mal Ruhe, geht es wieder los. Wie hältst du das nur aus? Ich würde durchdrehen. Zieht doch weg! Deutsche Buchhandlungen gibt es ja auf der ganzen Welt.

Muss in die Elternsprechstunde. Hört das mit den Sprechstunden nie auf? Wenigstens ist die Lehrerin nett. Durchgeknallt und nett. Mehr durchgeknallt, aber das mag ich. Glatt gebügelt werden die Kids von alleine oder von ihren Eltern. Mich ausgenommen natürlich.

Küsse B

Sorry, durchgeknallt ist kein gutes Wort in diesen Tagen!

Schreib mal wieder! Und überlegt euch das mit dem Auswandern.

Von: Juliane Bauer <abeee@hotmail.com>
Betreff: **Nicht vergessen! Morgen Flughafen**
Datum: 30. April 2016 13:45:43 OESZ
An: bianca <kontakt@familieschrom.de>

Liebe Bianca,
irgendwie klappt das mit den wöchentlichen Mails nicht richtig. Das hat unser regelmäßiges Skypen (und das heimliche facebooken) durcheinandergebracht. Ich hoffe, ich konnte dir erklären, wie man sich fühlt, wenn man in dieser Stadt lebt … Und warum man hierbleibt, fürs Erste. Trotz Terror und Erdbebengefahr.

Außerdem steht ja jetzt erst mal etwas anderes an. Mir ist schon ganz schlecht, wenn ich nur an die nächsten zwei Monate denke. Für welches Projekt Kemal genau nach Deutschland muss, habe ich immer noch nicht ganz verstanden. Großes Ingenieursmirakel.

Ist das nicht verrückt, er in Deutschland? Immerhin bei dir in Köln. Ich vermisse ihn jetzt schon. Ich packe seit Tagen seinen Koffer, besser gesagt: seine 1001 Koffer. Und er versucht, mir täglich klarzumachen, dass es im Notfall in Deutschland auch Kleidung zu kaufen gäbe, aber das beruhigt mich nicht. Und damit hat er mich noch nervöser gemacht. Eigentlich bin eh nur ich nervös. Vielleicht weil ich weiß, dass Deutschland gerade auch kein Paradies ist für Ausländer. Sagt jedenfalls Spiegel Online.

Lieb von dir jedenfalls, ihn vom Flughafen abzuholen. Ich rufe dich dann noch einmal an, wenn er in der Luft ist. Sicher ist sicher.

Es ist das erste Mal seit dem 5. Dezember 2013, dass wir uns länger als drei Wochen nicht sehen. Ich weiß gar nicht, wie ich das ertragen soll. – Ich kann es kaum glauben, dass ich so einen Satz einmal schreibe, ohne dabei rot zu werden. Ist das nun ein Zeichen für Reife oder Verfall? Mit Kemal war alles von der ersten Sekunde so wunderbar klar. Nicht bum-bum-klar, sondern tick-tack-klar. Viel schöner also.

Pass bitte gut auf ihn auf!

Oh Gott, ich klinge schon wie meine Mutter. Egal.

Pass bitte wirklich auf ihn auf!

Ich wüsste nicht, was ich ohne ihn machen sollte. Aber immer noch besser Köln als ins Kurdengebiet.

Am besten, ich höre jetzt auf und schicke die Mail sofort ab, damit sie nicht in die unerfindlichen Jagdgründe eingeht wie die an meinen Vater. Ich habe ihm ungefähr alles über Istanbul geschrieben, was man sagen kann, ohne dass sich jemand noch mehr Sorgen macht. Kaum war ich fertig, ist mal wieder der Strom ausgefallen. Und der Akku des Laptops war leer, bevor dieser wieder floss. Wahrscheinlich haben sie beim U-Bahn-Buddeln wieder aus Versehen ein paar Kabel durchtrennt. Das passiert so oft, dass es einem Wunder gleichkommt, wenn hin und wieder überhaupt irgendwo eine Lampe brennt. Die einzige Beleuchtung, die zuverlässig funktioniert, sind die Weihnachtssterne und Schneeflocken über der Istiklal. Sie erinnern einen auch im Hochsommer an die kommenden Weihnachten.

Deine Juliane,
Strohwitwe in spe

Und vergiss nicht, Kemal morgen vom Flughafen abzuholen!
Und auf ihn aufzupassen!

Von:	bianca <kontakt@familieschrom.de>
Betreff:	**Re: Nicht vergessen! Morgen Flughafen**
Datum:	1. Mai 2016 21:52:09 MESZ
An:	Juliane Bauer <abeee@hotmail.com>

Meine Liebe, nun beruhig dich mal. Dein Mann ist doch schon erwachsen! Und Köln ist jetzt auch nicht soooo gefährlich. Und die deutschen Mädels flippen beim Anblick eines Türken selten aus. Er ist schließlich auch nicht der einzige Braunäugige hier.

Du brauchst dir wirklich keine Sorgen zu machen, ich passe gut auf ihn auf! Und wenn es ihm zu bunt wird in Köln, kann er ja immer noch zu deinem Bruder ins langweilige Düsseldorf!

Mein Haus ist jedenfalls auch sein Haus – ist das nicht sogar ein türkisches Sprichwort? Du kriegst ihn wohlbehalten wieder. Es sei denn, meine Kinder versetzen ihm ein paar Schrammen. Dafür kann ich keine Gewähr übernehmen.

Aber die verheilen schnell, wie ich aus eigener Erfahrung weiß.

Wie ich dich kenne, wirst du eh jeden Tag anrufen, ob Kemal auch brav seinen Salat aufgegessen hat.

Bianca

Von:	Juliane Bauer <abeee@hotmail.com>
Betreff:	**Fastenbrecher-Mail**
Datum:	19. Juni 2016 20:38:23 OESZ
An:	bianca <kontakt@familieschrom.de

Liebe Bianca,
vorab: Danke für deine Geburtstagsgruß-SMS! Und entschuldige, wenn ich dir wirklich mit meinen Anrufen auf die Nerven gegangen sein sollte. Zurück also zu den bewährten E-Mails.

Danke, dass du meinen Mann neu eingekleidet und zum Friseur geschleppt hast. Ich weiß selbst, dass er mit kurzen Haaren verboten gut aussieht. Und dass seine Augen sexy sind, habe ich auch schon bemerkt. Aber solange deine Komplimente auf Kölsch immer ein bisschen nach Büttenrede klingen, brauche ich mir wohl keine Sorgen machen.

Meinen Geburtstag habe ich hier gar nicht groß gefeiert. Denn ich habe Kemal das Versprechen abgenommen, niemandem in seiner Familie davon zu erzählen, sonst würde ich in überflüssigen Geschenken ertrinken. Mir reichen schon die von der Hochzeit …

Ich habe mir selbst ein neues Objektiv geschenkt. Denn ich habe schon mit einer neuen Serie angefangen. Die Motive sind fremde Menschen. Leute, die irgendwo nicht hingehören. Dabei interessieren mich nur Ausschnitte von ihren Gesichtern. Fragmente, aber die Augen müssen immer zu sehen sein. Anschließend nehme ich noch eine Totale mit der ganzen Person und dem Ort für mich auf, damit ich die Gesichter später zuordnen kann. Syrische Flüchtlinge auf Baustellen am Marmarameer. Orientierungslose Touristen in einer Nebenstraße des Taksim. Angestellte beim Verlassen einer Bosporus-Fähre am frühen Morgen.

Eigentlich interessieren mich die verzweifelten, traurigen, einsamen Gesichter nicht wirklich. Ich fotografiere sie eher pflichtschuldig. Jetzt die entschlossenen, verbissenen, wagemutigen – ich weiß auch nicht, aber in deren Augen ist etwas.

Die meisten Bilder genügen meinen Ansprüchen noch nicht, nur zwei oder drei bislang. Aber immerhin.

Viel Zeit für mich bleibt allerdings nicht. Sogar noch weniger, seitdem Kemal die Türkei verlassen hat. Eine unüberschaubare Großfamilie bietet eine tägliche Schule in Gelassenheit. Nichts regt mich noch ernsthaft auf, keine überraschenden Übernachtungsgäste, keine Unterwäsche unter Betten, keine politischen Diskussionen bis drei Uhr morgens. (Ok, die regen mich noch immer auf.)

Familienfeste habe ich seit gut zwei Wochen eh täglich. Wie jetzt gleich wieder. In einer guten Stunde geht die Sonne unter. Dann beginnt das große Fressen nach dem Ramazan-Tag. Obwohl hier niemand fastet, stürzen sich alle auf das Essen, als wären sie einmal quer durch die Sahara geritten. Was hauptsächlich daran liegt, dass es wirklich ausgezeichnet ist.

So richtig ernst nehmen das mit dem Ramazan nur die Kinder, allerdings nur während des Vormittags. Danach werden sie ungeduldig. Man sagt ihnen dann, dass Allah bei ihnen ein Auge zudrückt und sie ausnahmsweise zu Mittag etwas essen dürfen. Es gibt sogar einen Extraausdruck für das Kinderfasten im Türkischen, den in meiner neuen Familie auch die Erwachsenen ständig für sich reklamieren.

Immerhin habe ich so noch ein wenig Zeit, um dir endlich einmal wieder eine Mail zu schreiben. Mirza – erinnerst du dich noch an ihn? – und ich sitzen im »Salon«, einem Zimmer, das eigentlich nie benutzt wird. Und da die Fenster hier das ganze Jahr mit dicken Vorhängen verschlossen sind, ist es angenehm kühl.

In der Küche bin ich unerwünscht. So würde es niemand sagen, aber sie schauen bei jedem Handgriff so, als wolle ich sie vergiften. Meine Schwiegermutter liebt das, mir zu verstehen zu geben, dass die Deutschen nicht kultiviert sind. Das ist ihre Rache für Merkels »privilegierte Partnerschaft« – das sind auch die beiden einzigen deutschen Worte, die sie spricht. Sie erwartet dann, dass ich die Augen verdrehe oder mich sonst irgendwie distanziere von der deutschen Politik. Danach fragt sie scheinheilig: Wie bereitet man denn Baklava in Deutschland zu? Wenn ich sage: Gar nicht, wir kaufen die beim Türken um die Ecke, setzt sie ihr »Ich habe es geahnt«-Gesicht auf und droht, es mir beizubringen.

In der Küche führt sie ein eisernes Regiment (genau wie in einer türkischen Telenovela, da sind die Schwiegermütter auch alle Drachen), deswegen meide ich diesen Raum besser. Dieses Jahr besteht sie darauf, dass ich zumindest weiß, wie man Güllaç zubereitet. Aber mir reicht völlig zu wissen, dass es a) aus Milch gemacht wird und mir b) nicht schmeckt.

Der einzige durchgehend gut gelaunte Mensch ist Mirza. Ohne ihn wäre ich schon lange durchgedreht. Irgendwie hat die Sippschaft ihn als Familienmitglied akzeptiert, ohne sich darum zu kümmern, dass ich gar nicht mit ihm verwandt bin. Dass meine Schwiegermutter ihn verzärtelt wie einen eigenen Sohn, brauche ich wahrscheinlich nicht zu betonen.

Die einzigen beiden Möglichkeiten, ihn wütend zu machen, bestehen darin, mit ihm über die politische Situation in der Türkei zu sprechen. Oder aber zu behaupten, dass jeder seiner Landsleute einen fliegenden Teppich im Keller hätte. Mit Empörung in der jugendlichen Stimme weist Mirza mich regelmäßig darauf hin, dass fliegende Teppiche nichts mit der Türkei zu tun hätten und diese nichts mit dem Orient. Das funktioniert bei ihm immer.

Hier gibt es ein Sprichwort, dass jeder in den Himmel kommt, der drei Ehen gestiftet hat. Ich finde, bei Mirza reicht eine! Unterm Tisch schreibt er weiterhin ununterbrochen WhatsApp-Nachrichten an seinen Freund. Die beiden sind so süß und spielen »Wir sind nur beste Freunde« mit voller Inbrunst. Glauben tut es keiner. Wenn jemand ihn fragt, wem er dauernd schreibt, wird er rot. Dabei geht er jetzt auch schon auf Mitte zwanzig zu.

Oh nein, es geht los. Die Schwiegermutter ruft. Mirza und ich sind gleichzeitig aufgesprungen wie beim Appell im Kasernenhof. Das also ist Ramazan. – Das also ist meine türkische Familie. Fehlt zu meinem Glück nur der in Deutschland weilende Teil.

Alles Liebe – mein Handy surrt, bestimmt mein Mann.

Wie gut es tut, das aus vollem Herzen sagen zu können und nicht so zerknittert wie bei meiner ersten Ehe.

Jul

P.S. Ist das nicht schräg? Da bekomme ich, eine einsame Deutsche in Istanbul, eine Ich-fühle-mich-so-einsam-SMS von einem Türken aus Köln. Ist das diese Globalisierung, von der alle sprechen? Wie klein die Welt doch geworden ist, sie passt problemlos in ein Smartphone.

In dieser SMS beschwert er sich ausführlich über das deutsche Wetter. Ist es denn wirklich so furchtbar kalt und regnerisch bei euch?

Immerhin kommt Kemal am 3. Juli wieder, ich kann es kaum mehr erwarten. Nie hätte ich gedacht, dass man jemanden so vermissen kann. Danke, dass du dich so gut um ihn gekümmert hast. Er wäre ohne deine Einkaufshilfe völlig überfordert gewesen. Aber er wollte mir ja nicht glauben, dass Sommer in Deutschland alle Jahreszeiten auf einmal bedeuten kann … Und es ist wahnsinnig nett, dass du ihn zum großen Braten bei euch eingeladen hast. Das gehört dazu, wenn man so viel Zeit im Rheinland verbringt. Außerdem wird er so etwas von mir nicht bekommen, zum Kochen bin ich einfach nicht gemacht.

Oh nein, wir haben nur noch 24 Minuten, bis alles auf dem Tisch stehen muss, sonst müssen wir Frauen gemeinsam von der Brücke in den Bosporus springen! – DAS WAR EIN WITZ!

Von: bianca <kontakt@familieschrom.de>
Betreff: **Re: Fastenbrecher-Mail**
Datum: 29. Juni 2016 21:52:09 MESZ
An: Juliane Bauer <abeee@hotmail.com>

Liebelein,
natürlich erinnere ich mich an Mirza, das putzige Kerlchen. Ich saß doch deine ganze Hochzeit neben ihm, schon vergessen? Der soll mal herkommen, in Köln ist bald wieder CSD. Vielleicht gibt ihm das etwas Selbstvertrauen. Übrigens sagt mir auch der Name Milan noch etwas… Aber man soll ja nicht nachtragend sein.

Mirza hat dich immerhin mit deinem Mann verkuppelt! Die beiden kannten sich schon davor, oder? Das kann doch kein Zufall gewesen sein, dass Kemal in der Schlange vor diesem Kiosk direkt hinter dir stand. (Ich habe Mirza übrigens bei deiner Hochzeit ganz direkt danach gefragt, aber es war nichts aus ihm herauszubekommen. Weißt du inzwischen Genaueres? Ich bin doch so neugierig. Meiner Meinung nach stecken die beiden unter einer Decke.)

Das einzig Glaubwürdige an eurer Kennenlerngeschichte ist, dass du ihm deine E-Mail-Adresse gegeben hast und nicht deine Handy-Nummer. Das nehme ich euch sofort ab. Das ist typisch Juliane. Der Rest klingt ein bisschen zu sehr nach einem Märchen aus Tausendundeinernacht. Ich weiß, dass Kemal jetzt sagen würde, dass das nicht Türkisch ist! Aber lieber falsch und schön als richtig und langweilig!

Der arme Kemal muss ganz schön ins Schwitzen gekommen sein mit deiner E-Mail-Adresse. Du vermittelst ja jedem sofort, dass du hohe Ansprüche hast, was Mails angeht.

Das hat er mir jedenfalls neulich erzählt. Sein Deutsch ist übrigens gar nicht so schlecht, wie du immer tust. Im Gegenteil. Er redet wie ein Wasserfall, wenn man ihn lässt… Das ist jetzt auch schon bald wieder vier Jahre her, oder fünf, dass ihr euch kennengelernt habt? Oder zehn? Juliane, wir werden alt! Richtig schrecklich alt. Und sag ihm bitte mal, dass er ein bisschen gnädiger zu seinen Landsleuten hier in Deutschland sein sollte. Da gibt es auch sehr geschmackvoll angezogene und kultivierte! (Ein paar wenigstens.)

Heute Abend hat dein aus dem Ei gepellter Kemal übrigens bei mir unsere gute alte Paris-Freundin Katti kennengelernt (die hübsche Katharina aus Uni-Tagen, ich hab dir ja geschrieben, dass sie jetzt in Bonn lebt und verzweifelt Anschluss sucht). Ich habe beide zu Sauerbraten ohne Schwein eingeladen. War lecker, mit allem Drum und Dran! Und wir haben auch erst nach Sonnenuntergang angefangen. Also mach dir keine Sorgen, dein Mann kommt nicht in die Hölle. Jedenfalls nicht meinetwegen.

Alles Liebe

Bianca

Von: bianca <kontakt@familieschrom.de>
Betreff: **Re: Fastenbrecher-Mail**
Datum: 29. Juni 2016 22:12:37 MESZ
An: Juliane Bauer <abeee@hotmail.com>

Jetzt fällt es mir überhaupt erst auf!

Das mit der Schwiegermutter. Juliane! Wie willst du mir das erklären, wo dein Mann doch angeblich Waise ist? Das habt ihr zumindest bei der Hochzeit behauptet. Da war weit und breit keine Schwiegermutter zu sehen. Flunkerst du mich schon wieder an?

Noch mal gehe ich dir nicht auf den Leim!

So was kann man einmal machen, aber nicht öfter.

Du spielst mit mir, oder?

Vielleicht gab es diesen Milano ja doch?

Ehrlich gesagt, mir ist es langsam egal.

Schreib endlich die Wahrheit! Und nicht nur die, die du gerne hättest.

Blöde E-Mails.

Bringen nur Unheil!

Ich hasse E-Mails. Schon immer.

Ich bin jetzt wirklich ein bisschen sauer.

Von:	bianca <kontakt@familieschrom.de>
Betreff:	**Re: Fastenbrecher-Mail**
Datum:	29. Juni 2016 22:47:12 MESZ
An:	Juliane Bauer <abeee@hotmail.com>

Ich kann das auch! Kleine Kostprobe gefällig?

Katti und Kemal haben sich bei mir wahnsinnig gut verstanden. Sie saßen den ganzen Abend nebeneinander. Dabei hat sie vor ihm in Rosarot ihre Stationen in allen Ländern der EU ausgebreitet. Die alte Angeberin! Spricht jetzt 264 Sprachen, angeblich.

Kemal war total geplättet … Katti ist Single Punkt Punkt Punkt.

PUNKT PUNKT PUNKT!

Außerdem will Kemal jetzt alles auf einmal nachholen und die Welt sehen. Ich wusste gar nicht, dass die politische Situation in der Türkei ihn so mitnimmt, und die ganzen Anschläge.

Am Ende hatte man den Eindruck, als ob er schon morgen abhauen würde … Ich habe noch nie einen so willenlosen Betrunkenen gesehen. Dein Mann verträgt gar nichts. Typisch Moslem. Irgendwann hat er laut gelallt: »Ich muss raus.« Was meinte er wohl damit? Raus aus der Türkei? Aus seinem Alltag? Aus seiner Ehe? Fragen über Fragen. Alle unbeantwortet, oder doch nicht?

Jetzt bist du dran.

Bianca

Von: Juliane Bauer <abeee@hotmail.com>

Betreff: **Rache gelungen!**

Datum: 30. Juni 2016 10:25:43 OESZ

An: bianca <kontakt@familieschrom.de>

Bianca!

Sag sofort, dass das nicht wahr ist. Oder schalt wenigstens dein Handy an! Das hast du doch absichtlich ausgemacht. Und das alles wegen eines Mannes, der nicht einmal existiert!

Kemal behauptet, sich an den Abend bei dir nicht genau erinnern zu können. Er hat angeblich wirres Zeug geredet, dass er aus Istanbul rausmüsse. Also doch?

Weit, weit weg will er. Hat er ein schlechtes Gewissen? Hat Katti ihm das eingeredet? Warum werde ich nicht mehr gefragt? Und er war auch so komisch, irgendetwas war ihm furchtbar peinlich. Was ist da los? Ich hasse solche Spiele. Das ist so gemein, dafür bin ich zu weit weg. Geh endlich ans Telefon!

Und da dich die Wahrheit anscheinend so brennend interessiert: Meine »Schwiegermutter« ist nicht Kemals leibliche Mutter, falls das der Grund für deine fiese Mail ist. Es gibt auch Pflegemütter mit Flugangst, wie ich dir garantiert schon mal erklärt habe!

Warum tust du so etwas? Du weißt ganz genau, dass ich mit Unsicherheit schwer umgehen kann.

Jul

Von: Juliane Bauer <abeee@hotmail.com>
Betreff: **Abermalige Bitte**
Datum: 30. Juni 2016 10:50:11 OESZ
An: Robert Bauer <robert@bauer.de

Lieber Robert,
kannst du dich bitte mehr um Kemal kümmern? Ich habe den Eindruck, dass die Fremde ihm nicht bekommt. Zumindest während der letzten Tage in Deutschland sollte jemand in seiner Nähe sein. Das gehört einfach zu guter Gastgeberschaft dazu. Ich möchte etwas davon zurückgeben, was seine Familie für mich getan hat. Ich hatte dich ja gebeten, auf ihn aufzupassen. Das ist jetzt kein Vorwurf, nur eine Feststellung! Bislang ist nichts Dramatisches passiert, aber man weiß nie. Ich bin gerade ein bisschen unruhig.

Sein Rückflug nach Istanbul geht am Sonntag, 3.7. um 14.25 Uhr. Bitte seid pünktlich am Flughafen! Bestimmt gibt es seit dem letzten Anschlag noch mehr Sicherheitskontrollen. Ich kann dir auch das elektronische Ticket weiterleiten. Mindestens anderthalb Stunden vorher solltet ihr am Check-in sein. Köln-Bonn, nicht Düsseldorf!!! Vielleicht besser sogar zwei Stunden.

Bis Sonntag kannst du ihm doch noch die Zeche Zollverein zeigen oder eine deiner Alt-Kneipen in der Altstadt. Aber bitte pass auf, dass er nicht zu viel trinkt. Er verträgt kaum Alkohol. Jetzt klinge ich schon wieder wie unsere Mutter. Aber langsam freue ich mich darüber, dass von ihr so viel weiterlebt.

Machst du das, bitte? Du hast ja seine deutsche Handynummer (meine alte!). Und sag ihm besser nicht, dass der

Vorschlag von mir kommt. Nicht dass er noch meint, ich würde ihm nicht einmal im Ausland seinen Freiraum lassen.

Ich fahre jetzt nach Şişli und lasse mir in der Shoppingmall dort die Haare färben. Vielleicht ist das die Antwort auf die Frage, was ich mit dem Alleinsein anfangen soll: alles neu!

Juliane

Von:	Robert Bauer <robert@bauer.de
Betreff:	**Re: Abermalige Bitte BITTE NICHT!**
Datum:	30. Juni 2016 19:12:35 MESZ
An:	Juliane Bauer <abeee@hotmail.com>

Ist das ein Rückfall in deine Jugendzeit?

Du klingst genauso wie früher! Bitte nicht wieder irgendwelche Männerdramen! Ein Seitensprung ist keine Lösung, das kann ich dir aus eigener Erfahrung versichern. Also stop it! SOFORT!

Und versprochen: Ich pass auf euch beide auf!

Robert

Von: bianca <kontakt@familieschrom.de>
Betreff: **Re: Rache gelungen!**
Datum: 1. Juli 2016 15:21:36 MESZ
An: Juliane Bauer <abeee@hotmail.com>

Juliane,
hab ich nicht gesagt, dass Mails nur Ärger verursachen?! Deine letzte erinnert mich ungut an die von früher. Was habe ich da nur angerichtet? Das wollte ich wirklich nicht. Ehrlich jetzt.

Irgendwie tut mir gerade alles leid. Ich bin schon wie du. Also einfach: Sorry!!! Ich jedenfalls verzeihe dir die kleinen Gemeinheiten, und du mir hoffentlich nach einem klärenden Gespräch auch. Das ist zu ernst gerade.

Mach nur so lange nicht wieder irgendwelche Dummheiten! Erst mal tief durchschnaufen!

Dann müssen wir endlich reden, richtig reden, ruf mich ab sechs über Whatsapp an.

Dringend!

Damit du dich schon mal drauf einstellen kannst: Du musst versprechen, mir nie mehr eine Mail zu schreiben. Im Gegenzug bekommst du die volle Wahrheit. Versprochen?

Bianca

Ich hab grad so ein ungutes Gefühl, als wäre es gerade dringend nötig: keine Dummheiten! Und lass die Vergangenheit ruhen mitsamt allen Griffen ins Männerklo! Das bringt doch alles nichts. Scheiße.

2017

Von:	Juliane Bauer <abeee@hotmail.com>
Betreff:	**♥♥♥ EINE LETZTE MAIL ♥♥♥**
Datum:	24. November 2017 13:46:43 UTC
An:	bianca <kontakt@familieschrom.de>

Bianca!
Danke für deine Whatsapp, ja, es geht mir gut. Sehr sogar! Ich muss einfach eine allerletzte Mail schreiben, ich kann nicht anders! Und in diesem Fall wirst es sogar du mir verzeihen. Denn:

(bedeutungsvolle Pause)

ICH MUSS DIR ETWAS SAGEN! Verstehst du? Natürlich verstehst du …

Ich bin so unendlich aufgeregt. Nein, glücklich. Aufgeregt glücklich. ☺☺☺☺☺☺☺☺☺☺ Und das in unserem Alter! ☺ Ich werde ordentlich aufpassen, aber ich habe ein gutes Gefühl.

Zählt man die beiden Foto-Ausstellungen dazu, haben wir bald Kinder-Gleichstand! Lass uns bitte ganz sofort skypen. Hier gibt es sogar Internet. Ich habe so viele Fragen und brauche dich jetzt an meiner Seite! Ob Tim sich wohl über ein Geschwisterchen freuen würde?

Nur warum muss man das ausgerechnet in einer schäbigen Praxis auf einer abgelegenen indonesischen Insel erfahren, deren Namen sich kein Mensch merken kann? Immerhin könnte ich das Meer sehen, wenn ich jetzt aufstände. Das Meer und die Flipflops anderer Touristen, wegen Souterrain. Gut nur, dass wir hier keine neun Monate bleiben werden, so viel Sonne hält kein Mensch aus.

Auf einmal sehne ich mich nach einem aufgeräumten deutschen Städtchen wie Tübingen. Aber man kann im Leben nicht alles haben. Nur fast.

Bitte schreib mir, gerne 'ne Whatsapp! ☺☺☺☺☺☺☺☺☺♥☺ Jetzt musst du zugeben, dass das eine Mail wert war!

Maximilian Dorner

Einsam, na und?

Von der Entdeckung eines Lebensgefühls

240 Seiten, btb 71535

Seien Sie doch mal einsam!

Einsam zu sein: gibt es das heutzutage überhaupt noch, wo sich doch jeder mit jedem in Windeseile verknüpfen und hemmungslos Informationen, Gefühlszustände, Ärgernisse und Lustigkeiten austauschen kann? Natürlich gibt es die Einsamkeit noch, und manch einem mag das Gefühl beschleichen, dass sie in Zeiten allgegenwärtiger Vernetzung eher größer als kleiner geworden ist. Aber ist das immer wirklich so schlimm, wenn man sich ein wenig einsam fühlt? Bietet die Einsamkeit nicht manchmal sogar eine bitter notwendige Atempause? Max Dorner lädt uns ein auf eine ehrliche, amüsante und gleichzeitig schonungslose Expedition zu den schillernden Variationen der Einsamkeit in unserem Alltag.